Herzklopfen in den Highlands

Liv O'Malley

Copyright © 2023 Liv O'Malley

Impressum:
Liv O'Malley
c/o Block Services
Stuttgarter Str. 106
70736 Fellbach

ISBN-13: 9798387947476

Covergestaltung: LOM
unter Verwendung von Stockfotos/Canva Pro

Lektorat:
Bea Raben

Korrektorat:
Ada Walden

ÜBER DIE AUTORIN

Liv O'Malley schreibt romantische Liebesromane mit Herz und Happyend.

Ihre Bücher spielen alle in wunderschönen Landschaften und laden ihre Leserinnen und Leser ein, sich für ein paar Stunden in eine heile Welt zu träumen. In eine Welt, in der es für jeden ein Happyend gibt und einen keine Dramen plötzlich überfallen. Es sind Geschichten, wie das Leben sein sollte, und die die Leser:innen mit einem Lächeln und guter Laune in ihren Alltag entlassen.

Kitschig? Auf jeden Fall!

Süß? Wie Zucker!

Lustig? Immer!

Liv schreibt Bücher, die sie selbst gerne liest. Ihre Bücher sind wie eine warme Umarmung und absolut zum Wohlfühlen!

Bisher erhältlich:

Ein irischer Buchladen zum Verlieben

ISBN-13: 9798386532475

KAPITEL 1

EMMY

Es ist ein herrlicher Tag, als ich auf dem Weg vom Fitnessstudio zu meiner Wohnung durch die Straßen von Brooklyn schlendere. Die Sonne wärmt mein Gesicht, aber es ist dennoch angenehm frisch für Anfang September, was mir persönlich sehr entgegenkommt. Die brütende Hitze in New York City ist manchmal kaum zu ertragen.

Tief atme ich ein und genieße den willkommenen Temperatursturz. Und ich genieße es auch nach fünf Jahren immer noch, von Los Angeles nach New York City gezogen zu sein. Klar, manchmal nervt die Stadt, aber sie ist auch aufregend, inspirierend und immer für

Überraschungen gut.

Lächelnd biege ich um eine Ecke und nehme die Atmosphäre der kleinen Straße in mich auf. Gemütliche Cafés und Restaurants reihen sich aneinander und versprühen ihren ganz eigenen Charme. Aus meinem Lieblingsladen riecht es wie immer unglaublich lecker nach frischgebackener Pizza und fast bin ich versucht, mir ein großzügiges Stück mitzunehmen, aber ich habe nicht gerade zwei Stunden Kalorien abtrainiert, um sie mir jetzt gleich wieder anzufuttern. Kurz winke ich Giovanni zu, dem Besitzer der Pizzeria, wechsle die Straßenseite und durchquere stolz auf meine eiserne Disziplin einen kleinen Park, den ich gerne als Abkürzung benutze.

Einige Kinder tollen übermütig durch das Gras, während sich Spaziergänger auf Bänken niedergelassen haben, um dem lustigen Treiben zuzuschauen und die prachtvollen Blumenbeete und Bäume zu bewundern.

Am Ausgang des Parks schmettert ein junger Mann mit Gitarre Frank Sinatras ‚New York, New York' in einer fröhlichen Folk-Version und er ist richtig gut! Ich höre ein paar Minuten zu, bevor ich Münzen aus meinem Portemonnaie krame und sie in den Hut werfe, der zu seinen Füßen Platz gefunden hat. Als ich entdecke, dass sich kaum etwas darin befindet, lege ich schnell noch ein paar Scheine dazu. Glücklich grinst er mich an, baut passend zum Song ein Dankeschön in den Text ein und beschwingt setze ich meinen Weg fort.

Jeden Tag eine gute Tat – ist das nicht das Motto der Pfadfinder? Ich habe keine Ahnung, weil ich nie bei denen war. Meine Eltern hatten es mir freigestellt, ob ich mitmachen wollte, aber ich saß lieber am Strand vor unserem Hotel und bastelte Kleider für meine Lieblingspuppen und all meine Plüschtiere, was viele Jahre später dazu führte, dass ich Modedesign studierte und von einer internationalen Karriere träumte. Ich hatte alles schon ganz genau vor mir gesehen: ich würde mein Modeimperium in Paris starten, internationale Supermodels würden meine Kreationen auf dem Laufsteg vorführen und neben Haute Couture würde ich natürlich auch eine Linie für den schmalen Geldbeutel entwerfen, damit sich jeder ein Stück Emmy Baley leisten könnte.

Kurz verfinstert sich mein Gesichtsausdruck. Dieser Traum ist ausgeträumt. Es gibt so viele talentierte Designer da draußen und wirklich niemand hat auf Emmy Baley gewartet. Also hatte ich mich für ein Praktikum in der Zentrale von Baldwin & Hershel beworben, der weltweit größten Ladenkette für Luxusmode, und wurde angenommen. Das war der Anlass gewesen, in den Big Apple zu ziehen.

Schnell hatte ich Karriere gemacht. Natürlich nicht als Chef-Designerin, sondern als Trendscout. Ich habe ein außergewöhnlich gutes Gespür dafür, welche Materialien und Modestile im Kommen sind. Und da ich so gut bin, gibt es eigentlich nur einen einzigen Konkurrenten – dieses Ekelpaket Chadwick K. Hynes, der alles tun würde, um meine Zukunft im Unternehmen zu sabotieren.

Völlig in Gedanken versunken und innerlich wütend vor mich hin schnaubend, übersehe ich fast eine ältere Dame, die hilflos mit einer gerissenen

Papiertüte in der Hand ihre auf dem Gehweg verteilten Einkäufe anstarrt. Sofort eile ich zu ihr. „Kann ich Ihnen behilflich sein?"

Sie nickt dankbar. „Das wäre wirklich nett, Kindchen."

Ich nehme ihr lächelnd die Tüte aus der Hand, knie mich hin, breite sie aus und lege alles hinein, bevor ich die Sachen wie ein Geschenk einschlage und das Paket fest an mich drücke. „Ich fürchte, das lässt sich nicht gut tragen. Soll ich sie Ihnen vielleicht nach Hause bringen?" Ich stehe auf und zwinkere ihr zu. „Und keine Sorge – ich bin nicht gefährlich."

„Das sehe ich doch sofort." Die ältere Dame schmunzelt. „Und ja, das wäre sehr lieb. Ich wohne gleich da vorne."

„Dann gehen wir es mal an!" Nebeneinander laufen wir zu dem schmucken Brownstone-Reihenhaus, auf das sie gezeigt hat, und ich sehe immer wieder unauffällig zu ihr hinüber. Nicht unauffällig genug.

„Stimmt etwas nicht, meine Liebe?"

„Nein … ich meine … ich bewundere nur das Cape, das Sie tragen. Es ist wunderschön. Der feinste Tweed, den ich jemals gesehen habe."

„Sie haben ein gutes Auge. Ja, einen besseren Tweed finden Sie nirgendwo. Nur in Glenndoon, ein Dorf ganz in der Nähe des Ortes, in dem ich aufgewachsen bin."

Meine Trendspürnase tritt sofort in Aktion. „Liegt Glenndoon in Schottland? Ich glaube, ich höre einen leichten Akzent."

„Aye, meine Liebe." Sie schmunzelt und spricht mit starkem schottischem Akzent weiter. „Miss MacKay, geboren und aufgewachsen in den schottischen Highlands."

Ich muss lachen. „Das klingt wundervoll! Ich bin übrigens Emmy. Emmy Baley."

„Freut mich, Emmy. Möchten Sie vielleicht mehr über Glenndoon und den Tweed erfahren? Obwohl … nein … sicherlich hat so ein hübsches junges Ding besseres zu tun, als den Geschichten einer alten Frau zu lauschen."

„Ganz im Gegenteil! Es interessiert mich brennend und ich habe auch nichts anderes vor."

„Dann lade ich Sie jetzt zu einer Tasse Tee in meinem Zuhause ein. Sowieso als Dank für Ihre Hilfe, aber nun auch, um Ihre Gesellschaft zu genießen."

Ich strahle sie an. „Abgemacht!"

Kurz darauf sitze ich auf einem antik aussehenden, sehr gemütlichen Sofa im Wohnzimmer von Miss MacKay und bewundere die vielen Gemälde von schottischen Landschaften, als die Gastgeberin auch schon mit einem Tablett erscheint.

Jetzt mustere ich sie genauer. Sie ist eine kleine, rundliche Person mit weißem Haar, das zu einem lockeren Dutt frisiert ist. Sie trägt einen karierten Rock, eine weiße Bluse und eine cremefarbene Strickjacke – und an den Füßen dicke, sehr bunte und ganz offensichtlich selbstgestrickte Wollsocken. Ich grinse innerlich. Die Mischung aus Eleganz und Zweckmäßigkeit spricht mich sofort an.

„Emmy, ich hoffe, Sie mögen Scones mit Clotted Cream und Erdbeermarmelade? Habe ich heute Morgen frisch gebacken und die Marmelade ist auch selbstgemacht."

„Und wie ich die mag!" Ich schnuppere und strahle. „Allein von dem herrlichen Geruch läuft mir schon das Wasser im Mund zusammen."

„So ist es recht."

Miss MacKay stellt das Tablett ab, nimmt neben mir in einem Sessel Platz und gießt Tee in eine zierliche Porzellantasse.

„Ein Tröpfchen Milch?"

„Gerne."

„Zucker?"

Ich schüttele den Kopf. „Nein, danke." Sie reicht mir die Tasse und ich bedanke mich artig. Während sie sich selbst einschenkt, probiere ich vorsichtig. Himmlisch! „Ich bin wirklich kein großer Teetrinker, Miss MacKay, aber der hier schmeckt fantastisch."

„Das freut mich!"

Während wir uns die Scones schmecken lassen, unterhalten wir uns ein wenig über das Wetter und unsere Ecke in Brooklyn, denn ich wohne nur zwei Straßen weiter. Als nur noch Krümel übrig sind, holt Miss MacKay das Cape und legt es mir auf den Schoß. Ehrfürchtig lasse ich den Stoff durch meine Finger gleiten. Er fühlt sich leicht wie Wolken an und gleichzeitig robust. Erwartungsvoll sehe ich sie an.

Schmunzelnd lehnt Miss MacKay sich in ihrem Sessel zurück und sieht einen Moment verträumt in die Ferne, bevor sie sich wieder mir zuwendet.

„Glenndoon, einen bezaubernderen Ort werden Sie in den Highlands nicht finden. Und was ihn außer den Leuten und der atemberaubenden Landschaft noch so besonders macht, ist die Weberei der McFains …"

***

Jeden Morgen, wenn sich die Türen zum Glaspalast von Baldwin & Hershel im Herzen Manhattans für mich öffnen und ich das Foyer betrete, fühle ich mich wie eine Königin. Alles ist so elegant und luxuriös und es tröstet mich immer ein wenig darüber hinweg, dass ich es als Modedesignerin nicht geschafft habe. Wenn ich schon einen anderen Job machen muss, hätte ich es wahrlich schlechter treffen können.

Bevor ich meinen Ausweis zücke und ihn über das Display streiche, um zu den Aufzügen zu gelangen, bleibe ich wie immer bei Brandon, dem Wachmann, für ein kurzes Schwätzchen stehen, bevor ich ihn angrinse. „Also, wie ist die Stimmung heute in der Chefetage?"

Brandon weiß über alles Bescheid, was hier im Gebäude passiert, und ist der beste Menschenkenner, der mir jemals begegnet ist. Auf seine Einschätzung der Lage ist immer Verlass.

Der Wachmann verzieht kurz das Gesicht. „Mr. Hynes ist heute sehr gut aufgelegt. Und damit meine ich – noch arroganter als sonst. Ich fürchte, er ist sich seiner Sache sehr sicher, was immer er gleich im Meeting als neuen Trend präsentieren wird."

Ich mache kleine Würgegeräusche, was Brandon zum Lachen bringt. „Danke für die Vorwarnung, aber keine Sorge. Ich werde alle von mir überzeugen. Ich habe da ein richtig dickes Ding an Land gezogen."

„Dann viel Glück, Emmy. Zeigen Sie allen, was Sie drauf haben!"

Ich nicke ihm zu, gehe durch das Drehkreuz und fahre mit dem Aufzug in das oberste Geschoss. Als ich die Kabine verlasse, bin ich wie jedes Mal von der Chefetage beeindruckt. Das hat sich in all den Jahren nicht geändert. Alles hier strahlt Luxus aus. Das kostspielige, weiße Interieur wirkt modern und gleichzeitig klassisch. Große Fenster lassen viel natürliches Licht herein und bieten einen atemberaubenden Panoramablick auf die Skyline der Stadt, die niemals schläft. Der Boden ist mit hochwertigen Teppichen und Marmorfliesen ausgelegt, die Möbel sind stilvoll. An den Wänden hängen geschmackvolle Kunstwerke, die den luxuriösen Charme der Einrichtung unterstreichen. Nichts wirkt jedoch überladen - alles ist darauf abgestimmt, ein Gefühl von Eleganz zu vermitteln. Genau das, was wir den Kunden unserer Luxuskaufhäuser ebenfalls bieten.

Ich betrete den Konferenzraum, in dem sich ein großer Tisch mit passenden Sesseln befindet. Es ist noch niemand da – außer Chadwick! Ausgerechnet! Sein triumphierendes Grinsen lässt mir für einen Moment das Herz in die Hose rutschen, aber dann gebe ich mir einen Ruck. Es besteht kein Zweifel, dass ich als Siegerin vom Platz gehen werde!

„Guten Morgen, Chadwick", sage ich betont freundlich und nehme ihm gegenüber Platz.

„Und ob das ein guter Morgen werden wird", erwidert er. „Jedenfalls für mich. Baldwin wird begeistert von meinem Vorschlag sein. Ach, ich kann es kaum erwarten, dass ich hier auf der Karriereleiter nach oben klettere und du, kleine Emmy, für mich arbeiten wirst. Das wird ein Spaß! Also, falls ich dich nicht rausschmeiße. Du bist irgendwie zu weich für diesen Job. Dir fehlt der nötige Biss."

Heftiger als beabsichtigt knalle ich meine Tasche und meinen Laptop auf den Tisch. „Das werden wir ja sehen."

Chadwick verdreht die Augen. „Du weißt ganz genau, dass es früher oder später so kommen wird. Du vergisst immer, wer meine Familie ist."

Als ob ich das vergessen könnte! Chadwick ist der Enkel von Hershel, einem der Gründer von Baldwin & Hershel, und lässt das gerne in jedem zweiten Satz fallen. „Das wird dir bei Mr. Baldwin nichts nützen. Er legt Wert auf meine Spürnase und deshalb weißt du genau, dass ich ihn umhauen werde." Ich sehe Chadwick herausfordernd an. „Mein Vorschlag ist garantiert besser als deiner. Wie eigentlich immer. Weißt du, ich glaube ja, dass du nur noch hier arbeiten darfst, *weil* alle wissen, wer deine Familie ist."

Er lacht spöttisch. „Träum weiter."

Bevor ich eine passende Antwort geben kann, erscheint Mr. Baldwin mit einem Rudel seiner Assistenten. Er nimmt am Kopfende Platz und sein Gefolge verteilt sich geschäftig links und rechts von ihm. Mr. Baldwin mustert Chadwick und mich einen Augenblick und ich spüre die Spannung, die in der Luft liegt. Schließlich nickt er Chadwick zu.

„Dann zeigen Sie mal, was Sie für uns haben."

„Selbstverständlich, Boss."

Er drückt ein paar Tasten auf seinem Laptop und auf dem großen Display, das an der Wand angebracht ist, erscheint eine Collage, die Edelsteine zeigt. Diamanten, Rubine, Smaragde und viele mehr. Verwirrt starren wir ihn alle an.

Chadwick lehnt sich lässig auf seinem Stuhl zurück. „Wir werden unsere Kundinnen und Kunden auf ein neues Podest des Luxus heben. Edler Schmuck und Uhren, die mit Edelsteinen verziert sind, sind ja schön und gut. Handtaschen, Schuhe und Abendkleider damit zu bestücken, ist auch nicht schlecht. Aber das ist noch nicht genug. Nicht genug für unsere exklusive Kundschaft! Wir müssen das toppen! Wir werden also für den Herrn von Welt Einstecktücher, Fliegen, Krawatten und Socken produzieren, die über und über mit Edelsteinen versehen sind. Und die Damenwelt werden wir mit Mänteln und Hosen und Jacken aus Edelsteinen verzaubern! Jeder, der etwas auf sich hält, wird sich auf diese Kollektionen stürzen!" Mit einem selbstsicheren Lächeln blickt er in die Runde.

Ich unterdrücke ein Kichern. Er hat es immer noch nicht verstanden! Luxusmode bedeutet nicht Hauptsache viel Blingbling, sondern gutes Design in Kombination mit einer hervorragenden Qualität der verwendeten Materialien!

Mr. Baldwin verzieht das Gesicht. „Das ist eher nicht das, was unser Unternehmen voranbringt. Überlegen Sie sich etwas Neues, Chadwick, das Sie mir morgen präsentieren werden. Jetzt Sie, Emmy."

Auch ich präsentiere eine Collage. Sie zeigt Bilder von den Highlands, ein Foto von der kleinen Weberei der McFains sowie eine detaillierte Nahaufnahme des Tweedstoffs, die ich von Miss MacKays Cape gemacht habe.

Mr. Baldwin beugt sich neugierig vor. „Was hat es damit auf sich?"

„Ich bin gestern zufällig einer älteren Dame begegnet. Miss MacKay. Sie stammt aus der Nähe von Glenndoon, einem kleinen Dorf in den schottischen Highlands. Als junges Mädchen ist sie dann nach New York gegangen, um als Köchin im Restaurant ihrer Cousine zu arbeiten, und wohnt gleich bei mir um die Ecke." Ich bemerke Mr. Baldwins ungeduldigen Blick und fahre schnell fort. „Und sie hat ein Cape aus dem edelsten Tweed getragen, den ich jemals anfassen durfte. Ich würde behaupten, dieser Tweed ist der Kaschmir unter den Tweedstoffen! Die Familie McFain stellt ihn her und unsere Kundinnen und Kunden würden begeistert sein. Nicht nur von der herausragenden Qualität, sondern auch von der Exklusivität, denn die Weberei ist klein und produziert nicht viel. Das ist wahrer Luxus! Und künstliche Verknappung darüber hinaus immer ein Garant, um die Nachfrage anzuheizen."

Mr. Baldwin nickt anerkennend.

Ich switche auf ein neues Bild um, das die Webseite der Weberei zeigt. „Wie Sie sehen, ist die Auswahl nicht besonders üppig. Sie stellen lediglich Schals, Mützen, Tücher, Decken und Capes her. Da gibt es also noch Luft nach oben. Aber egal, ob wir die Produktpalette erweitern oder nicht – wenn wir die McFains dazu bringen, als Partner nur noch für uns allein zu arbeiten, wäre das ein absoluter Gewinn für unser Sortiment und ein unschlagbares Alleinstellungsmerkmal aufgrund der limitierten Anzahl der Produkte pro Jahr. Meiner Meinung nach ist feinster Tweed in Kombination mit der romantischen Geschichte einer kleinen, traditionsreichen Weberei in den malerischen Highlands einfach nicht zu toppen."

„Das sehe ich genauso", stimmt Mr. Baldwin sofort zu. „Aber eine Partnerschaft kommt für mich nicht infrage. Wenn ich nicht die alleinige Kontrolle habe, bin ich nicht interessiert. Also kaufen Sie diese Weberei!"

„Aber eine Partnerschaft wäre sicherlich leichter -", beginne ich, werde aber sofort von meinem Chef unterbrochen.

„Ich will diese Weberei und ich will, dass die McFains für mich arbeiten! Sie reisen heute noch nach Glenndoon ab und machen den Verkauf klar. Ich verlasse mich auf Sie, Emmy. Sie wissen, was Sie bieten können, aber versuchen Sie, es günstig zu halten. Wenn Sie das Geschäft an Land ziehen, wird es nichts mehr geben, was einer Beförderung im Wege steht. Wenn Sie allerdings den Auftrag nicht zu meiner Zufriedenheit erledigen, werde ich zukünftig auf Ihre Mitarbeit verzichten müssen. Ihr derzeitiger Job ist inzwischen ein wenig überflüssig geworden und könnte auch von Praktikanten erledigt werden, die die sozialen Netzwerke für weniger Geld als Ihr Gehalt nach den neuesten Trends durchforsten."

Was? In meinem Kopf bricht Panik aus! Wenn ich meine Arbeit verliere, was mache ich denn dann? Wie soll ich meine Miete zahlen und wovon soll ich leben? Und vor allem – wie soll ich meine Eltern weiter finanziell unterstützen, die vor einem halben Jahr einen Großteil ihrer Ersparnisse durch Spekulationen eines leichtsinnigen Anlageberaters ihrer Bank verloren haben, während sie mitten in den Renovierungen unseres Hotels steckten? Wo soll ich denn so schnell einen neuen Job herkriegen, der genug dafür abwirft? Sie müssen es fertig renovieren, sonst können sie nichts verdienen! Und ich kann nicht einfach zur Konkurrenz gehen, um dort weiter als Trendscout zu arbeiten, denn das verbietet mein Vertrag für ein ganzes Jahr!

Ich weiß natürlich, dass Mr. Baldwin hart ist und kein Nein akzeptiert, wenn er unbedingt etwas haben will. Es ist diese Entschlossenheit, der Baldwin & Hershel seinen internationalen Erfolg verdankt, und nicht umsonst wird er in der Branche bewundert und gefürchtet. Das hat mich eigentlich immer angespornt, mein Bestes zu geben, denn wer nichts leistet, hat hier nichts zu suchen. Ich hatte nie Probleme mit ihm, doch dass sein eiskalter Geschäftssinn jetzt mich trifft und er nach all den Jahren plötzlich meinen Job in Frage stellt, ist ein echter Schock!

Aus dem Augenwinkel bemerke ich, dass Chadwick hämisch grinst, und dazu hat er allen Grund. Egal, was ich vorhin zu ihm gesagt habe – der Hershel-Enkel wird hier immer einen Job haben, ob er etwas leistet oder nicht. Für mich gilt das offensichtlich nicht.

„Schaffen Sie das, Emmy?", hakt Mr. Baldwin in scharfem Ton nach.

„Selbstverständlich", erwidere ich sofort.

„Sind Sie sicher? Vielleicht fehlt Ihnen dafür der nötige Killerinstinkt. Möglicherweise ist es am besten, wenn Chadwick Sie begleitet."

Auch das noch! Auf gar keinen Fall wird das passieren! Entschlossen blicke ich Mr. Baldwin an. „Nicht nötig. Das wird kein Problem werden. Ich besorge uns diese Weberei."

Er lächelt grimmig. „Genau das wollte ich hören. Halten Sie mich auf dem Laufenden und beeilen Sie sich, damit wir ein paar exklusive Stücke mit einer entsprechenden Kampagne noch vor Weihnachten in die Läden bringen können."

„Sie können sich auf mich verlassen, Mr. Baldwin."

„Davon gehe ich aus."

Der drohende Unterton in seiner Stimme entgeht mir nicht und meine Panik wird noch größer. „Es wird nichts schiefgehen", versichere ich schnell.

„Gut." Er erhebt sich und seine Assistenten folgen schnell seinem Beispiel. „Gehen Sie gleich zu Karen, damit sie Ihnen den Flug und einen Mietwagen bucht und was Sie sonst noch brauchen. Ich erwarte dann in Kürze positive Neuigkeiten von Ihnen."

KAPITEL 2

EMMY

Ich schaue aus dem Fenster und beobachte, wie New York unter mir in der Abenddämmerung verschwindet. Wir sind in den Wolken, aber ich kann die Stadt noch sehen - ein riesiges Gebilde aus Licht und Beton. Dann dreht das Flugzeug nach links und die Wolken verschlucken den Big Apple.

Jetzt wird es also ernst! Nach den chaotischen letzten Stunden mit nach Hause hetzen, packen, alles für die Reise vorbereiten und zum Flughafen fahren, habe ich nun endlich Zeit, darüber nachzudenken, wie ich die McFains dazu bringen könnte, ihre Weberei zu verkaufen und für Baldwin & Hershel zu arbeiten.

Natürlich habe ich mir schon die üblichen Argumente zurechtgelegt. Wieviel sie verdienen werden und wie stolz sie sein werden, wenn ihre Stoffe international bekannt werden und die Reichen und Schönen im Fernsehen und in Modemagazinen von ihrer Weberei und den Stoffen schwärmen!

Doch in mir regt sich der leise Verdacht, dass es einem traditionsreichen Familienbetrieb in einem kleinen Dorf in Schottland völlig egal sein könnte, wenn irgendein Promi irgendwo auf der Welt etwas trägt, das in ihrer Weberei produziert wurde. Einer Weberei, die nicht mehr ihnen gehört. Und auch Geld, egal in welcher Höhe, könnte stolze Highlander eventuell nicht die Bohne interessieren.

Energisch straffe ich die Schultern. Ich werde diese McFains schon um den Finger wickeln. Ich muss es nur geschickt anstellen. Und genau das werde ich – immerhin geht es um meinen Job und damit auch um die Existenz meiner Eltern!

Ich nicke mehrmals entschlossen, was mir einen misstrauischen Blick meines Sitznachbarn einbringt, den ich kurz anlächle, bevor ich mich wegdrehe und die Augen schließe.

Das Vibrieren des Flugzeugs beruhigt mich und ich fühle mich sicher und geborgen in dem großen Metallvogel …

… und schrecke unvermittelt aus dem Schlaf, als eine fröhliche Stimme aus dem Lautsprecher über mir erklingt.

„Meine Damen und Herren, verehrte Fluggäste! Wir erreichen in Kürze Edinburgh und werden pünktlich landen. Es erwartet Sie lediglich ein leichter Nieselregen bei wundervollen 18 Grad – damit will ich sagen: Herzlich willkommen im sommerlichen Schottland! Ich melde mich dann wieder bei Ihnen, sobald wir uns im Anflug befinden. Vielen Dank für Ihre Aufmerksamkeit!"

Ich grinse, strecke mich und reibe mir die Müdigkeit aus den Augen, bevor ich aus dem Fenster sehe, um einen ersten Blick auf Schottland zu erhaschen. Doch ich sehe nur Wolken, aber in Gedanken sehe ich mich, dank einschlägiger Filme und TV-Serien, mit flatternden Haaren auf einem Berg stehen, während ein strammer Highlander mit wehendem Kilt auf seinem Pferd auf mich zu galoppiert, um mir seine ewige Liebe zu gestehen.

Ich kichere, lache schließlich viel zu laut, was meinen Sitznachbarn diesmal dazu bringt, mich tadelnd anzusehen und dann so weit es geht von mir abzurücken.

***

Als ich einige Zeit später im Flughafen-Parkhaus endlich den kleinen Wagen finde, den meine Firma für mich vorab gemietet hat, stehe ich erst einmal auf der falschen Seite. Grinsend verdrehe ich die Augen. Natürlich weiß ich, dass der Lenker auf der rechten Seite ist und links gefahren wird.

Aber das ist eben die Macht der Gewohnheit, obwohl ich zuhause nicht sehr häufig mit dem Auto unterwegs bin. Höchstens mal mit einem der Geschäftswagen, wenn ich einen wichtigen Termin habe oder ich mir einen ausleihe, um irgendetwas Größeres zu transportieren. Ich halte mich dennoch für eine gute Autofahrerin, aber ein bisschen Respekt habe ich trotzdem davor, nicht nur in einem fremden Land unterwegs zu sein, sondern auch auf der falschen Straßenseite.

Schnell öffne ich das Auto, packe die Reisetasche in den Kofferraum, schmeiße meine Handtasche auf den Beifahrersitz und nehme hinter dem Steuer Platz. Es ist ein seltsames Gefühl, rechts zu sitzen, und ich muss mich erst einmal mit allem vertraut machen. Dann gebe ich Glenndoon in das Navi ein und es berechnet mir eine Fahrtzeit von etwa vier Stunden. Also genug Zeit, um mich an das Auto und die neue Art zu fahren zu gewöhnen, damit ich dann in Ruhe die Landschaft genießen kann, sobald ich die Highlands erreiche.

Nach einigem Herumkurven finde ich endlich die Ausfahrt und der Regen prasselt derart heftig herunter, dass ich meine Scheibenwischer auf höchste Stufe einschalten muss.

Das verstehen die Schotten unter Nieseln? Wie viel heftiger muss es denn noch regnen, bevor sie anfangen, Tiere paarweise in Sicherheit zu bringen?

Glücklicherweise habe ich für den Flug auf ein strenges Businessoutfit verzichtet, in dem man mich ernst nehmen soll, sondern Jeans, einen dicken Pulli, derbe Halbstiefel und eine Regenjacke angezogen. Ich klopfe mir selbst lobend auf die Schulter, wie organisiert ich bin, und gebe Gas.

Nach etwa dreieinhalb, unglaublich anstrengenden Stunden im Dauerregen, den ich persönlich tatsächlich als Sintflut kategorisieren würde, wendet sich kurz vor dem berühmten Loch Ness das Wetter endlich zum Besseren. Und nicht nur zum Besseren! Es regnet keinen Tropfen mehr, die Sonne scheint und die Straße ist trocken. Es kommt mir wie ein Wunder vor oder als hätte ich eine magische Barriere passiert – und der Gedanke erscheint mir in so einem mystischen Land nicht einmal zu abwegig.

Ich beschließe, mir in Drumnadrochit, dem Zentrum für Nessie-Fans aus aller Welt, eine Pause zu gönnen und eine Kleinigkeit zu essen, bevor ich die letzte Etappe in Angriff nehme und quer durch die Highlands an die Westküste fahre, um mein Ziel zu erreichen. Aber der Ort ist von Touristen überfüllt. Das bin ich aus New York natürlich gewöhnt, aber hier, in dieser idyllischen Landschaft, will ich lieber erstmal alleine sein und richtig ankommen.

Also besorge ich mir zwei Sandwiches, einen Cappuccino und eine Flasche Wasser, setze mich wieder ins Auto und fahre ein Stück am See entlang. Als ich an der Ruine von Urquhart Castle vorbeikomme, worauf mein Navi mich netterweise aufmerksam macht, winke ich dem alten Gemäuer kurz zu.

Gleich darauf finde ich eine geeignete Stelle, um das Auto zu parken und nach einem schönen Plätzchen für mein improvisiertes Picknick zu suchen. Nach einem kleinen Spaziergang am Ufer, setze ich mich schließlich auf einen flachen Felsen, trinke einen Schluck und beiße mit Heißhunger in mein Sandwich, während ich die Szenerie in mich aufnehme.

Die Oberfläche des berühmten Sees ist ruhig und wirkt unglaublich geheimnisvoll, jedoch entdecke ich kein Zeichen von irgendeinem Ungeheuer, aber vielleicht hat es keine Lust auf Touristen und ihre Kameras. Schmunzelnd zücke ich mein Handy, mache ein Foto und sehe mich weiter um.

Die Wolken am strahlendblauen Himmel sehen wie Zuckerwatte aus. Ein leichter Wind spielt mit meinen Haaren und bringt den Geruch von Heidekraut mit. Die Bäume und die grünen Hügel, die den Loch umgeben, spiegeln sich im Wasser, und es wirkt fast so, als wären sie real und würden in einer anderen Welt existieren, die sich direkt unter dem See befindet.

Eine halbe Stunde später sitze ich wieder im Auto und mache mich auf den Weg nach Glenndoon – und mir eröffnet sich eine Welt voll wilder Schönheit! Aus den sanften Hügeln, mit grünen Wiesen bedeckt, zwischen denen sich kleine Dörfer verstecken, werden schroffe Berge und jeder einzelne scheint voller Geschichten und Legenden zu stecken. Immer wieder fahre ich an Seen vorbei und überall wächst Heidekraut und Ginster, die von dem Sonnenlicht, das nun fast golden wirkt, verwöhnt werden. Alles sieht magisch und atemberaubend wie eine Filmkulisse aus, sodass ich alle hundert Meter stehenbleiben könnte, um weitere

Fotos zu machen, aber das mache ich nicht. Ich habe Wichtigeres zu tun!

Als ich die Abzweigung erreiche, die mich nach Glenndoon führen soll, erlebe ich eine weitere Überraschung. Bisher kann ich mich nicht über die schottischen Straßen beschweren, doch jetzt rumpelt mein Auto über einen unebenen Fahrweg voller Schlaglöcher und meine Hände verkrampfen sich um das Lenkrad. Ich bin nicht leicht einzuschüchtern, aber ich stehe Todesängste aus, bis die Straße wieder besser wird und ich mein Ziel erreiche – und ich bin sofort verliebt!

Glenndoon sieht aus, als wäre es einem Bildband über die schönsten Ortschaften Schottlands entsprungen! Während ich durch das Dorf fahre, bewundere ich die alte Kirche und die Häuser aus Stein mit ihren rostroten Dächern, deren Fenster Kästen mit farbenfrohen Blumen zieren. Sie ziehen sich entlang der engen Straße – die Bewohner nennen das sicherlich pompös ihre Hauptstraße – und hier gibt es auch verschiedene kleine Geschäfte und einen Mini-Supermarkt.

Die paar Leute, die jetzt am späten Nachmittag auf der Straße sind, lächeln mich freundlich an, was ich etwas verkrampft erwidere. In New York macht das niemand! Wenn dich dort ein Fremder auf der Straße auf diese Art anlächelt, schrillen meistens sofort die Alarmglocken und man versucht, möglichst unauffällig in eine andere Richtung zu schauen und bloß nicht darauf einzugehen!

Ich merke, wie aufgesetzt mein Lächeln sich selbst

für mich anfühlt, aber ich muss mich auch nicht daran gewöhnen. Ich werde sowieso nicht lange genug hier sein, um mich den Gepflogenheiten anpassen zu müssen. Ich muss nur eine Sache tun – meine Mission schnell erledigen, um meinen Chef zu beeindrucken und meinen Job und meine Eltern zu retten!

Punkt 1 auf meiner Liste: eine Unterkunft besorgen. Ich hatte mit Karen abgesprochen, dass sie mir das überlassen soll, damit sich die Ankunft einer Mitarbeiterin von Baldwin & Hershel nicht schon im ganzen Dorf verbreitet hat, bevor ich überhaupt eintreffe und eine Chance habe, mit den McFains zu sprechen.

Karen war ziemlich beeindruckt von meiner weisen Voraussicht, die einem Spion Ehre machen würde, und nannte mich deshalb Emmy Peel, womit ich zum Glück etwas anfangen konnte, da meine Eltern absolute Fans der Serie ‚Mit Schirm, Charme und Melone' sind und ich mit der knallharten und verführerischen Emma Peel aufgewachsen bin. Kurz hatte ich überlegt, mir auf die Schnelle einen hautengen Catsuit aus Leder zu besorgen, die Emma so gerne getragen hat, habe mich dann aber dagegen entschieden. Ich will erstmal nicht mehr in Glenndoon auffallen, als ein neues Gesicht es wahrscheinlich sowieso schon tut.

Vor dem einzigen Pub des Dorfs, dem ‚Dear White Heather', halte ich auf dem kleinen Parkplatz an, schnappe mir meine Handtasche und steige aus. Ich rieche wilden Thymian und meine fast das Salz zu schmecken, das der Wind vom nahegelegenen Meer hierher trägt.

Okay, Emmy, dann mal los! Ich pflastere jetzt doch sicherheitshalber ein breites Lächeln auf mein Gesicht, öffne die Tür und betrete das Gasthaus. Auch hier werde ich nicht enttäuscht! Es riecht nach Rauch, Whisky und Essen und alles sieht genauso gemütlich aus, wie ich es mir ausgemalt habe.

An den Wänden aus Stein hängen Schwerter und Wappen sowie verblasste Gemälde, die die Highlands zeigen. Der Holzfußboden wirkt wie aus einem anderen Jahrhundert und wahrscheinlich entspricht genau das der Wahrheit.

An der hinteren Wand gibt es einen Kamin, der so groß ist, dass man darin problemlos einen ganzen Ochsen am Spieß braten könnte, und in dem ein Feuer lodert. Vor meiner Reise hätte ich es für absolut unnötig gehalten, im September den Kamin anzufeuern, aber je weiter ich in die Highlands gefahren bin, desto kühler ist es geworden, und deshalb bin ich dankbar für die wohlige Wärme.

An der linken Wand ist eine Holzbank über die ganze Breite des Raums angebracht, vor der kleine runde Tische mit bunt gemischten Stühlen stehen. Als hätte jeder im Ort, der einen Stuhl übrig hat, ihn hierhergebracht. Vor der Theke auf der gegenüberliegenden Seite stehen ein paar robuste Barstühle, und in den Regalen reiht sich Flasche an Flasche. Messingfarbene Zapfhähne für Bier gibt es wie erwartet auch.

Es sind nicht viele Gäste da und sie haben auch nur kurz aufgesehen und freundlich genickt, als ich reingekommen bin, aber sie machen Lärm, als wäre der

Pub zum Bersten gefüllt. Lautstark unterhalten sich ein paar Frauen und Männer, von denen einige tatsächlich Kilts tragen – kein Wunder, dass die Besitzer den Kamin anwerfen mussten –, über das Wetter, Sport und Politik und brechen dabei immer wieder in dröhnendes Gelächter aus.

Am Tresen sitzen zwei ältere Damen, die sich mit der jungen hübschen Frau mit den kurzen blonden Haaren und dem freundlichen Gesicht dahinter unterhalten, und langsam gehe ich auf sie zu.

„Und natürlich haben die McFains sofort abgelehnt!", höre ich eine der beiden Damen sagen.

Die andere nickt heftig. „So eine Frechheit! Was glaubt dieser Schnösel eigentlich, wer er ist? Kommt einfach aus Italien hierher und will die Weberei kaufen! Dachte wohl, er hätte es mit Hinterwäldlern zu tun, die er über den Tisch ziehen kann. Ich wäre wirklich gerne dabei gewesen, als Sean dem ordentlich die Meinung gegeigt und ihn dann mitsamt seinem Angebot und seinem vielen Geld hochkant rausgeworfen hat!"

Die Frau hinter dem Tresen lacht. „Der wird sich ganz sicher nicht noch einmal trauen, hier aufzukreuzen."

Ich erstarre und sehe meine Felle davonschwimmen! Was mache ich denn jetzt? Ich hätte nie gedacht, dass auch andere von dieser Weberei wissen! Für die sozialen Medien existiert sie gar nicht. Und ja, sie ist im Internet zu finden, wenn man danach sucht, aber wer sucht denn danach? Fieberhaft überlege ich. Dieser Sean ist der Sohn der McFains und laut Webseite der Geschäftsführer. Selbst mit

25

meinem charmantesten Lächeln werde ich ihn wohl nicht so schnell davon überzeugen können, doch zu verkaufen.

„Willkommen im Dear White Heather! Ich bin Alison. Was kann ich dir bringen?"

Ich bemerke erst jetzt, dass mich alle drei Frauen neugierig betrachten, und trete eilig an die Bar, während meine Gedanken rasen und ich meine Zukunft den Bach runtergehen sehe. „Hallo Alison, also … ich … ich hätte gerne etwas …" Verdammt! Verdammt! Verdammt! Mr. Baldwin wird mich rausschmeißen! Wie soll ich das meinen Eltern beibringen?

„Zu trinken vielleicht?", ergänzt Alison und hebt amüsiert eine Augenbraue.

„Ein Kaffee wäre wundervoll." Ich seufze abgrundtief. „Tut mir leid. Ich bin ein bisschen durch den Wind. Es war eine lange, anstrengende Fahrt und es hat fast die ganze Strecke nur geschüttet." Ich bin nicht nur von der Fahrt durch den Wind, aber das sage ich natürlich nicht.

Eine der älteren Damen klopft auf den Stuhl neben sich und sieht mich mitleidig an. „Setz dich zu uns. Ich weiß genau, wie du dich fühlst. 1971 haben mein Bruder Angus und ich mal eine Autofahrt von Inverness hierher gemacht und das Wetter war so schlimm, dass wir dachten, wir würden es nicht überleben."

Dankbar nehme ich Platz und ziehe meine Jacke aus.

Die andere schüttelt den Kopf. „Ach Mabel! Das war doch gar nichts gegen meine Fahrt von 93. Der Sturm hat mich fast von der Straße geweht!"

„Hey, Hazel!", ruft einer der Männer zu ihr herüber. „War das 1893 oder 1993?"

„Ich geb dir gleich 1893, Wallace Campbell!"

Alle lachen und auch ich grinse.

Alison reicht mir eine große Tasse Kaffee, Milch und Zucker und ich bediene mich, bevor ich einen Schluck nehme. „Das tut gut. Ich bin übrigens Emmy. Emmy Baley."

Alison lächelt. „Freut mich, Emmy. Möchtest du auch etwas essen? Das Tagesangebot ist der Rindfleischeintopf meines Mannes und wenn ich das so sagen darf – du wirst weit und breit keinen besseren Eintopf finden."

„Klingt fantastisch! Und gerne eine große Portion!"

„Alles klar. Willst du hier sitzenbleiben oder dich vielleicht an einen der Tische am Kamin setzen? Du siehst ein wenig verfroren aus."

Ich muss in Ruhe nachdenken und mir ist tatsächlich ein bisschen kalt, also nicke ich. „Das ist eine gute Idee."

„Such dir einfach einen Platz. Das Essen kommt gleich."

„Großartig. Wo finde ich die Toilette?"

„Hinten rechts, am Ende des Flurs."

Ich lächle die beiden älteren Damen noch einmal

an, bringe den Kaffee zu dem Tisch, der am weitesten von den anderen Gästen entfernt ist, und mache mich auf den Weg.

Auf einem kleinen Schränkchen vor der Toilette liegen Prospekte aus, die für Tagesausflüge werben, ebenso Flyer für Veranstaltungen und lokale Geschäfte. Und auf einem dieser Flyer springt mir der Name Sean McFain ins Auge. Neugierig nehme ich mir einen und lese schnell, was darauf steht – und ein neuer Plan formt sich in meinem Kopf!

Ha! Diese Mission ist noch nicht verloren und Emmy Peel noch lange nicht am Ende!

„Lass es dir schmecken!"

Alison serviert mir einen tiefen Teller Eintopf und ich schnuppere. „Riecht köstlich." Hungrig probiere ich und gebe ein genüssliches Stöhnen von mir. „Wow! Wenn ich einen Mann treffen würde, der so gut kochen kann, würde ich ihn mir auch schnappen!"

„Das war einer der Hauptgründe, Harris zu erlauben, mir einen Ring an den Finger zu stecken, aber verrate es ihm nicht!" Alison lacht. „Sag mal, bist du aus New York, Emmy?"

„Bin ich. Das hast du rausgehört?"

Alison schmunzelt. „Wir haben immer wieder Touristen aus den Staaten da und mittlerweile habe ich ein ganz gutes Ohr, wo jemand herkommt."

„Das kann man wohl sagen. Hast du einen Moment Zeit? Ich will dich etwas fragen."

„Na klar." Sie setzt sich neben mich. „Schieß los!"

„Also, ich bräuchte dringend eine Unterkunft. Irgendwo hier in der Gegend. Kannst du mir etwas empfehlen?"

„Da bist du bei mir genau richtig. Ich vermiete auch Zimmer." Sie deutet nach oben. „Frühstück inklusive. Von 8 bis 10. Es gibt zwar nur ein Badezimmer für alle, aber da sonst gerade niemand da ist, hast du es für dich ganz allein. Wie lange willst du denn bleiben?"

„Ein paar Tage auf jeden Fall, aber wie lange genau, weiß ich noch nicht. Ist das okay?"

„Kein Problem. Und was verschlägt dich nach Glenndoon, wenn ich fragen darf?"

Jetzt muss ich meinen neuen Plan in die Tat umsetzen! „Ich will wandern. In den Highlands. Wollte ich schon immer. Und mir die Gegend ansehen. Ich habe mich einfach treiben lassen und bin schließlich hier gelandet." Ich ziehe den Flyer hervor und lege ihn auf den Tisch. „Diese Wandertouren, die hier angeboten werden – sind die was?"

„Absolut! Sean kennt die schönsten Fleckchen, allerdings …"

„Allerdings?", hake ich nach.

„Allerdings weiß ich nicht, ob er Zeit hat."

Ich gebe alles und sehe sie derart enttäuscht an, dass selbst Engel zu Tränen gerührt wären.

Alison drückt verschwörerisch meine Hand. „Weißt du was? Du gehst am besten persönlich zu ihm und fragst ihn. Wenn du ihn so ansiehst wie mich gerade, wird das helfen. Er kann schlecht Nein sagen … außer es geht um die Weberei seiner Familie."

Das weiß ich schon! Ich sage aber nichts dazu, weil ich keinen Verdacht erregen will. „Okay. Und wo finde ich diesen … äh … ", ich runzle übertrieben die Stirn und werfe betont einen langen, suchenden Blick auf den Flyer, „… diesen Sean?"

„In etwa einer Stunde müsste er in Sallys kleinem Laden sein. Er ist eigentlich fast jeden Abend dort und sortiert neue Ware ein. Sie ist schon 87 und nicht mehr so rüstig wie früher."

Sieh mal einer an! Scheint ein richtig netter Typ zu sein. Vielleicht habe ich ja doch Chancen, ihn weichzuklopfen!

„Ist genau gegenüber", fährt Alison fort. „Sollte er wider Erwarten nicht dort sein, kommt er später bestimmt noch hierher. Außer dem Heather gibt es nichts, wohin man abends gehen könnte, ohne erst ins Auto steigen zu müssen. Aber ich denke, ein Gespräch unter vier Augen bringt dich eher ans Ziel. Und vergiss diesen herzerweichenden Blick nicht!"

„Werde ich nicht", verspreche ich grinsend.

„Alles klar." Alison steht auf. „Dann iss jetzt brav auf und ich kümmere mich inzwischen um dein Zimmer, damit du erstmal richtig ankommen kannst. Ich bringe dir gleich den Schlüssel und ein Formular, das du für meine Unterlagen ausfüllen musst."

„Perfekt. Danke. Du bist meine Retterin!"

„Nichts zu danken. Herzlich willkommen in

Glenndoon, Emmy!"

***

Frisch geduscht und umgezogen betrete ich Sallys Laden, der sich als der kleine Supermarkt entpuppt, den ich bereits entdeckt habe.

„Tut mir leid. Es ist bereits geschlossen."

Die tiefe Stimme lotst mich quer durch den Laden und ich starre den Mann an, den ich erstmal nur von hinten sehe. Er kniet mit einer Palette Ravioli auf dem Boden und sortiert die Konserven in ein Regal ein.

Der dunkelblaue Wollpullover betont seinen athletischen Oberkörper und der Hintern in der verwaschenen Jeans ist ebenfalls nicht zu verachten. Sein volles Haar trägt er am Oberkopf länger als an den Seiten und im Nacken, und es schimmert tiefschwarz. Insgesamt sehr, sehr sexy! Und wenn seine Vorderseite hält, was die Rückseite verspricht, dann ist dieser Sean ein richtiges Prachtexemplar … das jetzt meine Anwesenheit bemerkt und aufsteht.

Er ist groß und ich schaue nach oben und in das schönste Gesicht, das ich jemals gesehen habe! Mein Herz schlägt schneller und meine Knie werden weich. Dieser Mann ist perfekt!

Eine Strähne fällt ihm in die Stirn und lenkt meinen Blick auf seine blauen Augen, die von Lachfältchen umgeben sind. Es sind wirklich, wirklich unwirklich leuchtend blaue Augen. Als würde er farbige

Kontaktlinsen tragen. Seine Nase ist gerade, die Wangenknochen wirken wie gemeißelt und die Lippen sind schön geschwungen und sollten unbedingt geküsst werden. Zusammen mit dem Dreitagebart sieht er aus, als wäre er dem Titelbild eines Outdoormagazins entsprungen.

In meinem Job habe ich immer wieder mit männlichen Models zu tun, wenn wir die Kataloge shooten und Fotos für die Webseite, aber noch nie hat mich einer von ihnen optisch derart beeindruckt wie der Mann direkt vor mir. Er ist nicht nur schön, sondern strahlt auch eine unbändige Kraft und Energie aus, und besitzt eine Präsenz, die mich fast umwirft.

Ob er wohl vergeben ist? Ich schiele unauffällig nach unten. Einen Ring trägt er nicht, aber wer so aussieht, ist garantiert nicht allein. Oder hat jede Woche eine andere. Oder einen anderen. Ich kann ja nicht einfach davon ausgehen, dass er auf Frauen steht. Oder vielleicht steht er auf alles, was einen Rock trägt, was die Auswahl in Schottland ziemlich erweitern würde. Und obwohl es mich eigentlich für meine Mission nicht interessieren sollte, finde ich es irgendwie schade, dass die Chancen ziemlich schlecht stehen, dass er Single ist.

Plötzlich bemerke ich, dass er mich irritiert mustert.

„Wie bitte?", fragt er.

„Was?" Oh mein Gott! Offensichtlich habe ich etwas gesagt – aber was? Ich fühle, wie meine Wangen heiß werden und möchte vor Scham im Boden versinken.

KAPITEL 3

SEAN

Ich mustere die junge Frau, die mich aus großen haselnussbraunen Augen erschrocken anblickt. Ihre Wangen haben sich rosa verfärbt, was sehr süß aussieht. Ich räuspere mich. „Was immer du da gerade gemurmelt hast, hat sich für mich so angehört, als hättest du mich gefragt, ob ich Single bin. Also, wenn das ein Angebot werden soll – du bist wirklich sehr hübsch und ich fühle mich geschmeichelt, muss jedoch ablehnen. Eine schnelle Nummer mit einer Fremden steht auf meiner Prioritätenliste nicht besonders weit oben."

„Natürlich habe ich das nicht gefragt! Ich habe

gefragt, ob du ... äh ... ob du auch Singles führst. Genau das habe ich gefragt. Nichts anderes. Das ist ... äh ... so eine amerikanische Redewendung aus der Tourismus-Branche. Single-Touren. So heißt das. Kennt man hier offensichtlich nicht."

Sie zieht einen meiner Flyer hervor und hält ihn hoch.

„Ich wollte also fragen, ob du nur Touren mit Gruppen machst oder auch nur mit einer Person. Mit mir. Und wenn ja, hast du Zeit? Alison vom Pub hat mir gesagt, dass ich dich hier finde und einfach fragen soll. Ich träume schon so lange davon, in den Highlands zu wandern, und du scheinst die perfekte Wahl zu sein, weil Alison auch gesagt hat, dass du die schönsten Fleckchen kennst."

Ich schmunzle. „Da hat die liebe Alison ja jede Menge Werbung für mich gemacht, aber ich habe im Moment leider viel zu tun." Sie sieht mich derart traurig an, dass ich innerlich aufstöhne. So einem Blick kann ich einfach nicht widerstehen. Selbst ihre langen, kastanienbraunen Locken scheinen enttäuscht zu sein. „Na ja, vielleicht könnte ich doch ein wenig Zeit für eine Tour erübrigen."

„Nur eine? Wie schade." Sie seufzt abgrundtief.

Aufmunternd lächle ich sie an. „Okay, an wie viele Touren hast du denn gedacht?"

„Ich bin wahrscheinlich ein paar Tage hier, also vielleicht zwei oder drei? Es könnte morgen schon losgehen."

Ihr Blick ist derart hoffnungsvoll, dass ich weiß,

dass ich verloren habe. Ich kann einfach schlecht Nein sagen. „In Ordnung. Lass uns einen Deal machen. Du hilfst dabei, alle Regale aufzustocken, und danach gehen wir rüber in den Pub und besprechen den Rest. Einverstanden?"

„Total einverstanden!"

Ich strecke die Hand aus. „Ich bin Sean. Sean McFain … wie du offensichtlich schon weißt."

„Emmy Baley. Aus New York. Freut mich."

Sie schüttelt strahlend meine Hand und ihr Lächeln ist bezaubernd. Grinsend deute ich auf die Ravioli. „Also dann – du kannst hier übernehmen, Emmy. Ich hole inzwischen die restlichen Lieferungen aus dem Lager."

Nach zwanzig Minuten, in denen Emmy fleißig Regale eingeräumt hat, während ich schnell noch den Laden durchgewischt habe, sind wir fertig. Aus dem Pub ist bereits Live-Musik zu hören, als ich das Licht lösche und die Tür hinter mir zuziehe.

„Da scheint richtig was los zu sein!", sprudelt es begeistert aus Emmy heraus, während wir die Straße überqueren.

„Oder wie wir es nennen – ein ganz normaler Dienstagabend. Nun ja, genauer gesagt ist das fast jeden Abend so."

„Toll! Hat sich da etwa das ganze Dorf versammelt?"

Ich lache. „Ein paar mehr sind wir schon."

„Natürlich." Sie schlägt sich kurz verlegen die Hände vors Gesicht. „Du musst mich ja für einen dieser typisch peinlichen Touristen aus den Staaten halten."

„Noch hält es sich im Rahmen." Grinsend öffne ich die Tür des Heather und winke sie mit einer kleinen Verbeugung hinein. „Nach dir."

EMMY

Stolz auf mich, dass ich diesen heiklen Single-Ausrutscher so bravourös gemeistert habe, lasse ich mich sofort von der euphorischen Stimmung im Pub anstecken! Die Band besteht aus zwei Männern mit Akkordeon und Gitarre und zwei Frauen, die Geige und Flöte spielen. Ich kenne das Lied nicht, aber es klingt großartig und alle Gäste singen mit und klatschen im Takt.

Sean, der an meine Seite getreten ist, bahnt uns einen Weg zur Theke, hinter der mir Alison einen neugierigen Blick zuwirft, während sie Getränke verteilt. Ich hebe einen Daumen und sie grinst breit.

„Willst du auch einen Whisky?", fragt Sean mich.

„Äh … eigentlich sollte ich einen trinken, wenn ich schon mal in Schottland bin, aber ich habe keine Ahnung davon. Ehrlich gesagt habe ich erst einmal in meinem ganzen Leben einen probiert … und er hat irgendwie nach billigem Parfüm geschmeckt."

Sean schmunzelt. „Ich werde dir einen ganz milden

bestellen und wenn er dir nicht schmeckt, bestellst du, was immer du willst. Geht auf mich."

„Die Drinks sollten wohl eher auf mich gehen als Dankeschön, dass du dich doch bereit erklärt hast, mir die Schönheiten der Highlands zu zeigen."

Sean winkt ab. „Gehört zum Service."

„Okay, aber dann spendiere ich die nächste Runde", sage ich entschieden.

„Ich werde dich garantiert nicht davon abhalten."

Während er Alison ein Zeichen gibt, lehne ich mich gegen die Theke, beobachte alle und fühle mich wohl wie schon lange nicht mehr. Hier scheint alles irgendwie einfacher und leichter zu sein als in New York. Ich sehe kein einziges mürrisches Gesicht, jeder scherzt mit jedem. Alle sehen so glücklich und zufrieden aus.

Und auch das Tempo ist hier ein völlig anderes. So entspannt. In New York habe ich meistens das Gefühl, als würde ich den ganzen Tag im Sprint verbringen, um in meinem Job gut zu sein und in meiner freien Zeit bloß nichts zu verpassen, was die Stadt mir bietet, bevor ich abends ins Bett falle und am nächsten Tag das Spiel wieder von vorne beginnt. Wann habe ich eigentlich das letzte Mal richtig durchgeatmet und war rundherum glücklich? Ich kann mich nicht erinnern und eine innere Stimme fragt mich nachdrücklich, ob das das Leben ist, das ich wirklich führen möchte. Ich verbiete ihr den Mund. Das fehlt noch, dass sie mir in meine Entscheidungen reinredet!

Sean ist zurück und reicht mir ein Glas mit einer

hellen, goldenen Flüssigkeit. Skeptisch beäuge ich es.

„Er wird dir schmecken", versichert er. „Aber du musst dich nicht zwingen. Keiner nimmt es dir übel, wenn du lieber etwas anderes möchtest. Okay?"

„Okay."

Er hebt sein Glas. „Slàinte mhath!"

Das schottische Prost habe ich schon mal gehört. Sean sieht mich auffordernd an und ein amüsiertes Schmunzeln umspielt seine Lippen. „Du kannst es wohl kaum erwarten, dass ich probiere, etwas auf Gälisch zu sagen. Wahrscheinlich sammelt ihr die lustigsten Versuche und lacht darüber auf der Weihnachtsfeier."

Übertrieben verblüfft sieht er mich an. „Richtig! Woher weißt du das?"

Ich kichere und nehme all meinen Mut zusammen. „Schlannwa!" Es ist deutlich zu sehen, dass er nur mühsam ein Lachen unterdrücken kann. Ich verdrehe die Augen und nehme einen winzigen Schluck. Wow! So kann Whisky also auch schmecken!

„Und?", fragt Sean. „Gut?"

„Mehr als gut. Wirklich sehr lecker. Schmeckt nach Honig und Früchten … und ein bisschen wie ein sahniges, cremiges Dessert." Ich nicke ihm zu. „Hervorragend ausgesucht!"

„Wusste ich es doch."

Er führt mich zur anderen Seite des Pubs, wo ganz am Rand noch einige Plätze frei sind. Ich quetsche mich auf die Bank, Sean nimmt gegenüber auf einem

Stuhl Platz.

„Also, Emmy, dann sprechen wir mal über unsere morgige Tour. Ich kann verschiedene Schwierigkeitsgrade anbieten. Wonach ist dir und wie schätzt du deine Fitness ein?"

Ich zucke mit den Schultern. „Ich gehe zweimal in der Woche ins Fitnessstudio, wohne im vierten Stock ohne Aufzug und hetze eigentlich immer zu Fuß durch die Stadt. Ich denke schon, dass ich einigermaßen in Form bin."

„Alles klar. Und hast du Erfahrung mit Wanderungen in hügeligem Gelände? Bist du trittsicher?"

Einen Moment überlege ich, ihn anzuflunkern, aber mir ist klar, dass es Sean ziemlich schnell auffallen wird, ob ich die reinste Bergziege bin oder nicht. „Ehrlich gesagt habe ich kaum Erfahrung. Ich bin in Kalifornien am Strand aufgewachsen. Wir, also besser gesagt, meine Eltern besitzen dort ein Hotel. Für einen richtigen Urlaub war deshalb eigentlich nie Zeit, schon gar nicht zum Wandern. Deshalb schätze ich, die längsten Wanderungen, die ich jemals gemacht habe, waren als Kind die während der jährlichen Wochenenden im Disneyland an meinem Geburtstag." Unsicher sehe ich ihn an. „Ist das ein Problem?"

„Nein. Ich schlage zum Aufwärmen eine leichtere Tour vor. Dann sehen wir, wie du dich schlägst. Und wenn du schlapp machst, nehme ich dich huckepack und trage dich den Berg wieder runter."

Seine blauen Augen blitzen dabei verschmitzt und

ich könnte in ihnen versinken. Ich grinse und die Vorstellung, in den nächsten Tagen für Stunden ganz allein in den wild-romantischen Highlands mit einem attraktiven, waschechten Highlander unterwegs zu sein, lässt plötzlich Schmetterlinge in meinem Bauch tanzen, die schon viel zu lange in einem eher komatösen Zustand vor sich hindämmern. Mein Mund wird trocken und ich nehme noch schnell einen Schluck, bevor ich den Schmetterlingen befehle, gefälligst wieder einzuschlafen! Dass ich ihn umwerfend finde, tut nichts zur Sache! Ich habe einen Auftrag! Und ich werde mich nicht ablenken lassen!

„Um Proviant musst du dich nicht kümmern", fährt Sean fort. „Da wir morgen am besten gegen acht aufbrechen, erledige ich das. Bevorzugst du Kaffee oder Tee?"

„Kaffee. Danke." Ich räuspere mich. „Also, dann lass uns mal über das Thema Bezahlung reden. Wieviel schulde ich dir?"

„Das klären wir später."

„Wieso später?", frage ich verwirrt. Er beugt sich plötzlich so nah zu mir herüber, dass ich seinen warmen Atem auf meinem Gesicht spüre.

„Die erste Tour geht aufs Haus. Ich wollte sowieso morgen wandern gehen und wenn ich so eine charmante Begleitung habe, kann ich unmöglich Geld dafür verlangen."

Flirtet er etwa mit mir? Ich schlucke. Sein Blick ist derart intensiv, dass ich schon wieder ganz weiche Knie bekomme. Und wie gerne ich zurückflirten würde, aber das würde meine Mission nur komplizierter machen. „Äh … also gut. Wirklich nett von dir."

SEAN

Was ist bloß in mich gefahren? Es ist sonst überhaupt nicht meine Art, mit Kundinnen herumzuschäkern. Nicht, dass es mir an Angeboten mangeln würde, aber ein Flirt mit einer Touristin interessiert mich nicht. Nicht mehr. Nicht nach der Sache mit Jessica …

„Hast du eine Idee?"

Emmys Stimme holt mich aus der Vergangenheit zurück. „Wie bitte?"

„Huch! Du warst aber gerade ganz weit weg und hast offensichtlich nichts von dem mitbekommen, was ich gesagt habe. Stimmt etwas nicht?" Besorgt sieht sie mich an.

„Entschuldige, ich bin gerade in Gedanken mögliche Routen durchgegangen", improvisiere ich. „Also, wofür soll ich eine Idee haben?"

„Für mein kleines Problem. Ich habe vergessen, meine Wandersachen und meinen Rucksack einzupacken, und wollte wissen, wo ich auf die Schnelle alles kaufen kann."

Verwirrt schüttele ich den Kopf. „Du fliegst den weiten Weg von New York hierher, um wandern zu gehen, weil es dein Traum ist, und vergisst die wichtigsten Dinge?"

Hilflos zuckt sie mit den Schultern. „Ich habe keine Ahnung, wie das passieren konnte. Ich war fest davon überzeugt, dass ich alles dabei habe, aber als ich vorhin meinen Koffer ausgepackt habe, waren sie nicht da. Der Stapel mit den Wandersachen wartet offensichtlich zuhause immer noch auf meinem Bett darauf, endlich eingepackt zu werden. Ich muss mir also morgen erst noch Klamotten, Schuhe und einen Rucksack besorgen." Sie seufzt. „Was wohl bedeutet, dass wir doch nicht so früh aufbrechen können wie geplant."

„Doch, können wir! Alisons Bruder bietet in seinem Laden, gleich ein paar Häuser weiter, alles Mögliche an. Von Haushaltswaren über Blumenzwiebeln bis hin zu Rasenmähern – und eine kleine Auswahl an Outdoorbekleidung und Rucksäcken hat er auch. Da er gerade im Urlaub ist, verwahrt Alison die Schlüssel. Wir fragen sie nachher einfach, ob sie morgen früh schnell mit dir rübergeht, damit du dir alles aussuchen kannst, was du brauchst."

„Meinst du wirklich, dass das in Ordnung ist?"

„Natürlich."

„Aber wenn wir um acht schon loswollen, dann muss Alison extra wegen mir so früh aufstehen."

Das schlechte Gewissen steht Emmy deutlich ins Gesicht geschrieben und ich bin kurz davor, die Hand auszustrecken, um ihre beruhigend zu streicheln, aber ich kann mich gerade noch zurückhalten. Ich muss mich echt zusammenreißen! Garantiert war ihr schon mein dämlicher Flirtversuch von eben unangenehm gewesen. „Mach dir keine Gedanken. Alison hat bis dahin schon längst ihr morgendliches Laufpensum absolviert. Sie ist immer so früh unterwegs, dass wir sie insgeheim im Verdacht haben, eine Unsterbliche zu sein, die keinen Schlaf braucht."

Emmy lacht und ihr Lachen ist wirklich ansteckend. In dem Moment stößt Alison zu uns. Ich erkläre ihr kurz Emmys Notlage und wie erwartet, ist es kein Problem und sie verabredet sich mit ihr um sieben. „Wolltest du eigentlich etwas Bestimmtes, da du uns mit deiner Anwesenheit beehrst?", frage ich schließlich.

Sie deutet auf Hazel, die gerade inbrünstig ein schottisches Seemannslied zusammen mit den Musikern schmettert und für ihr Alter recht munter dazu tanzt.

„Ich wollte Emmy fragen, ob sie als unser neues Gesicht im Dorf auch ein Lied singen will."

Emmy wird kreidebleich. „Ach du Scheiße! Das geht nicht! Ich kann nicht singen! Also gar nicht! Ich kann keinen einzigen Ton halten. Und bei einem schottischen Lied bin ich auch nicht textsicher. Und selbst wenn – ich würde sofort mit Fackeln und Mistgabeln aus dem Land gejagt und mit lebenslanger Verbannung belegt werden, so sehr würde ich es massakrieren."

„Es muss kein schottisches Lied sein", widerspricht Alison kichernd.

Emmy hebt abwehrend die Hände. „Tut mir echt leid, aber das werde ich niemandem antun."

„So schlimm wird es schon nicht sein", melde ich

mich zu Wort.

„Du hast ja keine Ahnung." Emmy seufzt laut. „Fingernägel auf einer Tafel oder eine Säge, mit der ein Irrer Metall bearbeitet, wären dagegen Töne, die einem himmlischen Chor zur Ehre gereichen würden."

Alison und ich müssen lachen.

„Okay, Sean, dann bist eben du dran!", bestimmt Alison in einer Tonlage, die Widerworte ausschließt.

„Aye", erwidere ich und wende mich an Emmy. „Entschuldige mich bitte einen Moment."

„Gerne. Ich bin schon sehr gespannt!"

EMMY

Alison kehrt hinter den Tresen zurück. Sean steht am Kamin und wartet darauf, dass Hazels Auftritt endet. Als sie fertig ist, applaudieren alle im Pub, und Hazel humpelt übertrieben erschöpft unter lautem Gelächter auf ihren Platz zurück.

Sean wechselt schnell ein paar Worte mit der Band, zieht sich dann einen Hocker heran und nimmt darauf Platz. Er senkt den Blick und es wird sofort ruhig im Pub. Als wüsste jeder außer mir, was jetzt kommt.

Sean summt leise ein Intro, bevor er den Kopf hebt, in die Ferne sieht und zu singen beginnt.

„By yon bonnie banks and by yon bonnie braes

Where the sun shines bright on Loch Lomond …"

Seans Stimme ist tief und melodisch und so wunderschön wie er selbst und andächtig lausche ich.

„O ye'll take the high road and I'll take the low road,

And I'll be in Scotland afore ye;

But me and my true love will never meet again

On the bonnie, bonnie banks of Loch Lomond."

Mir läuft beim Refrain ein Schauer über den Rücken, mein Herz zieht sich schmerzhaft zusammen und ich habe keine Ahnung, woher das so plötzlich kommt.

In der zweiten Strophe setzt zart die Flöte ein und ich warte darauf, dass das Lied schneller und fröhlicher wird, so wie ich es kenne, aber nichts dergleichen geschieht.

Sean singt ‚Loch Lomond' weiter voller Trauer und mit viel Gefühl. Und ich bemerke, dass ich nicht die einzige bin, die berührt ist. Einige Gäste wischen sich über die Augen und versuchen erst gar nicht, es zu verstecken.

Nach der dritten Strophe singen nach und nach alle leise den Refrain mit. Nach dem letzten Ton herrscht einen Augenblick völlige Stille, dann bricht Applaus aus und einige rufen Sean zu, wie gut er gesungen hat.

Verlegen grinsend kommt er zurück an den Tisch und nimmt einen Schluck Whisky, während die Musiker eine flotte schottische Weise anstimmen.

„Das war unglaublich." Ich blinzle ein paar Tränen weg. „Du hast wirklich eine fantastische Stimme."

„Für einen Pubauftritt ist sie wohl ausreichend", wehrt er lachend ab.

„Das stimmt nicht", protestiere ich sofort. „Und das weißt du auch."

„Okay. Wenn du es sagst. Danke, Emmy."

„Darf ich dich etwas fragen?"

„Natürlich. Was willst du wissen?"

„Das Lied … ich habe es so noch nie gehört. So traurig und wehmütig. Ich dachte eigentlich immer, es wäre ein fröhliches Lied. Zumindest kenne ich es nur so, aber jetzt hat es sich angefühlt, als würde mir das Herz brechen."

Sean wiegt den Kopf. „Nun ja, es ist nicht ganz klar, worum es in dem Text wirklich geht. Es gibt viele Interpretationen. Aber wir in Glenndoon halten uns an die Auslegung, dass es darin um zwei Freunde aus den Highlands geht, die während des Zweiten Jakobitenaufstands in britische Gefangenschaft geraten. Einer wird freigelassen, der andere hingerichtet. Einer kann also die High Road nehmen und über die Berge in die Heimat zurückkehren. Der andere kann nur über die Low Road der Toten nach Hause reisen und wird deshalb nie wieder mit seiner Geliebten am Ufer des Loch Lomond stehen."

Ich starre ihn an. „Das ist ja furchtbar. Wie kann dann irgendjemand überhaupt das Lied fröhlich singen und dabei tanzen?"

„Jeder hat das Recht auf seine eigene Interpretation. Vielleicht feiert man, dass er dennoch als Toter in die

Highlands zurückkehren kann. Wenigstens das." Sean zuckt mit den Schultern. „Und manche interessiert es einfach nicht. Hauptsache, die Musik ist schön. Es gibt auch Touristen, die das Schlachtfeld von Culloden besuchen und dabei Spaß haben und für alberne Selfies posieren. Niemandem, der die Highlands in seinem Herzen trägt, würde das jemals einfallen."

Ich nicke und schweigend leeren wir unsere Gläser.

„Lust auf eine zweite Runde, Emmy?"

Ich versuche, ein Gähnen zu unterdrücken, aber scheitere auf ganzer Linie. „Du kannst dir gerne noch ein paar Drinks bestellen und Alison sagen, dass sie sie auf meine Rechnung setzen soll, aber ich muss ins Bett. Jetzt holt mich doch der Jetlag ein."

„Verständlich. Dann bis morgen um acht? Ich hole dich ab."

„Ich werde bereit sein und freue mich schon riesig." Ich stehe auf und auch Sean erhebt sich. Etwas unschlüssig sehe ich zu ihm auf und habe keine Ahnung, was ich jetzt machen soll. Ihm die Hand schütteln oder umarmen? Da auch Sean keine Anstalten macht, irgendetwas zu tun, lächle ich nur. „Gute Nacht. Bis morgen."

„Bis morgen, Emmy. Hoffentlich kannst du gut schlafen und wir sind hier unten nicht zu laut."

„Bestimmt nicht. Ich schätze, ich werde schon schlafen, bevor mein Kopf das Kissen berührt." Sean lacht und ich winke nochmal kurz, dann bahne ich mir einen Weg in den kleinen Korridor, steige die Treppe hoch in den ersten Stock und betrete mein gemütliches

Zimmer.

Nachdem ich die Nachttischlampe angeknipst habe, lasse ich mich auf den kleinen Sessel am Fenster fallen und sehe hinaus. Der Sternenhimmel ist prachtvoll und meine Gedanken wandern zu Sean.

Er ist umwerfend und ich habe keine Ahnung, wie ich meinen Job machen soll, wenn er mich weiterhin so ansieht, wie er mich ein paarmal angesehen hat. Also, falls ich mir das nicht eingebildet habe, weil ich es gerne so hätte, was aber auch nicht besonders hilfreich für meine Mission wäre.

Klar, er soll mich nett finden, damit er mir überhaupt eine Chance gibt, ausführlich mit ihm über den Verkauf der Weberei zu sprechen. Mit Sean zu flirten, würde allerdings wirklich in die völlig falsche Richtung führen ... auch wenn ich es sooo gerne tun würde.

Verdammt!

Okay, Emmy Peel – sei ein Profi! Nett sein, nicht flirten, den Verkauf klarmachen, Job sichern, das Hotel retten, Sean vergessen und nichts wie zurück nach New York!

KAPITEL 4

SEAN

Ich bin gerade dabei, den Rucksack ins Auto zu räumen, als meine Mutter auf mich zukommt.

„Du siehst ja heute sehr gut gelaunt aus, mein Junge!"

„Nicht mehr als sonst", erwidere ich. „Du weißt doch, dass ich der reinste Sonnenschein bin."

„Wir wissen beide, dass das nicht der Grund ist. Ich finde allerdings, du hättest dich wirklich mal rasieren können, wenn du heute eine Tour mit einer jungen Frau machst."

Verblüfft sehe ich sie an. „Woher weißt du das denn schon wieder?"

„Was für eine alberne Frage! Das hier ist Glenndoon. Da spricht sich so etwas herum." Neugierig mustert sie mich. „Und? Ist sie nett?"

„Ja."

„Intelligent?"

„Denke schon."

„Hübsch?"

„Auch das."

„Sean McFain, jetzt lass dir doch nicht alles aus der Nase ziehen! Du wirst schon genauso wortkarg wie dein Vater. Da bin ich froh, wenn er bis zum Mittagessen zehn halbwegs vollständige Sätze von sich gegeben hat. Jetzt erzähl doch mal!"

Ich seufze. „Da gibt es nicht viel zu erzählen. Ich kenne sie ja kaum. Alison hat sie mir vermittelt. Sie heißt Emmy und kommt aus New York und will in den Highlands wandern. Das ist eigentlich schon alles, was ich weiß."

„Was macht sie denn beruflich?"

„Keine Ahnung. Darüber haben wir nicht gesprochen und das ist doch auch egal."

„Na ja, das kriegst du sicher noch heraus. Und wie findet sie dich?"

„Wie meinst du das?"

Meine Mutter tätschelt meine Hand. „Ich meine,

findet sie Gefallen an dir? Ich hoffe, du bist ihr gegenüber nicht so zugeknöpft, sonst wird sie dich wohl eher für wunderlich statt für eine gute Partie halten."

Mein Blick verfinstert sich. „Ich weiß, du meinst es gut, aber hör bitte auf, mich verkuppeln zu wollen. Das kann ich nicht ausstehen und das weißt du genau."

„Ja, weiß ich, aber ich sehe dir doch an, dass du dich darauf freust, diese Emmy gleich zu treffen. Das ist doch ein gutes Zeichen. Das ist das erste Mal, dass du bei einer Frau strahlst … seit *ihr*."

Ich sehe sie fest an. „Du kannst ruhig ihren Namen sagen. Sie ist ja nicht Voldemort."

„Ich habe keine Ahnung, was das bedeutet, aber gut – seit Jessica."

Ich höre ihrer Stimme an, wie verächtlich sie den Namen ausspricht. „Es war nicht nur ihre Schuld. Es war eben kompliziert."

„Wenn du das sagst. Aber zurück zu Emmy. Wie viele Touren macht ihr denn?"

„So drei oder vier. Das ist noch nicht entschieden. Oder werde ich in der Weberei gebraucht? Dann sage ich natürlich ab."

„Nein. Keine Sorge. Wir haben alles im Griff. Hab ganz viel Spaß bei der Tour. Aber vergiss nicht, dass du morgen nicht wandern gehen kannst."

Ich überlege fieberhaft und zucke zusammen. „Mist! Angus! Das habe ich ja völlig vergessen!"

„Genau. Frag Emmy, ob sie auch Lust hat, dazuzukommen. Jede helfende Hand ist mehr als willkommen."

„Das mache ich. Wobei ich bezweifle, dass sie im Urlaub Lust hat, zu arbeiten."

„Frag sie einfach." Sie öffnet die Tür meines Autos. „Und jetzt ab mit dir und lass sie nicht warten."

„Ich gehe ja schon." Grinsend gebe ich ihr einen Kuss auf die Wange.

„Und frag sie auch, ob sie heute Abend mit uns essen möchte."

„Mutter! Hör auf damit!"

„Das ist nur die berühmte Gastfreundschaft der Highlander, mein Junge, und ich habe keinerlei Hintergedanken."

Ich stöhne laut. „Wer's glaubt …"

Ich sehe Emmy schon von weitem und grinse breit. Ihre Jacke ist blau, die Hose knallrot, der Rucksack leuchtend pink und die Schuhe sind neongrün. Als ich vor dem Pub anhalte und den Motor ausschalte, öffnet sie die Beifahrertür.

„Lach bloß nicht! Die Auswahl bei Alisons Bruder war in meiner Größe leider nicht sehr üppig."

Mein Grinsen wird noch breiter. „Es sieht doch hübsch aus und Signalfarben haben auch ihr Gutes! Sollte ich dich in den Highlands verlieren, finde ich dich sofort wieder!"

„Du bist ja so witzig, Sean."

„Dafür bin ich bekannt. Hüpf rein, Emmy."

Misstrauisch beäugt sie meinen alten Range Rover. „Bist du sicher, dass das Auto uns beide weiter als ein paar Meilen transportieren kann? Es wirkt ein bisschen, als würde es nur durch grenzenlose Hoffnung und von dem unbedingten Glauben an eine höhere Macht zusammengehalten werden."

Erschrocken streichle ich rasch über das Lenkrad. „Das hat sie nicht so gemeint, Baby!" Ich beuge mich weiter nach unten und flüstere so laut, dass Emmy mich verstehen kann. „Sie kann nicht wissen, dass du eine Legende bist, meine Kleine! Sie ist nämlich …", ich verdrehe die Augen, „… aus der Neuen Welt."

„Ha ha ha! Hast du heute Morgen einen Clown gefrühstückt?"

„Zwei. Extra für dich, damit ich dich zum Lachen bringe und du mir eine positive Bewertung hinterlässt."

„Erstmal abwarten, was du mir noch so bietest."

Kichernd steigt sie ein und packt ihren Rucksack auf die Rückbank zu meinem.

„Also dann, bring die Kleine mal so richtig auf Touren."

Schmunzelnd hebe ich eine Augenbraue. „Ist das eine versteckte Einladung, Emmy Baley?"

„Ich meine deinen Wagen, Sean McFain."

„Natürlich. Was sonst?" Grinsend starte ich und

gebe Gas.

Nach etwa zwanzig Minuten Fahrt, bei der ich Emmy ein wenig über die Täler erzähle, die wir durchqueren, und sie auf Sehenswürdigkeiten aufmerksam mache, röchelt der Motor plötzlich. Sicherheitshalber lenke ich meinen Wagen an die Straßenseite, als er auch schon den Geist aufgibt.

Emmy stöhnt. „Wusste ich es doch! Oder ist das eine ausgeklügelte Falle, um für mich Lösegeld zu fordern? Dann hast du Pech. Ich bin nicht reich und auf eine wohlhabende Verwandtschaft brauchst du auch nicht zu hoffen. Da gibt es nur meine Eltern, die allerdings gerade mitten in der Renovierung unseres Hotels stecken und deshalb sehr knapp bei Kasse sind."

Ich lache. „Nein. Keine Sorge. Meine Kleine hat nun mal eine sehr eigene Persönlichkeit. Manchmal will sie einfach ein wenig verwöhnt werden. Wir können gleich weiter."

Emmy hüstelt. „Soll ich euch beide vielleicht einen Moment alleine lassen?"

„Nicht nötig", erwidere ich grinsend.

„Äh … hast du mal überlegt, dir einen Wagen anzuschaffen, der in diesem Jahrtausend geboren wurde?"

Ich werfe ihr einen empörten Blick zu. „Mein Baby gehört zu mir!"

Emmy muss lachen. „Du zitierst Dirty Dancing?"

„Ganz genau! Niemals wurden wahrere Worte gesprochen! Und zur Information – noch nie hat meine Kleine mich im Stich gelassen. Sie braucht einfach ein paar Streicheleinheiten, dann läuft sie wieder wie frisch aus der Fabrik."

„Okay. Ich bin gespannt. Kann ich etwas tun?"

„Besser nicht. Wahrscheinlich liegt es an dir, dass sie sich ein bisschen anstellt. Schließlich kutschiert sie nicht oft ein so attraktives Geschöpf wie dich durch die Gegend. Es wird wohl ein wenig Eifersucht im Spiel sein."

Emmy schmunzelt. „Ich glaube dir kein Wort! Wahrscheinlich hast du jede Woche ein anderes Supermodel in deinem Baby sitzen."

„Eher nicht. Also zumindest nicht mehr, seit ich London verlassen habe." Grinsend steige ich aus und gehe zur Motorhaube.

Emmy lässt das Fenster herunter, steckt den Kopf heraus und beobachtet mich neugierig.

„Okay, was ich jetzt tue, scheint verrückt zu sein, aber es hilft wirklich jedes Mal. Ich bitte dich jedoch, Stillschweigen darüber zu bewahren."

Sie nickt ernst. „Pfadfinderehrenwort."

„Warst du jemals bei den Pfadfindern?", hake ich skeptisch nach.

„Nö. Aber es gilt trotzdem."

Ich zwinkere ihr zu. „Das genügt mir."

EMMY

Sean räuspert sich.

'I've been waiting for so long

Now I've finally found someone to stand by me ..."

Er singt tatsächlich ‚The Time Of My Life' aus Dirty Dancing, streichelt dabei über die Motorhaube und klopft ein paarmal im Takt darauf! Ich kann mir das Lachen nicht mehr verbeißen und pruste laut los!

Sean wirft mir einen warnenden Blick zu, geht langsam singend um den Wagen herum, klopft mal an diese oder jene Stelle, bis er wieder an seiner Tür ankommt und sich singend hinters Steuer setzt.

„And I owe it all to you!"

Dabei dreht er den Schlüssel und der Range Rover springt sofort an, als wäre nie etwas gewesen. Verblüfft starre ich Sean an.

„Tja, wie gesagt, meine Kleine lässt mich niemals im Stich. Sie braucht nur manchmal das Gefühl, dass sie keine Selbstverständlichkeit für mich ist."

„Das ist ja die reinste Magie! Denkst du, es wäre eine gute Idee, wenn ich deinem Baby verspreche, dass ich keine Konkurrenz bin?"

Sean nickt mit gespieltem Ernst. „Das könnte tatsächlich helfen."

Sofort strecke ich die Hand aus und tätschle das

Armaturenbrett. „Du musst dir keine Sorgen machen. Ich bin nur eine Touristin aus der Neuen Welt, in ein paar Tagen wieder fort und habe nicht vor, dir deinen Highlander wegzunehmen." Ich werfe einen Blick zu Sean hinüber. „Denkst du, das war ausreichend?"

„Es war perfekt." Schmunzelnd lenkt er das Auto zurück auf die Straße und wir fahren weiter.

Fünf Minuten später erreichen wir in einem zauberhaften Tal einen kleinen Parkplatz am Fuß eines Dings, das Sean als Hügel bezeichnet, für mich allerdings ein Berg ist.

Mist! Vielleicht wäre ein zweistündiger Spaziergang an einem idyllischen See als erste Tour doch die bessere Wahl gewesen.

Wir schultern die Rucksäcke, Sean schließt sein Baby ab und wir machen uns auf den Weg. Obwohl es September ist, ist die Luft ziemlich kühl, aber so klar und rein, dass ich das Gefühl habe, meine Lungen sind von so viel Frische zuerst irritiert, bevor sie in begeisterten Jubel ausbrechen.

„Wir brauchen etwa eineinhalb Stunden, bis wir oben sind. Eine Stunde, wenn wir nicht zu sehr trödeln." Prüfend mustert Sean mich. „Denkst du, das geht?"

„Du hast Proviant, ich habe Blasenpflaster. Es sollte also nichts schiefgehen. Sonst drehen wir um oder du trägst mich huckepack, wie du es gestern versprochen hast."

„Selbstverständlich."

Lachend machen wir uns auf den Weg und folgen dem schmalen Pfad, der sich bergauf windet. Sean geht vor und ich weiß den Anblick seines knackigen Hinterns in der perfekt sitzenden Outdoorhose sehr zu schätzen, bevor ich meinen Blick energisch abwende und mich wieder auf den Weg konzentriere.

Als er nach etwa einer halben Stunde steiler wird, merke ich nur zu deutlich, dass ich wohl doch nicht so fit bin, wie ich angenommen habe, während Sean sich vor mir leichtfüßig und kraftvoll bewegt und nicht einmal außer Atem ist. Geschweige denn schwitzt. Im Gegensatz zu mir.

Als er bemerkt, dass ich langsamer werde, bleibt er stehen und mustert mich.

Ich schließe zu ihm auf und versuche, zu Atem zu kommen, während ich eine Spange aus meiner Jacke hole und meine Haare zu einem Knoten hochstecke. „Auf einer Skala von 1 bis meine Hose – wie rot ist mein Gesicht gerade?"

Sean grinst. „Nur ein zartes Pink, das sehr süß aussieht. Wollen wir eine kleine Pause machen, um etwas zu trinken? Gleich da vorne ist ein Felsen, auf dem wir gut sitzen können."

„Exzellente Idee. Und ... es tut mir leid."

Er runzelt die Stirn. „Was denn?"

„Dass du dich mit einer so lahmen Touristin herumschlagen musst, die offensichtlich doch nicht so in Form ist, wie sie gedacht hat."

„Das muss dir doch nicht leidtun, Emmy. Und es ist wirklich kein Problem! Ich habe noch jeden Touristen bis nach oben gekriegt, selbst wenn ich ihn schieben musste."

Ich lache laut und wir gehen zu dem Felsen, von dem er gesprochen hat. Er ist flach und wir können bequem nebeneinander darauf Platz nehmen. Schnaufend nehme ich meinen Rucksack ab.

„Ist er schwer? Hast du etwa deine Steinesammlung eingepackt?"

Ich kichere. „Nein. Ich schnaufe nur, weil es ganz schön anstrengend ist, hier hochzulaufen. Im Rucksack ist fast nichts, aber wenn es gegen keine Gesetze verstößt, würde ich wirklich gerne einen Stein als Andenken mitnehmen."

„Darfst du."

Sofort schnappe ich mir einen, der mir gefällt, und stecke ihn in den Rucksack.

Grinsend nimmt Sean seinen Rucksack ab und öffnet ihn. „Kaffee oder Wasser?"

„Kaffee bitte."

„Möchtest du auch etwas essen?"

„Noch nicht. Danke."

Er reicht mir eine Thermoskanne, von der man einen Becher abschrauben kann, holt eine kleine Glasflasche Milch heraus sowie ein paar Tütchen Zucker und legt eine Serviette und einen Löffel neben mir ab.

Dankbar gieße ich mir ein, gebe etwas Milch dazu, rühre um und lasse meinen Blick schweifen.

„Gefällt es dir?", fragt Sean zwischen zwei Schlucken Tee, den er sich aus einer zweiten Kanne eingeschenkt hat.

„Gefallen ist gar kein Ausdruck! Die Landschaft ist atemberaubend und so geheimnisvoll, dass mir alle Sagen und Legenden auf einmal völlig real und plausibel vorkommen. Die Sache mit deinem Baby war ja auch schon so magisch, also habe ich keine Zweifel mehr."

Sean nickt. „Die Highlands haben ihren ganz eigenen Zauber."

Die Wolken verziehen sich, die Sonne taucht auf und plötzlich ist es ziemlich warm. Ich ziehe meine Jacke aus und stopfe sie in meinen Rucksack. Sean beobachtet mich aus dem Augenwinkel und ich wende mich ihm zu. „Hast du eine Frage?"

„Ich habe viele Fragen, Emmy, aber momentan wundert mich, wieso du nicht dein Handy zückst und ein Foto nach dem anderen machst."

„Das werde ich bestimmt noch, aber jetzt will ich ganz hier sein, ganz in diesem Moment, und alles sehen und hören und alles fühlen." Ich lege eine Hand auf mein Herz. „Und alles hier abspeichern. Verstehst du?"

Sean lächelt. „Das verstehe ich nur zu gut. Und was siehst und fühlst du?"

Ich horche einen Augenblick in mich hinein. „Ich

bin glücklich. Seit ich in Schottland angekommen bin, fühle ich mich so. Ich höre das sanfte Lied des Windes und das der Vögel. Ich spüre die beruhigende Präsenz der majestätischen Berge, will mich dem Schutz der Bäume anvertrauen und mich wegträumen in eine magische Welt, in der hinter jeder Ecke etwas ganz Wundervolles passieren kann."

„Das klingt wirklich schön und zauberhaft."

Sean lächelt und seine tiefblauen Augen sehen mich auf eine Art an, die die Schmetterlinge in meinem Bauch prompt erneut wachwerden lassen.

„Sag mal, Emmy, da deine Worte so poetisch waren – bist du vielleicht Schriftstellerin?"

Mist! Ich darf auf keinen Fall etwas über Mode sagen! Er darf mich gar nicht erst mit Stoffen in Verbindung bringen. Vielleicht würde er dann Schlüsse ziehen, die er jetzt nicht ziehen darf! Ich gerate in Panik und ärgere mich, weil ich mir keine Story zurechtgelegt habe.

Soll ich sagen, dass ich Köchin oder Bäckerin bin? Aber wenn ich das dann eventuell beweisen soll, würde ich auffliegen. Ich kann gut auftauen, Konserven öffnen, Packungen aufreißen und ein einigermaßen genießbares Rührei machen – sonst nichts. Vielleicht könnte ich professionelle Geschichtenvorleserin sein? Oder etwas völlig Absurdes wie Feuerwehrfrau? Mein Hirn ist wie leergefegt und Sean sieht mich immer noch fragend an. „Äh … nein. Das kam einfach spontan aus mir heraus." Ich bemerke, dass er gleich fragen wird, was ich denn dann beruflich mache, aber ich muss mir erst etwas in Ruhe überlegen, also springe ich strahlend auf. „Wollen wir weiter? Ich bin schon wieder fit!"

„Wenn du willst."

Ich kann die Überraschung auf Seans Gesicht erkennen, aber ich nicke entschlossen. „Will ich." Schnell trinke ich meinen Kaffee aus, wische den Löffel und den Becher mit der Serviette ab und reiche ihm alles, bevor ich meinen Rucksack schultere.

Sean leert ebenfalls seinen Becher und macht ihn sauber, bevor er die Servietten und Löffel in einen Plastikbeutel packt und alles wieder verstaut. „Dann gehen wir mal den Rest der Etappe an. Du sagst es, wenn du eine Pause brauchst. Okay?"

„Mach ich." Ich strahle ihn noch einmal an, wippe aufgeregt auf und ab und scheuche ihn voraus. „Los jetzt! Hopp hopp! Ich kann es kaum erwarten, auf dem Gipfel zu sein!"

„Nicht einmal meine Mutter kommandiert mich derart herum!", beschwert er sich lachend.

„Dann gewöhn dich besser dran. Auch wenn ich dir kaum bis zur Schulter reiche, kann ich durchaus dominant sein."

„Klingt vielversprechend."

Seine Stimme sackt dabei zwei Oktaven tiefer, sodass es fast wie ein heiseres Raunen klingt, und ich verdrehe die Augen. „Ja, ja, geh voran."

„Aye." Grinsend macht er sich auf den Weg.

KAPITEL 5

EMMY

Eine Dreiviertelstunde später erreichen wir den Gipfel des Bergs und der Ausblick in die schottischen Highlands ist nicht von dieser Welt!

Vor mir erstreckt sich eine weite, unberührte Landschaft. Berge mit schroffen Klippen und windgebeutelten Kiefern, saftige grüne Wiesen mit Heidekraut, Ginster, Farnen und Moosen. Auf dieser Seite des Bergs gibt es im Tal sogar einen See in einem so tiefen Blau, das er völlig unwirklich aussieht. Wie Seans Augen. Und die Sonne setzt alles perfekt in Szene.

„Wie wunderschön", flüstere ich.

Sean nickt. „Das ist es wirklich."

„Und es ist so ruhig und friedlich. Ich wusste bis jetzt nicht, wie sehr mir so etwas in meinem Leben gefehlt hat. Ich fühle mich unglaublich frei und kann endlich mal durchatmen." Ich sehe zu Sean auf und schlucke. „Danke, dass du mich hierhergebracht hast."

„Nichts zu danken. Wirklich gern geschehen."

Er holt eine karierte Decke aus seinem Rucksack, die auf der Unterseite mit einem wasserdichten Material beschichtet und auf der Oberseite mit Tweedstoff bezogen ist. Ich sehe sofort, dass die Decke aus der Weberei stammt, denn sie bieten genau solche auf ihrer Webseite an. Nervös schlucke ich und helfe Sean, sie auszubreiten, bevor wir es uns darauf gemütlich machen. Dann packt er die Thermoskannen aus, zwei Flaschen Wasser und das Essen, das in Papier eingeschlagen ist. Brot, hartgekochte Eier, Tomaten, eine Salatgurke, Butter, Schinken, Käse, zwei Äpfel sowie Pfeffer und Salz. Dazu runde Holzbrettchen und Messer.

„Wow! Fantastisch! Und warte!" Ich öffne meinen Rucksack und hole vier kleine Kuchen heraus. „Die sind von Alison. Hat sie mir heute Morgen für uns zugesteckt."

„Harris' berühmte Schokokuchen!", ruft Sean begeistert. „Alisons Mann ist wirklich begnadet. Du kannst dir etwas darauf einbilden, dass sie dir welche gegeben hat. Die kriegt nicht jeder. Sie muss dich echt gern haben."

„Das hoffe ich. Ich mag sie auch."

Sean reibt sich die Hände. „Dann lassen wir es uns mal schmecken. Ich habe einen Bärenhunger!"

„Und ich erst!"

Sean zieht seine schwarze Wanderjacke aus. Darunter trägt er ein kurzärmeliges weißes T-Shirt, das an seinen muskulösen Oberarmen und der Brust spannt. Meine Güte! Mein Tourguide ist ein absoluter, durchtrainierter Traum!

Sein schwarzes Haar wird von einer sanften Brise liebkost und seine Augen leuchten geradezu, als er sich über das Essen hermacht. Ich muss unwillkürlich lächeln und folge seinem Beispiel.

Während ich mein Brot mit Schinken, Käse und Gurke belege und ein Ei schäle, lasse ich erneut meinen Blick schweifen. „Es ist erstaunlich, wie friedlich alles wirkt, obwohl die Landschaft so rau ist und das Land so eine bewegte Vergangenheit hat. Aber natürlich perfekt für all die Mythen und Legenden und Sagen. Es ist nicht schwer, sich vorzustellen, dass hier Feen, Elfen und Kobolde in den Hügeln und Wäldern unterwegs sind, die nur darauf warten, arglose Touristen in ein fantastisches Abenteuer zu ziehen."

Sean hört auf, eine Tomate in Scheiben zu schneiden, und blickt mich neugierig an. „Da ist sie wieder – diese poetische Ader. Wenn du aber keine Schriftstellerin bist, was machst du dann beruflich, wenn ich fragen darf? Es ist etwas Kreatives. Habe ich recht?"

Ich habe beschlossen, möglichst dicht an der

Wahrheit zu bleiben. Sollte er nach mir im Internet suchen, wird er meine Lüge nicht aufdecken können. In den sozialen Medien bin ich unter einem Alias unterwegs und auf der Webseite von Baldwin & Hershel tauche ich nicht auf. Obwohl mein Herz vor Nervosität hämmert wie verrückt, weil es mir gegen den Strich geht, Sean anzulügen, tue ich es. „Es ist ein bisschen kreativ", beginne ich. „Ich bin Einkäuferin für ein Geschäft für Luxusgüter. Also, ich suche in Antiquitätenläden und auf Flohmärkten nach Schmuck, Möbel, Vasen und sowas, aber mein Job ist es auch, junge, aufstrebende Designer zu entdecken, die etwas in der Art herstellen. Macht wirklich Spaß! Und was machst du?", frage ich schnell, um das Thema zu wechseln. „Du bist ja offensichtlich nicht hauptberuflich Tourguide, wenn du dir aussuchen kannst, ob du jemandem die Highlands zeigen willst oder nicht. Oder schwimmst du in Geld und machst das nur nebenbei als Hobby?" Dass ich so tun muss, als hätte ich keine Ahnung, was er wirklich macht, treibt meinen Puls in die Höhe. Rasch beiße ich in mein Brot.

Sean lacht. „Ich schwimme nicht in Geld, kann mich aber auch nicht beklagen. Und tatsächlich sind die Touren mein Ausgleich zur Arbeit in der Weberei meiner Familie. Es gibt sie schon in der sechsten Generation. Wir sind bekannt für unseren Tweed." Er deutet auf die Decke. „Die ist auch von uns."

„Ach, das ist ja toll." Ich lasse meine Finger darüber gleiten. Sean anzulügen ist schlimm. Er ist so offen mir gegenüber und hat keine Ahnung von meinen Absichten. Ein heißer Knoten entsteht in meinem

Magen und bringt mich fast dazu, mit der Wahrheit herauszuplatzen. Aber das geht nicht, denn wenn er bei mir reagiert, wie bei allen anderen, und mich zum Teufel jagt, könnte mein ganzes Leben und das meiner Eltern den Bach runtergehen!

SEAN

Emmy berührt die Decke ganz sanft mit den Fingern und strahlt. Eine Reaktion, die ich immer wieder bei Kunden bemerke.

„Fühlt sich unglaublich an! Stellt ihr nur Decken her?"

Ich schüttle den Kopf. „Auch Capes, Schals, Mützen und Tücher."

„Und wer näht die Sachen?"

„Eine Schneiderei zwei Ortschaften weiter. Die Besitzerin stammt aus Glenndoon und hat dorthin geheiratet."

„Finde ich eure Sachen vielleicht in irgendeinem Geschäft in New York?"

„Nein. Man kann natürlich unsere Ware weltweit online bestellen, aber wir produzieren nur zweimal im Jahr eine Kollektion, also ist die Menge überschaubar und immer ziemlich schnell ausverkauft."

Emmy runzelt die Stirn. „Wieso nur so wenig, wenn doch offensichtlich Nachfrage herrscht?"

„Weil wir, wenn ich das selbst so sagen darf, den

besten Tweed der Welt produzieren und die Wolle dafür nur von Schafen aus unserem Tal kommt. Wir können also nur so viel herstellen, wie gerade Schafe vorhanden sind."

„Verstehe. Qualität über Quantität."

Ich nicke.

„Aber habt ihr nie daran gedacht, auch Wolle von anderen Schafen aus dem Rest Schottlands zu nehmen?", will Emmy wissen.

„Nein. Mein Vorfahre wollte es so. Und er hat auch vorgegeben, dass niemals jemand außer der Familie McFain die Weberei besitzen darf. Und wir halten uns daran. Das gebietet die Ehre. Deshalb lehnen wir auch jedes Angebot einer Übernahme ab. Egal, für welche Summe. Uns reicht locker, was wir damit verdienen, um ein angenehmes Leben zu führen."

„Und wer genau ist wir?"

„Meine Eltern, ein paar Leute aus dem Dorf und der Umgebung, die in der Weberei oder für die Weberei arbeiten, und ich." Emmy trinkt einen Schluck Wasser und sieht mich dabei nachdenklich an. „Was geht dir durch den Kopf?"

„Du hast vorhin gesagt, dass du nicht mehr mit Supermodels durch die Gegend fährst, seit du London verlassen hast. Heißt das -"

„Das war ein Witz mit den Supermodels", unterbreche ich sie sofort. Aus einem Grund, dem ich lieber nicht nachspüren will, möchte ich, dass sie weiß, dass es nicht ernstgemeint war.

„Ach so. Also war das mit London auch ein Spaß?"

„Nein. Ich habe eine Zeitlang dort gelebt."

„Habt ihr dort eine Filiale?"

„Wir haben keine Filialen." Meine Gedanken wandern in die Vergangenheit. Zu den Träumen, die ich mal hatte. Zu dem Leben, das ich mir ausgemalt hatte. Bevor alles anders geworden war.

„Wenn ich zu viele Fragen stelle, musst du es nur sagen, Sean. Das ist schon okay."

Emmy lächelt mich an, offensichtlich hat sie mein Zögern bemerkt. Ich schüttele den Kopf. „Ist schon gut. Ich habe in London studiert. An der Universität der Künste. Ich wollte in der Welt der Malerei einer der ganz Großen werden. Ich hatte kurz nach dem Abschluss bereits einen vielversprechenden Kontakt zu einer Galerie in Paris, aber dann kam das Leben dazwischen."

Emmy sagt nichts, sondern wartet einfach ab, ob ich mehr erzählen will oder nicht.

Ich räuspere mich. „Mein Vater … er hatte genau in dieser Zeit einen schlimmen Autounfall. Ich bin damals sofort nach Hause zurückgekehrt, um bei ihm zu sein, meiner Mutter beizustehen und mich um die Weberei zu kümmern. Er lag lange im Krankenhaus und es war ein paarmal nicht ganz klar, ob er es schafft. Zum Glück hat er überlebt." Emmy drückt für einen Moment mitfühlend meine Hand und ich lächle sie an. „Doch er kann schlecht laufen und darf sich nicht zu viel zumuten. Seine Ärzte haben ihm bei der Entlassung nahegelegt, dass er kürzertreten muss oder am besten ganz aufhören soll, zu arbeiten, aber er wollte nicht hören. Meine Mutter und ich hatten solche Angst, dass er sich übernimmt, dass ich geblieben und ins Familienunternehmen eingestiegen bin. Ich wurde Geschäftsführer und das hat meinen Vater derart erleichtert, dass er tatsächlich nicht mehr so viel arbeitet wie früher. Ganz kann er es allerdings nicht lassen – die Weberei ist eben sein Leben, aber er passt auf sich auf." Ich grinse. „Und meine Mutter ist ganz froh, dass er nicht nur im Haus herumhängt und sie bei der Büroarbeit stört."

Emmy schmunzelt, wird dann aber wieder ernst. „Aber das heißt, dass du deinen Traum aufgeben musstest?"

„Ja, das war hart", gebe ich zu. „Aber ich male immer noch. Ich habe mir auf unserem Grundstück ein eigenes Haus gebaut, und als ich mich in der Weberei eingearbeitet hatte und alles reibungslos lief, ein Atelier anbauen lassen."

„Und was malst du? Schottische Landschaften?"

Ich lache. „Nein. Das mache ich nur für die Weihnachtskarten, die wir jedes Jahr verschicken. Oder falls jemand aus dem Dorf mich darum bittet. Mein Kunstgeschmack ist ein völlig anderer. Ich mag es eher minimalistisch. Geometrische und organische Formen. Wenig Farbe. In Glenndoon hält man mich deshalb für exzentrisch und sie fragen immer, wann ich denn endlich mal ein Bild fertig male."

Emmy grinst. „Ich würde das nicht fragen. Damit triffst du bei mir direkt ins Schwarze."

Interessiert schaue ich sie an. „Wirklich?"

„Absolut!"

„Welche Künstler magst du denn?"

Emmy wiegt den Kopf. „Da gibt es einige und es scheint mir nicht fair, einfach welche aufzuzählen, weil ich bestimmt welche vergesse."

„Nur ein paar, die dir spontan einfallen", bitte ich sie.

„Hm … ich mag zum Beispiel die Sachen von Agnes Martin und Fred Sandback, die Lichtinstallationen von Dan Flavin und alles von Donald Judd. Letztes Jahr war ich in Marfa, Texas, und habe mir angeschaut, wo Judd gelebt und gewirkt hat und natürlich alles, was dort ausgestellt ist. Es war unglaublich!"

Mir klappt der Mund auf. Seit meinem Studium habe ich niemanden mehr getroffen, mit dem ich auch nur ansatzweise über die Art von Kunst sprechen kann, für die ich brenne. „Emmy! Du Traumfrau! Wo warst du nur mein ganzes Leben?" Sie kichert und auf ihren Wangen zeigt sich wieder dieses entzückende Rosa. „Erzähl mir alles über Marfa! Ja?"

„Gerne. Ich müsste auf meinem Handy sogar noch jede Menge Fotos und Videos haben. Warte kurz!"

Sie holt es aus ihrem Rucksack und rückt nahe an mich heran. Ihr rieche ihr fruchtiges Shampoo und den betörenden Duft ihrer Haut.

„Ist alles nicht geordnet, aber hier siehst du Judds Bibliothek mit den Möbeln, die er selbst entworfen hat

..."

EMMY

Die Zeit verfliegt, während ich Sean die Fotos und Videos zeige, er von seinem Studium erzählt, wir über Kunst sprechen und dabei weiter essen.

Seine Augen leuchten und mein Bild von ihm wandelt sich noch einmal. Ich meine, wie perfekt kann man eigentlich sein? Dass er verdammt gut aussieht und so gut riecht, ist ja nur die Kirsche auf dem Sahnehäubchen. Er ist auch kreativ und unser Geschmack deckt sich, er singt fantastisch, hat Humor, ist intelligent, charmant und gefühlvoll. Und was er für seine Familie getan hat und dass er in dem kleinen Supermarkt hilft, zeigt deutlich, was für ein wundervoller Mensch er ist.

Natürlich weiß ich, dass er das vorhin mit der Traumfrau nur als Scherz gemeint hat, aber er kommt dem Wunschbild meines Traummanns schon sehr nahe. Nun ja, wenn ich ehrlich bin, hat er jetzt schon alles abgedeckt, was auf meiner Liste stehen würde. Ich weiß nicht, was noch fehlen könnte.

Und das macht die ganze Sache nicht besser! Ganz und gar nicht! Wie gerne würde ich ihm von meinem Studium erzählen, welche Modedesigner mich inspirieren und ihn fragen, ob er die auch gut findet. Ich möchte ihm von meinen Träumen erzählen und von meiner Enttäuschung, weil nichts so gekommen ist, wie ich es erhofft habe. Ihm davon erzählen, dass ich vielleicht bald keinen Job mehr habe und meine Eltern aber jetzt gerade auf meine finanzielle Hilfe angewiesen sind. Doch das geht nicht. Nicht, ohne ihm die Wahrheit zu sagen, was im Moment ausgeschlossen ist. Ich kann es einfach nicht riskieren!

Und wenn ich ihm dann die Wahrheit sage, wird er mich verachten und nichts mehr von mir wissen wollen? Ich glaube kaum, dass er und seine Familie wegen mir den Wünschen ihres Vorfahren urplötzlich keinen Respekt mehr zollen. Sie werden mich von ihrem Grundstück und aus dem Dorf jagen. Ach verdammt! Es könnte alles so schön sein. Ich wünschte, ich wäre wirklich nur eine normale Touristin. Laut schnaube ich vor mich hin.

„Du magst ihn also nicht?"

Irritiert sehe ich Sean an. „Wie bitte?"

„Eduardo Chillida – du magst seine Sachen also nicht?"

Energisch zwinge ich mich, die dunklen Gedanken beiseitezuschieben. „Doch. Natürlich!"

„Und wieso hast du dann geschnaubt?"

Ich überlege fieberhaft, was eine sinnvolle Antwort sein könnte. „Nur, weil es hier gerade so schön ist, aber mir langsam kalt wird." Ich hole meine Jacke aus dem Rucksack und ziehe sie über. „Aber jetzt wird es schon gehen."

„Nein, du hast recht. Wir sollten aufbrechen."

Er legt seine Hände auf meine Oberarme und rubbelt, damit mir wärmer wird.

„Besser, Emmy?"

Er ist mir so nah und ich will ihn wirklich, wirklich gerne küssen, aber auch das geht nicht, weil ich nicht die Frau bin, für die er mich hält. Und ich will es nicht komplizierter machen, als es sowieso schon ist. Sofort rücke ich ab und stehe auf. „Ja, viel besser. Danke. Lass uns zusammenpacken."

Ich bilde mir ein, auf Seans Gesicht Enttäuschung zu sehen. Hat er etwa auch an einen Kuss gedacht? War das Rubbeln meiner Arme nur ein Vorwand gewesen, um auf Tuchfühlung zu gehen? Mein Herz schlägt schneller. Wenn er wirklich an mir interessiert ist und ich ihm jetzt die Wahrheit sage und es nicht aufschiebe, würde er mir vielleicht verzeihen! Es geht immerhin um so viel! Ganz sicher würde er das verstehen!

Aber der Moment ist vorbei, als er mir zunickt, ebenfalls aufsteht und anfängt, den Proviant und die Decke in seinem Rucksack zu verstauen.

Der Weg nach unten fällt mir leichter, als der nach oben, und meine Gedanken schweifen ab. Ich bin so hin und her gerissen. Ich will Sean nicht wehtun, aber auch nicht bald arbeitslos sein und meine Eltern im Stich lassen. Aber will ich überhaupt für einen Chef arbeiten, der mir droht? Aber habe ich überhaupt eine Wahl? Was soll ich nur tun?

Ein paar kleinere Steine lösen sich unter meinen Füßen und ich rutsche aus. Hektisch versuche ich, mein Gleichgewicht wiederzufinden, als ich auch schon sicher in Seans starken Armen liege.

„Hast du dir wehgetan? Ist alles in Ordnung, Emmy?"

Nein! Nichts ist in Ordnung! Ich bin eine falsche Schlange, die hier ist, um dir die Weberei abzuluchsen!

„Emmy, was ist denn?"

Er sieht so besorgt aus, dass mein schlechtes Gewissen sich wie ein schwerer Mantel über mich legt. Sanft löse ich mich von Sean. „Danke für die Rettung, aber es ist alles okay. Ich war nur ungeschickt und bin ein bisschen erschrocken. Ich verspreche, dass ich ab jetzt besser aufpasse. Wir können also weiter."

Als wir wieder im Auto sitzen, sehe ich seitlich aus dem Fenster und lasse die Landschaft an mir vorbeiziehen. Im Gegensatz zur Hinfahrt, habe ich gerade aber keinen Blick dafür. Meine Gedanken drehen sich nur um ein Thema – wie konnte ich es je für eine gute Idee halten, dass es hilfreich für meine Mission wäre, wenn ich Sean näher kennenlerne und er mich?

Doch! Ja! Es war eine gute Idee! Ich verstricke mich zwar immer weiter in Lügen, aber meine Hoffnung ist, dass alles gut ausgehen könnte, wenn Sean erst weiß, was für ein Mensch ich bin, bevor ich ihm alles erkläre und den wahren Grund meiner Reise in die Highlands offenbare. Denn dann werden die Chancen doch wirklich nicht schlecht stehen, dass er mir verzeiht. Er wird einsehen, dass ich es nicht riskieren konnte, ihm gleich die Wahrheit zu sagen, weil ich wusste, er würde mich wegjagen. Und er wird verstehen, dass ich in einer Notlage bin, mir die Hände gebunden sind und ich den Wünschen von Mr. Baldwin nicht widersprechen konnte. Immerhin geht es nicht nur um mich!

Und vielleicht kann ich meinen Chef doch dazu überreden, eine exklusive Partnerschaft in Erwägung zu ziehen. Das wäre auf jeden Fall um Längen besser, als ganz auf den Tweed zu verzichten, denn dass ein Verkauf nicht zur Debatte steht, ist mir klar. Aber bei einer Partnerschaft könnte für die McFains alles so bleiben, wie es ist, nur dass sie ihren Online-Shop schließen müssten und nichts mehr selbst verkaufen dürften, dafür aber wesentlich mehr verdienen könnten und ihr Produkt weltberühmt werden würde.

Oder vielleicht kann ich sogar aushandeln, dass sie weiterhin an Kunden, die direkt zu ihnen kommen, verkaufen dürfen. Bestimmt wird die Weberei, wenn sie erst einmal berühmt ist, Leute mit Geld nach Glenndoon locken, was wiederum dem ganzen Dorf zugutekäme.

Bestimmt bin ich in der Lage, Sean und seinen Eltern diese Option viel besser zu vermitteln und ihnen schmackhaft zu machen. Genau! Das ist die Lösung! Und genau das muss ich meinem Chef klarmachen – gleich morgen! Das ist ein guter Plan!

„Du bist sehr schweigsam, Emmy. Ein Penny für deine Gedanken."

Seans Stimme holt mich zurück und ich zwinge ein Lächeln auf mein Gesicht. „Ich denke eigentlich gar nichts. Ich bin nur erschöpft vom Wandern und ich sehne mich danach, mich in der Badewanne auszustrecken. Ich wette, morgen habe ich einen tierischen Muskelkater und werde mich kaum bewegen können. Hast du eine Tour, die dazu passt?"

„Habe ich, aber wir können morgen leider nicht wandern. Ich habe völlig vergessen, dass ich da schon verplant bin."

Fragend sehe ich ihn an. „Ist das eine Ausrede, weil du keine Lust mehr hast, eine lahme Touristin weiter herumzuführen?"

„So ein Quatsch!", protestiert Sean sofort. „Ich würde nichts lieber tun, als mit dir morgen die nächste Tour zu unternehmen, aber es ist so ... du kennst doch Angus?"

„Äh ... vielleicht. Wer ist das nochmal?"

„Der ältere Mann, der gestern im Pub Akkordeon gespielt hat. Der Bruder von Mabel."

Ach ja! Und Mabel ist eine der älteren Damen, die am Tresen saßen, als ich im Heather ankam. „Jetzt weiß ich, wer das ist. Was ist mit ihm?"

„Nun, ein paar Tage, bevor du in unser Dorf kamst, hatten wir einen schlimmen Sturm und das Dach von Angus' Cottage hat einiges abgekriegt. Und überhaupt ist sein Haus schon seit längerem in keinem guten Zustand. Er hat nicht viel Geld, also hat mein Vater kurzerhand eine Tombola ins Leben gerufen und ein paar unserer Produkte als Preise zur Verfügung gestellt und ich einige meiner Landschaftsskizzen, andere haben selbstgemachte Stricksachen und Töpfereien beigesteuert. Wir sind alle im Pub zusammengekommen und meine Mutter und Alisons Mann haben Kuchen gebacken und verkauft. Für alles, was wir damit und mit der Tombola eingenommen haben plus was an Spenden von uns allen zusammenkam, haben wir Material für die Reparaturen gekauft und morgen trifft sich das halbe Dorf, um sich ans Werk zu machen. Deshalb kann ich nicht wandern gehen. Ich muss mich um das Dach kümmern. Ich bin der Einzige, der schwindelfrei ist und kleine Sachen ausbessern kann, seit unser Dachdecker aus Altersgründen nicht mehr arbeitet. Anweisungen kann er aber immer noch sehr gut geben und liebt es, mir den Marsch zu blasen, wenn ich es nicht exakt so mache, wie er es mir gesagt hat!"

Ich stimme in Seans Lachen ein. „Das hört sich an wie in einem Märchen. So viel Hilfsbereitschaft ist großartig!"

Sean nickt. „Bei uns wird keiner im Stich gelassen. Hast du vielleicht auch Lust, dazuzukommen? Ich kann mir natürlich vorstellen, dass du lieber etwas anderes unternehmen willst, aber es wird bestimmt schön und es gibt reichlich zu essen und eine helfende Hand mehr können wir immer gebrauchen! Was meinst du?"

Ich muss nicht lange überlegen. „Ich komme gerne und natürlich helfe ich mit."

„Schön."

Sean wirft mir kurz einen Blick zu und lächelt, bevor er sich wieder auf die Straße konzentriert.

„Und wo wir gerade bei Einladungen sind – meine

Mutter lässt fragen, ob du heute Abend mit uns essen willst."

„Huch! Also, das ist unglaublich nett, aber sie kennt mich doch gar nicht."

„Und genau deshalb will sie dich kennenlernen. Immerhin will sie wissen, mit wem sich ihr Junge so herumtreibt."

Ich lache laut.

„Und außerdem", fährt Sean fort, „würde ich mich selbstverständlich auch freuen, nicht nur, weil dann mal zur Abwechslung nicht ich ausgefragt werde, sondern du. Und sie wird alles herausfinden. Da kannst du sicher sein! Man nennt sie im Dorf die schottische Miss Marple."

Mir wird ganz heiß! Ich will nicht verhört werden! So viel wie in den letzten eineinhalb Tagen habe ich noch nie am Stück gelogen. Ich werde besser, aber es ist anstrengend und falsch fühlt es sich sowieso an. Obwohl mir diese Ankündigung zwar einen riesigen Schrecken einjagt, könnte ich andererseits bei dieser Gelegenheit eventuell Seans Eltern für mich einnehmen, was mir später nützlich werden könnte, damit alles nicht so schlimm wird.

„Also, ich verstehe es, wenn du nach einem Tag mit mir nicht auch noch den Abend mit mir verbringen willst. Oder wenn du dich lieber ausruhen willst. Es ist nicht schlimm. Du kannst auch Nein sagen."

„Will ich gar nicht. Ich würde die Einladung wirklich gerne annehmen."

„Sehr gut." Sean grinst. „Dann hole ich dich mit meinem Baby um sieben Uhr ab."

„Musst du nicht. Ich kann auch den Mietwagen nehmen, wenn du mir sagst, wie ich euch finde."

„Ich bin sowieso vorher in Sallys Laden, also ist das unnötig. Und natürlich bringe ich dich auch wieder zurück."

„Dann ist es abgemacht!"

KAPITEL 6

EMMY

„Ich brauche deine Hilfe!" Ich eile zum Tresen, hinter dem Alison gerade Gläser poliert. „Seans Mutter hat mich eingeladen, mit der Familie zu Abend zu essen. Was soll ich denn als kleines Geschenk mitbringen?"

„Ah! Miss Marple will dich wohl einem Verhör unterziehen ... und dich eventuell mit ihrem Sohn verkuppeln."

„Wie?"

„Oder bist du vergeben? Dann sag das besser gleich, sobald du die Schwelle des Hauses übertrittst, sonst ist sie möglicherweise nicht zu bremsen."

„Nein, ich bin nicht vergeben, aber ich suche mir meine Männer lieber selbst aus und in ein paar Tagen bin ich sowieso weg."

„Was echt schade ist." Alison lächelt. „Ich denke, wir könnten wirklich gute Freundinnen werden. Hast du nicht auch das Gefühl?"

Ich erwidere ihr Lächeln. „Habe ich."

„Und ich habe darüber hinaus auch das Gefühl, dass Glenndoon dir gut tut", fährt Alison strahlend fort. „Du siehst erholt und zufrieden aus und du passt hierher. Du passt in die Highlands."

„Ich? Ich bin ein Großstadtmädchen! Ich liebe die blinkenden Lichter und die vielen Geschäfte und Museen und Sehenswürdigkeiten!"

„Die kannst du auch in Edinburgh haben oder du machst einen Trip nach London. Und weitere Städte gibt es quasi um die Ecke. Paris, Rom, Dublin, Berlin, Stockholm, Kopenhagen, Amsterdam, Athen, Barcelona, Wien, Genf – ganz Europa liegt dir zu Füßen und ist nur wenige Flugstunden entfernt. Harris und ich machen das oft für ein paar Tage, wenn Sean, Hazel oder Mabel Zeit haben, im Pub die Stellung zu halten. Du hast also das Beste aus beiden Welten – die Ruhe hier und die blinkenden Lichter, Geschäfte und Museen in greifbarer Nähe."

„Okay, das klingt sehr verführerisch, aber das würde trotzdem nicht gehen."

Alison deutet auf den Barhocker. „Setz dich! Und jetzt spielen wir es mal durch. Nur so zum Spaß. Okay?"

„Aye", erwidere ich grinsend und nehme Platz.

„Also, wo wäre das grundsätzliche Problem?"

„Meine Eltern leben in Los Angeles."

„Und wie oft siehst du sie?", hakt Alison nach.

„Äh ... so dreimal im Jahr. Aber wir sprechen oft miteinander. Am Telefon oder per Videocall."

„Dann ist das ja kein Problem", erwidert Alison triumphierend. „Das kannst du von hier aus auch. Wir haben nämlich schon Internet."

Ich verdrehe die Augen.

„Und wenn du sie besuchen willst, hängst du einfach fünf Stunden Flugzeit dran und bist auch bei ihnen. Oder du machst vorher einen Zwischenstopp in New York und besuchst Freunde."

„So viele Freunde habe ich eigentlich gar nicht", gebe ich zu. „Also keine wirklich engen. Nur welche, mit denen ich mich ab und zu mal treffe. Wir haben alle nicht viel Zeit."

„Siehst du! Und hier hast du schon mich und Sean. Wir hätten Zeit für dich. Und Hazel und Mabel würden dich sicherlich in ihren Strick-Lese-Club zerren."

Ich grinse. „Stricken? Wolle verheddert sich schon, sobald ich nur ein Knäuel ansehe."

„Das macht nichts. Dann kannst du das Buch vorlesen, das wir stets in einem höchst komplizierten Verfahren auslosen."

Ich grinse. „Okay."

„Welche Probleme müssen wir noch lösen?", fragt Alison.

„Die offensichtlichen. Ich habe einen Job und eine kleine Wohnung. Das kann ich nicht so einfach aufgeben." Okay, wer weiß, wie lange ich beides noch habe, wenn ich Mr. Baldwins Forderung nicht erfüllen kann, aber das erwähne ich selbstverständlich nicht.

Alison zuckt mit den Schultern. „Warum kannst du das nicht aufgeben? Ich bin sicher, du kriegst hier für die Miete, die du in New York zahlst, ein großes Haus nur für dich allein. Und was deinen Job angeht – hängst du an ihm? Was machst du eigentlich?"

Jetzt muss ich auf der Hut sein. Was genau hatte ich Sean erzählt? „Ich kaufe Antiquitäten für ein Luxusgeschäft ein, alte Möbel und so, aber auch Sachen von jungen Designern", rassele ich herunter. „Und ich mag meinen Job und habe viel Arbeit und Zeit investiert, um Kontakte zu knüpfen und mir einen Namen zu machen."

„Das verstehe ich, aber du könntest vielleicht einen eigenen Laden hier eröffnen? Ohne einen Boss und mit Arbeitszeiten, die du dir selbst einteilen kannst. Die Gradys ziehen in nicht einmal zwei Monaten zu ihren Kindern nach Glasgow. Da wird also ein Haus gegenüber der Kirche frei und im Erdgeschoss könnte man einen tollen Laden einrichten. Und wir wären wirklich alle froh, wenn wir denjenigen bereits kennen würden, der dort einzieht."

„Bei dir klingt das so einfach." Ich schmunzele. „Aber nein, das geht nicht."

„Warum?"

Weil ich nicht die bin, für die ihr mich haltet! Aber das sage ich nicht, sondern zucke stattdessen mit den Schultern. „Ich glaube, mir fehlt der Mut dazu. Der Umzug in den Big Apple war schon Stress pur. Auf einen anderen Kontinent zu ziehen, wage ich mir gar nicht erst vorzustellen."

„Aber du müsstest nur den Umzug von deiner Seite des Atlantiks organisieren, Emmy. Wenn du erstmal hier bist, hättest du gar keinen Stress! Wir würden alle anpacken und dir mit allem helfen, was ansteht. Mit dem Haus und auch mit Behörden, Banken und was sonst so ansteht. Und solltest du als Voraussetzung für einen Umzug hier einen Job vorweisen müssen, stellen Harris und ich dich ein, bis du entschieden hast, was du machen willst."

Alisons Stimme klingt so begeistert, dass mir ganz warm ums Herz wird. Unter anderen Umständen würde ich vielleicht tatsächlich ernsthaft darüber nachdenken, denn sie hat eigentlich mit allem recht.

Trotz meiner Behauptung hänge ich nicht an meinem Job, auch wenn ich gerade darum kämpfe und dafür sogar Dinge tue, die überhaupt nicht zu mir passen. Aber ja nur, weil die Umstände mich dazu zwingen! Mein Traum ist ja eigentlich ein völlig anderer und vielleicht könnte ich es hier, in dieser neuen Umgebung, noch einmal wagen. Und was meine Wohnung angeht – sie ist wirklich klein und kostet ein Vermögen.

Und NYC selbst … auch wenn ich immer betone, wie sehr ich die Stadt liebe, habe ich mich, wenn ich mal ganz ehrlich zu mir selbst bin, in der letzten Zeit auch ziemlich entliebt. New York ist natürlich immer noch toll und ich mag die Großstadt-Atmosphäre, aber nach all den Jahren dort denke ich inzwischen immer öfter, dass es mir völlig reichen würde, das nur noch ein paarmal im Jahr zu haben.

Alles, was ich am Anfang als aufregend empfunden habe, ist inzwischen zur Routine geworden. Erst habe ich alles ausgekostet – die zahlreichen Museen, Galerien, Restaurants, Cafés, Shops, Clubs und Sehenswürdigkeiten. Ich bin ständig in der Stadt hin und her gehetzt, um bloß nichts zu verpassen.

Doch dann hat mich der Alltagstrott eingeholt und als ich nicht mehr ständig nach oben gesehen habe, um die Hochhäuser zu bestaunen – ein sicheres Zeichen für einen Touristen oder frisch Zugezogenen – hat sich auch diese Neugier und Aufregung gelegt. Ich kann mich nicht erinnern, wann ich das letzte Mal quer durch die Stadt gefahren bin, um eine Ausstellung zu besuchen oder vor einem Pop-up-Store eines angesagten Labels Schlange zu stehen.

Und die hektische, geschäftige Atmosphäre geht mir mittlerweile sehr oft gehörig auf die Nerven. Das permanente Sirenengeheul und Gehupe, das Tempo der Stadt, die oft aggressive Stimmung auf der Straße, die Wichtigtuerei. Die Verzweiflung, nicht erfolgreich genug zu sein, nicht schön genug zu sein, nicht die richtigen Leute zu kennen.

Seit ich hier bin, ist das völlig anders. Ich liebe die Landschaft und die Stimmung der Highlands und fühle mich so glücklich und frei wie vielleicht das letzte

Mal in meiner Kindheit. Und ich mag Alison und ich mag Sean und ich kann mir gut vorstellen, dass es mir wider Erwarten gefallen würde, Teil einer Dorfgemeinschaft zu sein, wenn sie so ist wie die in Glenndoon.

Aber diese Gedanken führen erst einmal zu nichts. Selbst, wenn ich es schaffe, den Kompromiss mit der Partnerschaft auszuhandeln, sollte Mr. Baldwin mir dafür das Go geben, weiß ich nicht, wie alle reagieren werden. Vor allem Sean. Vielleicht sind er und seine Eltern eigentlich ganz begeistert und wenn sie die näheren Umstände kennen, verzeihen sie mir. Aber vielleicht sehen sie mich danach trotzdem mit anderen Augen. Genau wie Alison.

Ich drücke kurz ihre Hand. „Danke für all das, was du gesagt hast, aber es geht nicht. Das wäre zu verrückt."

Sie seufzt laut. „Na gut."

„Und jetzt zu Seans Eltern. Was könnte ich ihnen denn als Dankeschön für die Einladung mitbringen? Blumen für Seans Mutter vielleicht?"

„Blumen hat sie genug im Garten, aber ich habe schon eine Idee. Ich hole dir schnell eine Flasche meines Heidelbeerlikörs. Selbstgemacht. Macy, Seans Mutter, liebt ihn. Und für Rory, Seans Vater, springst du rasch rüber in Sallys Supermarkt und besorgst Macarons. Sie bestellt immer welche für ihn und hält sie unter der Kasse versteckt, weil Macy immer schimpft, dass er zu viele von ihnen isst. Sally hat von ihr strikte Anweisung, ihm nur eine Packung im Monat zu verkaufen. Aber wenn es ein Geschenk ist, kann

Macy nichts dagegen sagen und Rorys Herz würdest du im Sturm erobern. Er ist ganz verrückt nach diesen bunten Leckereien. Sag Sally einfach, dass ich dich geschickt habe und für wen die Macarons sind."

„Alles klar! Mache ich sofort! Danke! Du bist ein Schatz!" Ich hüpfe vom Stuhl. „Bis gleich!"

***

Nachdenklich stehe ich in Unterwäsche vor dem Kleiderschrank und überlege, was ich für das Essen anziehen soll. Ich habe für fast alle Gelegenheiten etwas eingepackt, aber bin unsicher. Zu elegant ist vielleicht ein bisschen drüber, zu lässig eventuell unhöflich.

Da es draußen noch relativ warm ist und mich Sean ja mit seinem Baby kutschieren wird, ziehe ich ein kurzärmeliges schwarzes Top aus Seide an, das ich in eine weiße, weit geschnittene Leinenhose mit hohem Bund stecke. Dazu wähle ich einen karamellfarbenen Blazer und schwarze Ballerinas sowie meine schwarze Handtasche.

Prüfend betrachte ich mich im Spiegel. Ich sehe wirklich hübsch aus, denn Alison hatte recht – Glenndoon tut mir gut. Die Schatten unter meinen Augen sind verschwunden, weil ich letzte Nacht geschlafen habe wie ein Baby, und mein Teint ist strahlender geworden.

Der Wecker meines Handys klingelt und ich schalte

ihn ab. Ich hatte ihn mir sicherheitshalber auf fünf vor sieben gestellt, um Sean nicht warten zu lassen. Ich stecke das Telefon in meine Handtasche, schnappe mir die Geschenke und mache mich auf den Weg.

SEAN

Vor Sallys Laden lehne ich an meinem Wagen und warte vorfreudig auf Emmy. Der Tag mit ihr war wundervoll gewesen und ich fühle mich in ihrer Gegenwart unglaublich wohl. Ich kann einfach ich sein, was bei Jessica nicht immer so war. Sie hatte ein bestimmtes Bild, wie ich sein sollte, damit ich gut zu ihr und ihrem Leben passte, und hat versucht, mich in diese Richtung zu verbiegen.

Aber Emmy ist ganz anders als Jessica. Ich glaube, sie mag mich genau so, wie ich bin. Sie versteht mich. Und sie hat einen tollen Humor und ist mitfühlend und ehrlich. Und dass wir in so vielen Dingen der gleichen Meinung sind und den gleichen Geschmack haben, ist großartig, weil das für mich in einer guten Beziehung das Wichtigste ist. Kurz grinse ich über das Wort Beziehung, aber ich überlege ja nur allgemein.

Viele behaupten ja, dass Gegensätze sich anziehen. Das mag vielleicht in der ersten Leidenschaft so sein, aber welche Gemeinsamkeiten hat man denn noch, wenn man nach ein paar Wochen nicht mehr den ganzen Tag zusammen im Bett verbringt? Worüber redet man, wenn man sich nicht für das interessiert, wofür der andere brennt, und umgekehrt? Oder wenn man völlig andere Werte oder eine komplett gegensätzliche Lebenseinstellung hat? Wie soll das denn funktionieren?

Ich habe darauf nie eine Antwort gefunden und mir immer vorgestellt, dass die idealste Beziehung die wäre, mit seiner besten Freundin zusammen zu sein, mit der man auch gerne Zärtlichkeiten austauscht. Ob ich so jemanden allerdings jemals finden werde, weiß ich nicht. Ich weiß nur, dass ich nie mit einer Frau zusammen sein werde, nur damit ich in einer Beziehung bin. Dann bleibe ich lieber allein.

Emmy kommt aus dem Pub auf mich zu und ich bin hin und weg! Sie sieht bezaubernd aus. Ihre dezent geschminkten Augen leuchten und ihr Lächeln ist einfach umwerfend. Ich spüre, wie mein Herz schneller schlägt. Urplötzlich habe ich den Impuls, zu ihr zu laufen, sie in meine Arme zu reißen und sie zu küssen, bis ihr schwindlig wird. Okay, das wäre vielleicht ein wenig übertrieben, aber zu wissen, dass sie nur knapp eine Woche hier sein wird, versetzt mir einen unerwarteten, sehr verwirrenden Stich.

„Ich habe Alisons Likör und Macarons für deine Eltern dabei", ruft sie und wedelt mit den Geschenken herum.

„Damit hast du schon gewonnen!" Grinsend öffne ich die Tür zur Beifahrerseite und helfe ihr, einzusteigen. „Du siehst übrigens sehr schön aus", raune ich ihr zu.

„Danke", murmelt Emmy verlegen, errötet leicht und lässt ihren Blick wandern. „Du auch."

Ich habe zum Anlass eine schwarze Jeans, ein weißes Hemd, ein helles Sakko und zur Hose farblich passende Schuhe gewählt. „Ebenfalls danke. Wir sind ein schönes Paar."

Emmy hebt amüsiert eine Augenbraue.

„Rein klamottentechnisch meine ich. Perfekte Harmonie."

„Absolut."

Ich eile hinters Steuer und sehe Emmy an. „Bereit, meine Eltern zu treffen?"

Sie kichert. „Da ich mich nicht als zukünftige Schwiegertochter bewerbe, habe ich wohl nichts zu befürchten. Und falls ich mich versehentlich danebenbenehme, ist es auch egal."

„Als ob du das jemals könntest, Emmy. Bestimmt eroberst du sie im Sturm und ich muss mir jeden Tag anhören, welch eine gute Partie du wärst ... und das, obwohl du aus der Neuen Welt bist."

„Du Ärmster! Soll ich mich absichtlich danebenbenehmen? Wäre das hilfreich? Ich könnte mit offenem Mund kauen und nach dem Essen die Füße auf den Tisch legen und die ganze Zeit über in einem ganz schlimmen Südstaaten-Akzent sprechen."

Ich seufze abgrundtief. „Du bist wirklich die Beste, aber das ist nicht nötig. Ich stehe das schon durch."

„Du bist wahrlich ein furchtloser, tapferer Highlander", haucht Emmy bewundernd und presst sich theatralisch die Hand aufs Herz.

Lachend drehe ich den Schlüssel und gebe Gas.

Am Ende des Dorfes steuere ich mein Baby nach links und kurz darauf fahren wir auf unser Grundstück. „Hier vorne ist die Weberei mit Shop", erkläre ich. „In dem Cottage links davon wohnen meine Eltern und mein Haus steht dort oben rechts, ein Stück den Hügel hoch, hinter den Bäumen."

„Verstehe! Damit deine Eltern dich nicht bespitzeln können!"

Ich höre das Schmunzeln in Emmys Stimme und steige grinsend darauf ein. „So ist es. Nicht mit einem Fernglas einsehbar. Der Winkel passt nicht. Zumindest, solange meine Eltern im Haus bleiben, aber selbst wenn nicht, bieten die Bäume einen ganz guten Schutz."

Emmy lacht. „Aber wenn du Besuch kriegst, hören sie es wahrscheinlich sofort, sobald ein Auto auf das Grundstück fährt, oder?"

„Gut, dass du fragst! Wenn du mich heimlich besuchen willst, müsstest du das Auto weiter unten auf der Straße parken, dann am Grundstück entlangschleichen und dich seitlich durch die Büsche schlagen, um zur Tür auf der Rückseite meines Hauses zu gelangen."

„Gibt es da vielleicht schon einen regelrechten Trampelpfad?"

„Nun, er ist noch zu erkennen, aber die Natur hat ihn sich bereits zurückerobert", erwidere ich lachend. „Heimliche Besuche stehen nicht gerade auf der Tagesordnung."

„Alles klar. Und nur fürs Protokoll – ich habe selbstverständlich nur deswegen gefragt, weil ich besorgt war, ob du auch genug Freiraum hast."

„Ich danke dir! Du bist so gut zu mir!" Ich biege grinsend ab und parke neben meinem Haus.

„Ein schwarzes Cottage!", ruft Emmy begeistert. „Das hatte ich nicht erwartet! Es sieht absolut cool aus! Ist die Fassade aus geflammtem Holz?"

„Genau. Ich war während meines Studiums ein paar Wochen in Japan und habe es dort kennengelernt. So langsam verbreitet es sich in Europa immer mehr, was nur logisch ist. Nicht nur, weil es wirklich cool aussieht, sondern auch, weil es so viele Vorteile bietet. Gerade in einem Klima wie in Schottland. Das Holz ist wasserabweisend, wetterfest, widerstandsfähiger, härter, Insekten und Pilze interessieren sich nicht dafür und man muss es nie streichen. Außerdem verzieht sich das Holz nicht mehr und wird nicht rissig."

Emmy lacht. „Wenn du noch einen weiteren Job brauchst, könntest du Vertriebsvertreter dafür werden."

„Keine schlechte Idee." Ich grinse.

„Und wo ist dein Atelier?"

„Auf der anderen Seite des Hauses. Da ist das Licht am besten. Wenn du willst, zeige ich dir nach dem Essen alles."

„Und ob ich will! Und ich würde wahnsinnig gerne ein paar deiner Bilder sehen! Darf ich?"

„Klar. Ich werde sie mutig deinem kritischen Auge

präsentieren, aber du musst versprechen, gnädig zu sein."

„Verspreche ich, aber ich kann mir nicht vorstellen, dass sie mir nicht gefallen."

„Das hoffe ich." Ich springe aus dem Wagen, laufe herum, öffne Emmy die Tür und halte ihr meine Hand hin. Sie ergreift sie und ihre Berührung schickt ein angenehmes Prickeln durch meinen Körper. Für meinen Geschmack viel zu schnell lässt sie sie wieder los. Ich räuspere mich und straffe übertrieben meine Schultern. „Dann mal ab in die Höhle des Löwen."

Mum und Dad warten schon im Wohnzimmer auf uns. Wahrscheinlich stehen sie da, seit sie das Auto gehört haben. „Mum, Dad, das ist Emmy Baley aus New York."

Emmy schüttelt ihnen die Hand. „Freut mich sehr, Sie kennenzulernen, und vielen Dank für die Einladung."

Mum lächelt sie warm an. „Sehr gern geschehen, Miss Baley. Es ist doch Miss, oder?"

„Ja, ist es."

Mir entgeht das zufriedene Funkeln in Mums Augen nicht.

„Aber bitte nennen Sie mich Emmy." Sie überreicht die Geschenke. „Nur eine Kleinigkeit. Alison hat mich beraten."

„Das wäre wirklich nicht nötig gewesen, Emmy, aber vielen Dank. Ich liebe Alisons Likör."

Auch Dad brummt ein Danke und drückt lächelnd die Macarons an sich.

„Also, Emmy, das Essen dauert noch einen Moment. Es gibt Hühnchen mit Kartoffeln und allerlei Gemüse und Salat aus dem Garten. Von Sean weiß ich, dass du beim Picknick Schinken gegessen hast, deshalb gehe ich davon aus, dass Hühnchen auch in Ordnung ist?"

Emmy nickt. „Ist es."

„Die restlichen Sachen auch oder gibt es etwas, das du nicht essen kannst oder willst?"

Emmy schüttelt den Kopf. „Ich mag eigentlich alles und es klingt fantastisch!"

„Zum Glück!" Mum strahlt sie an. „Und als Dessert serviere ich Cranachan."

Fragend sieht Emmy sie an.

„Ein typisch schottischer Nachtisch", erklärt Mum. „Himbeeren mit gerösteten Haferflocken, Zucker, Honig, Sahne und Whisky. Wird alles in ein Glas geschichtet und gekühlt serviert. Jeder macht das Dessert ein bisschen anders, aber ich benutze mein altes Familienrezept."

„Es ist wirklich unglaublich gut", werfe ich ein. „Sogar Harris hat sich das Rezept geben lassen."

Mum winkt verlegen ab.

„Hört sich sehr lecker an. Kann ich vielleicht noch irgendwie helfen?"

„Nein danke, Liebes, aber wenn es dich interessiert,

könnte Sean dir vielleicht die Weberei zeigen?"

„Das würde mich sehr interessieren!"

Dad räuspert sich. „Das würde gerne ich übernehmen. Es würde mich freuen, unseren Gast herumzuführen." Er blickt Emmy an. „Und du kannst fragen, was du willst. Ich werde dir alles erklären."

Mum und ich wechseln erstaunte Blicke. Für meinen Dad sind vier längere Sätze am Stück eher die Ausnahme.

„Das wäre toll, Mr. McFain!"

„Dann wollen wir mal, junge Dame." Er stellt die Macarons auf die Kommode, schnappt sich seinen Gehstock und gibt Mum einen Kuss auf die Wange. „Wie lange?"

„Seid in spätestens einer halben Stunde wieder da."

„Aye. Komm, Emmy. Hier entlang."

Emmy stellt ihre Handtasche auf einen Stuhl und gemeinsam verlassen sie die Küche.

Gleich darauf hören wir, wie die Haustür sich öffnet und wieder schließt. Kopfschüttelnd wende ich mich an Mum. „Das ist … ungewöhnlich."

„Offensichtlich mag er sie und ich mag sie auch. Sehr höflich und herzlich. Und jetzt komm mit in die Küche! Du kannst mir noch ein wenig zur Hand gehen."

Ich salutiere. „Aye!"

KAPITEL 7

EMMY

Seans Vater ist wirklich schlecht zu Fuß und stützt sich schwer auf seinen Stock, aber ich passe mich unauffällig seinem Tempo an, während wir zur Weberei gehen. „Sean hat mir erzählt, dass die Weberei schon in der sechsten Generation im Familienbesitz ist", beginne ich ein Gespräch. „Das gibt es nicht mehr oft."

„Ja, leider, aber ich kann es auch verstehen. Kinder sollten ihre eigenen Wege gehen. Ich hätte Sean nie gezwungen, in den Betrieb einzusteigen. Aber er hat es dann doch gemacht ... wenn auch nicht ganz freiwillig. Hat er dir davon erzählt?"

Er wirft mir einen fragenden Blick zu und ich nicke. „Es tut mir leid, was Ihnen passiert ist."

„Danke, aber ich hatte Glück. Ich lebe." Er schweigt einen Moment, bevor er seufzt. „Aber dem einzigen Kind den Traum zu zerstören, ein großer Künstler zu werden – das ist hart. Ich meine, Sean hat sich nie beschwert und auch nie etwas darüber gesagt, aber natürlich weiß ich es. Ich hatte überlegt, die Weberei zu schließen, damit er sich nicht verpflichtet fühlt, hierzubleiben, aber es hängen Arbeitsplätze dran. Wir tragen Verantwortung. Natürlich auch unserer Familiengeschichte gegenüber. Mein Sohn hätte das niemals zugelassen."

Ich weiß nicht genau, wieso er mir das alles erzählt, aber vielleicht ist es manchmal einfacher, einem Fremden sein Herz auszuschütten. „Ich habe nicht den Eindruck, dass er mit seinem jetzigen Job und dem Leben in Glenndoon unglücklich ist, Mr. McFain", beruhige ich ihn. „Er liebt die Highlands und er ist stolz auf die Weberei – das merkt man deutlich."

„Wirklich?"

Hoffnungsvoll sieht er mich an und ich lächle. „Wirklich."

Als wir in der Weberei sind, erklärt er mir, wie die Stoffe in Handarbeit hergestellt werden, wie die alten Webstühle funktionieren und die Wolle gewebt wird und dass die Natur des Tals als Inspiration für die Farben und Muster dienen. Dabei leuchten seine Augen und es ist klar, dass das seine Berufung und sein

Leben ist. Und mir wird noch einmal klar, dass ich die Familie nie werde überreden können, die Weberei zu verkaufen – und ich will es auch nicht.

„Hier links ist das Lager für die Stoffe." Mr. McFain zeigt auf eine Tür. „Und dort geht es von hier aus zum Shop."

Wir durchqueren einen kleinen Flur und gelangen durch einen Hintereingang in den Laden. Ich hatte eher eine etwas ländlich-rustikale Einrichtung erwartet, aber der Raum ist mit dunklem Holz getäfelt, der ihm eine warme und gleichzeitig edle Atmosphäre verleiht.

Die Regale, in denen die Mützen und Picknick- und Wolldecken untergebracht sind, bestehen aus dem gleichen Holz, genau wie die langen Tische mitten im Shop, auf denen die Schals und Tücher drapiert sind, sowie die Kleiderständer, an denen die Capes hängen. „Es sieht wunderbar aus. Sehr geschmackvoll."

Mr. McFain schmunzelt. „Seans Werk. Du hättest das vorher sehen sollen. Es sah damals mehr nach Lager aus als das eigentliche Lager. Er hat eben ein Gespür für Design."

Ich höre den Stolz in seiner Stimme und lächle. „Das kann man wohl sagen."

„Sieh dich ruhig um."

„Danke." Ich gehe durch den Laden und berühre immer wieder einige der Sachen.

„Gefällt dir alles?", fragt Mr. McFain neugierig.

„Sehr. Nicht nur der Stoff ist wundervoll … da ist noch mehr."

„Ach ja?"

„Ja. Ich weiß nicht genau, wie ich es beschreiben soll. Es kommt mir so vor, als würde der Stoff die Geschichte der Highlands in sich tragen, und als würde er von nun an auch alle Geschichten aufbewahren, die man als neue Besitzerin oder neuer Besitzer mit ihm erlebt, und all die Träume, die man hat." Ich verziehe das Gesicht. „Okay, das hat sich selbst in meinen Ohren sehr seltsam angehört."

„Also in meinen nicht. Ich empfinde das genauso." Er strahlt. „Such dir etwas aus, Emmy. Nimm die Highlands mit hinaus in die Welt und fülle, was immer du wählst, mit neuen Geschichten!"

„Das ist unglaublich freundlich von Ihnen, aber das kann ich nicht annehmen."

„Doch. Kannst du. Ich bestehe darauf. Ich bin schon gespannt, was du dir aussuchen wirst."

„Also gut." Ich laufe noch einmal durch den Shop und bleibe bewundernd vor einem Cape in wunderschönen Blautönen stehen, das sehr dem von Miss MacKay ähnelt, aber es ist zu teuer. Rasch gehe ich weiter und streiche vorsichtig mit den Fingern über einen ebenfalls in Blautönen gehaltenen Schal. Ich wende mich an Mr. McFain. „Der hier ist bezaubernd."

„Stimmt. Das ist er, aber nicht das Richtige für dich." Er geht zu dem blauen Cape, nimmt es vom Bügel und hält es mir entgegen.

Sofort hebe ich abwehrend die Hände. „Das ist zu viel. Das geht nicht. Wirklich nicht."

Streng sieht Seans Vater mich an. „Emmy, du möchtest sicher nicht, dass ich mich aufrege. Ich bin ein alter, gebrechlicher Mann, gesundheitlich wirklich nicht auf der Höhe. Jede noch so kleine Aufregung könnte mein Ende bedeuten." Er stöhnt laut und tut so, als müsse er nach Luft schnappen.

Ich kichere. „Oh je! Das könnte ich mir ja nie verzeihen!"

„Dann ist es entschieden. Und jetzt anprobieren."

Er hilft mir hinein und lotst mich zu einem der Spiegel. Das Cape sitzt wie angegossen. Ich betrachte mich von allen Seiten und ein glückliches Strahlen breitet sich auf meinem Gesicht aus. „Ich habe noch nie etwas Schöneres besessen. Mein Kleiderschrank ist voll von schönen Dingen, aber das hier ist etwas ganz Besonderes und ich werde es immer in Ehren halten. Versprochen."

„Das weiß ich. Und jetzt lass uns zurückgehen, bevor Macy einen Suchtrupp losschickt."

SEAN

Mein Vater und Emmy kommen zurück, gerade als Mum und ich damit fertig sind, den großen Esstisch zu decken, der im Wohnzimmer steht, und das Essen aufzutragen. Emmy trägt eines der Capes aus unserer aktuellen Kollektion. Sie sieht wunderschön aus und mein Herz schlägt schon wieder ein wenig schneller.

„Wie gut dir das steht!", ruft Mum entzückt. „Dreh

dich mal!"

Verlegen folgt Emmy ihrer Aufforderung.

„Wirklich bezaubernd! Ich hoffe, mein Mann hat dir einen guten Preis gemacht?"

Dad räuspert sich. „Ich habe es ihr geschenkt, weil Emmy genau die richtigen Worte dafür gefunden hat, was unsere Stoffe unserer Familie bedeuten."

Ich bin verblüfft! Genau wie Mum! Nicht nur über seinen regelrechten Redeschwall, sondern auch über sein Geschenk. Nicht, dass Dad geizig wäre. Ganz im Gegenteil. Er ist einer der großzügigsten Menschen, die es überhaupt gibt, aber das ist dennoch erstaunlich. Er hat noch nie einer meiner Freundinnen so schnell etwas aus unserer Weberei geschenkt. Klar, mal was Kleines zum Geburtstag oder zu Weihnachten, aber doch nicht sofort, nachdem er sie gefühlt gerade mal fünf Minuten kannte. Und das, obwohl Emmy ja nicht einmal meine Freundin ist.

„Das ist gut." Mum nickt. „Ich hoffe, du hast viel Freude damit, Emmy."

„Das werde ich. Wie ich Ihrem Mann gesagt habe, werde ich es immer in Ehren halten."

Meine Mutter lächelt. „Dann bitte ich jetzt zu Tisch."

Emmy zieht das Cape aus und sieht sich um, wo sie es ablegen könnte, und ich nehme es ihr aus der Hand. „Es steht dir fantastisch", raune ich ihr zu, bevor ich es über einen der Sessel lege.

„Danke."

Gemeinsam gehen wir zum Tisch und ich rücke ihr den Stuhl zurecht, bevor ich ihr gegenüber Platz nehme.

Emmy schnuppert. „Das riecht alles unglaublich, Mrs. McFain."

„Dann greif nur ordentlich zu! Wir müssen nichts für morgen aufheben!"

„Ich hoffe, diese Worte werden Sie nicht bereuen. Wenn ich etwas gut kann, dann essen!"

Wir lachen alle.

***

Das Essen vergeht wie im Flug. Mein Dad erzählt eine Anekdote nach der anderen aus der Weberei und den Highlands und immer wieder wechseln Mum und ich erstaunte Blicke. So viel geredet hat er ewig nicht mehr. Emmy geht darauf ein und versucht, seine Geschichten mit Geschichten aus New York und aus dem Hotel ihrer Familie zu toppen.

Ich erzähle von unserer Wanderung und Mum berichtet, was Mabel und Hazel in nächster Zeit so geplant haben. Die beiden haben vor ein paar Jahren einen kleinen Reisebus gekauft und veranstalten seitdem regelmäßig Ausflüge in die Umgebung für alle aus dem Dorf, die Lust dazu haben. Zu Spaziergängen am Meer, Sehenswürdigkeiten, Veranstaltungen und Konzerten.

Emmy ist ganz begeistert von dem Zusammenhalt

in Glenndoon und fragt immer wieder interessiert nach – und ich ertappe mich dabei, wie ich Emmy immer wieder ein bisschen zu lange ansehe. Sie gefällt mir. Sie gefällt mir wirklich! Nicht nur, weil sie hübsch ist. Es ist ihre ganze Art, die mich ziemlich umhaut. Aber ich muss mich zusammenreißen und darf Emmy nicht zu sehr an mich heranlassen. Sie wird in ein paar Tagen wieder weg sein. Meine Gedanken wandern kurz zu Jessica zurück … ich will mir das Herz nicht noch einmal brechen lassen.

Als schließlich auch das Dessert verputzt ist und alle satt sind, reibt Emmy sich glücklich den Bauch. „Mrs. McFain, das war wirklich das beste Essen, das ich seit Jahren hatte!"

Meine Mum winkt ab. „Das war doch nichts Besonderes."

Ich grinse. Mütter! Ich kenne keine Mutter, die auf ein Kompliment für exzellentes Kochen nicht so reagiert.

„Für mich war es das", widerspricht Emmy. „Ich koche leider selbst nicht besonders gut. Ich sollte mich wirklich mehr damit beschäftigen."

„Wenn du länger hier wärst, könnte ich dir den einen oder anderen Trick zeigen. Es ist wirklich nicht schwer, wenn man ein paar Dinge beachtet."

Emmy strahlt sie an. „Das wäre wirklich toll gewesen."

Mum erhebt sich. „Dann mache ich hier mal Ordnung."

Sofort springe ich auf, um zu helfen, und auch Emmy erhebt sich, aber Mum schüttelt energisch den Kopf.

„Geht ihr jungen Leute nur. Dein Vater und ich machen das schon." Sie umarmt Emmy kurz. „Bis morgen bei Angus."

„Ja. Bis morgen. Und danke für alles."

„Nichts zu danken, Liebes."

Emmy nimmt das Cape, legt es sich über die Schultern und geht zu meinem Dad. „Vielen Dank nochmal für das wundervolle Geschenk! Ich werde es mit Geschichten und Träumen füllen."

Er schüttelt ihr die Hand. „Und ganz sicher werden es wunderbare sein."

Emmys Strahlen erhellt fast den Raum.

Ich umarme Mum und Dad zum Abschied, reiche Emmy ihre Handtasche und wir gehen nach draußen.

„Das war ein fantastischer Abend!" Emmy seufzt wohlig. „Deine Eltern sind großartig und so lieb."

Ich nicke. „Sind sie. Dass du Mums Essen so gelobt und herzhaft zugegriffen hast, hat ihr Herz im Sturm erobert. Und mein Dad hat offensichtlich einen Narren an dir gefressen. So viel, wie er heute geredet hat, redet er sonst die ganze Woche nicht. Und dass er dich höchstselbst durch die Weberei führen wollte, war ebenfalls ziemlich überraschend."

Emmy streicht sich verlegen lächelnd eine Haarlocke hinters Ohr. „Ich bin echt froh, dass ich einen guten Eindruck und dir keine Schande gemacht habe. Und jetzt bin ich wahnsinnig gespannt auf dein Haus und dein Atelier und deine Bilder!"

KAPITEL 8

EMMY

Sean schließt die Tür seines Hauses auf und schaltet das Licht im Flur an. Der Boden ist mit Dielen ausgelegt und das Holz so hell, dass es mich an Fußböden in skandinavischen Häusern erinnert.

Wände und Decke sind Weiß gestrichen, aber nicht grell, sondern mit einem warmen Unterton. Rechts an der Wand lehnt ein riesiger, rahmenloser Spiegel, links ziehen sich raumhohe weiße Schränke an der Wand entlang. Sean drückt gegen eine Tür und sie springt auf. Er holt einen Bügel heraus, nimmt mir das Cape ab, hängt es auf und in den Schrank.

Ich schmunzle.

„Was ist?", fragt Sean neugierig.

Ich deute auf die Schränke. „Keine Griffe. Ehrlich gesagt, habe ich es mir genau so vorgestellt. Du bist ein unschnörkeliger Typ. In deiner Kunst, zumindest wie du sie beschrieben hast, und sonst auch."

Er hebt eine Augenbraue. „Ist das gut?"

„Und wie! Ich kann mir jetzt schon vorstellen, dass der Rest deines Zuhauses so aussehen wird, wie ich selbst gerne wohnen würde."

„Dann hoffe ich, dass du nicht enttäuscht sein wirst."

„Ganz bestimmt nicht!" Ich folge ihm durch den Flur, von dem zwei Türen abgehen.

„Hier ist die Gästetoilette und in dem anderen Raum stehen Waschmaschine und Trockner", erklärt Sean. „Und hier ist der Wohnbereich."

Er schaltet das Licht ein und lässt mich vorgehen. „Wow!", entfährt es mir unwillkürlich, denn vor mir liegt ein einziger großer Raum, in dem Küche, Esszimmer und Wohnzimmer untergebracht sind.

Auch hier sind die Wände und Decke mit dem Farbton aus dem Flur gestrichen. Die Küchenschränke und die Kücheninsel bestehen aus dem gleichen hellen Holz wie der Boden. Und obwohl die drei Barhocker an der Insel aus transparentem Acryl und bis auf eine chromglänzende Espressomaschine die Arbeitsflächen leer sind, wirkt nichts steril, sondern einfach stimmig.

Sean hat inzwischen die Steh- und Tischlampen

angeknipst, die überall verteilt sind, und das Oberlicht ausgeschaltet, sodass der Raum in ein warmes, weiches Licht getaucht ist.

Während er Holz in einen Bollerofen schichtet, der in einem großen gemauerten Kamin mit einer Umrandung aus weißem Marmor steht, und es anzündet, sehe ich mich weiter um. Es herrscht eine perfekte Balance zwischen japanischem und skandinavischem Look. Alles ist harmonisch aufeinander abgestimmt. Neutrale Töne wie Beige, Weiß, Grau und Schwarz sind die vorherrschenden Farben.

Farbtupfer bilden das ausladende hellblaue Samtsofa, das gegenüber dem Kamin hinter einem Couchtisch aus Glas steht, und die zwei altmodischen Ohrensessel mit Fußhocker links und rechts, die mit einem Tartan-Tweedstoff bezogen sind. Farbakzente bieten auch die im Raum verteilten Grünpflanzen sowie die zahlreichen Buchrücken der Bildbände und Bücher, die sich in den hohen Regalen an beiden Seiten des Kamins aneinanderreihen. Einige liegen auch auf dem runden weißen Esstisch, an dem vier Freischwinger mit Wiener Geflecht stehen.

Auf schlichten Beistelltischen aus Metall haben japanische Lampen aus Reispapier ihren Platz gefunden und keramische Vasen, die wie Skulpturen aussehen und deshalb gar keine Blumen brauchen.

In der Ecke, vom Sofa aus ideal platziert, steht ein großer Fernseher auf einem dreibeinigen Stativ. Darunter auf einem Holzschemel entdecke ich einen DVD-Player und Fernbedienungen.

Über dem Kaminsims hängt ein großes gerahmtes Gemälde im Querformat. Auf cremefarbenem Untergrund sind Dreiecke und Rechtecke in einem tiefen Schwarz so komponiert, dass es spannend und gleichzeitig entspannend aussieht. Auch ohne die kleine Signatur SMcF rechts unten hätte ich sofort gewusst, dass es von Sean ist.

„Es ist fantastisch!" Ich drehe mich zu ihm um. „Gibt es noch mehr Bilder aus der Serie?"

Sean nickt. „Und auch andere Serien. Meist in Beige, Schwarz und Weiß, aber momentan experimentiere ich mit einem selbst gemixten Blau, das sich an Yves Kleins Blau orientiert."

„Ich bin schon sehr gespannt!" Ich mache eine allumfassende Geste mit der Hand. „Das ist wirklich ganz dein Haus. Genau so habe ich es mir vorgestellt. Und durch den Kontrast zu der atemberaubenden Landschaft draußen, wirkt das Zurückgenommene und Schlichte hier drinnen noch stimmiger. Am liebsten würde ich sofort hier einziehen!"

Sean sieht mich lächelnd an. Der Blick aus seinen blauen Augen ist so intensiv, dass die Fantasie mit mir durchgeht. Ich sehe uns beide, wie wir zusammen auf der Couch liegen, er rechts, ich links, wir lesen beide und er streichelt dabei meine ausgestreckten Beine, während das Feuer im Bollerofen prasselt und eine wohlige Wärme verbreitet.

„Nun, wenn du länger hier wärst … ich habe oben ein Gästezimmer, von dem du einen fantastischen Ausblick hast. Du wärst jederzeit willkommen, Emmy."

Ich sehe ihn erstaunt an. „Äh … du kennst mich erst seit gestern."

„Na und?" Er zuckt mit den Schultern. „Ob man jemanden mag oder nicht, entscheidet sich meiner Erfahrung nach in den ersten paar Sekunden. Und ich mochte dich schon, als du mich in Sallys Laden gefragt hast, ob ich Single bin."

Ich stemme empört die Hände in die Hüften. „Das habe ich überhaupt nicht gefragt! Ich habe gefragt, ob du Touren für Singles machst!"

„Rede dir das nur ein."

Er grinst breit und ich verdrehe die Augen.

„Ich zeige dir jetzt das Atelier."

Sean führt mich zu einer abgeschrägten Wandscheibe aus Holz, hinter der eine schlichte weiße Treppe nach oben führt. Wir gehen allerdings nicht nach oben, sondern durch eine integrierte Schiebetür. Sean schaltet das Licht an. Von der Decke abgehängte Neonröhren leuchten auf, aber geben kein klinisches Weiß ab, sondern strahlen ganz warm.

Sein Atelier riecht angenehm nach Farbe, Leinwand und Holz und sieht wie ein gläsernes Gewächshaus aus. Das Licht und der Ausblick müssen tagsüber fantastisch sein.

Auf einem langen Tapeziertisch haben Gläser mit Pinsel und Stiften ihren Platz gefunden sowie Kisten voller Farbtuben, ein paar Rollen Leinwände, Kunst- und Designzeitschriften und stapelweise Skizzenblöcke. Ebenso befinden sich darauf

Holzleisten für Rahmen, eine kleine Säge, ein Werkzeugkasten und ein schwarzer tragbarer CD-Player.

Vor einem weiteren Bollerofen befindet sich ein breites Sofa, das mit dunkelgrauem Tweed bezogen ist. Davor steht ein altmodischer dunkler Reisekoffer, der wohl als Couchtisch dient. Neben dem Sofa steht ein Korb mit Wolldecken aus der Weberei.

An einer Wand lehnen in mehreren Reihen Gemälde.

Der Boden besteht aus glattem Beton und überall entdecke ich Farbspritzer, was an sich schon wie ein Kunstwerk aussieht.

In der Mitte des Ateliers steht eine Staffelei mit einer großen Leinwand, die cremefarben bemalt ist und auf der mit Bleistift eine große organische Form vorgezeichnet ist, die zum Teil bereits mit strahlendblauer Farbe gefüllt wurde.

Das hier ist eine Oase der Kreativität und Inspiration und wäre mein Traumatelier, um darin Kleider zu entwerfen. Ich seufze laut.

„Kann ich dein Seufzen als gutes Zeichen werten?"

„Definitiv! Ich fühle mich hier unglaublich wohl! Darf ich mir deine anderen Werke ansehen?" Ich deute auf die Wand.

„Nur zu, Emmy."

SEAN

Gespannt sehe ich ihr zu, wie sie vorsichtig die Bilder nacheinander begutachtet, und sich dabei Zeit lässt, jedes einzelne der Gemälde genau zu studieren.

„Möchtest du vielleicht etwas trinken?", frage ich. „Und soll ich hier den Bollerofen anwerfen, damit es wärmer wird, oder gehen wir wieder rüber ins Wohnzimmer, wenn du fertig bist?"

Emmy dreht sich um. „Würde es dir etwas ausmachen, wenn wir noch ein bisschen bleiben? Dein Wohnzimmer ist natürlich der Wahnsinn, aber die kreative Atmosphäre hier ist so schön und ich will mich nicht hetzen, um deine Sachen anzuschauen. Und es gibt hier noch so viel zu sehen." Sie lenkt meinen Blick auf die Skizzenblöcke. „Darf ich ein wenig darin herumstöbern?"

Ich lächle. „Wenn es dich wirklich interessiert."

Sie legt den Kopf schief und zieht die Nase kraus. „Würde ich sonst fragen?"

„Nein. Stimmt. Dafür bist du nicht der Typ. Also, kann ich dir etwas zum Trinken anbieten?"

„Was hast du denn da?", will Emmy wissen.

„Na ja, was willst du denn? Ich glaube, so herum ist es einfacher."

Emmy schmunzelt. „Ehrlich gesagt schwanke ich zwischen einem Cappuccino und einem Glas Rotwein."

„Habe ich beides. Dann mache ich uns erst einen Cappuccino und danach gibt es Wein. Wie klingt das?"

„Perfekt!"

„Bin gleich wieder da." Ich gehe in die Küche, hole eine Flasche Wein aus dem Schrank und dekantiere ihn. Dann befülle ich die Espressomaschine und schmeiße sie an, bevor ich Milch aus dem Kühlschrank hole, sie in einen Milchaufschäumer gieße und ihn anschalte. Bis alles fertig ist, setze ich mich mit Schwung auf die Mücheninsel und lasse die Beine baumeln.

Emmy, Emmy, Emmy ... was machst du nur mit mir? Sie ist mir in einem Tag so nahe gekommen, wie andere in Monaten oder Jahren nicht. Ich kann es selbst nicht fassen. Es ist fast zu kitschig und wenn ich es in einem Film gesehen hätte, hätte ich ungläubig aufgestöhnt, aber jetzt ergeht es mir genauso.

Mum erzählt immer, dass, als sie Dad zum ersten Mal gesehen hat, ihre Seele seine sofort erkannt hat und sie wusste, dass sie zusammengehören. Ich habe mir genau das für mich selbst auch immer gewünscht und ich fürchte, jetzt ist es passiert. Fürchte ... weil Emmy schon bald wieder aus meinem Leben verschwinden wird und ich mir nicht vorstellen kann, dass es ihr ebenso ergeht wie mir. Natürlich spüre ich, dass sie sich mit mir wohlfühlt, aber mehr als das erscheint mir abwegig. Und selbst, wenn es ihr genauso ergehen könnte, würde sie mich das wissen lassen oder davor zurückschrecken, weil sie nächste Woche schon wieder zuhause sein wird?

Theoretisch habe ich ja noch ein paar Tage Zeit,

um das herauszufinden, aber will ich es wirklich darauf anlegen? Habe ich den Mut dazu? Wenn sie wenigstens länger hier wäre, so wie Jessica damals, damit sich etwas entwickeln kann, das vielleicht ernster als nur ein Flirt ist. Aber nach ein paar Tagen? Das wäre wirklich zu verrückt! Und abgesehen davon habe ich keine Ahnung, ob es nicht vielleicht bereits jemanden in ihrem Leben gibt.

Die vielen Fragen in meinem Kopf werden zum Glück vom Piepen der Espressomaschine unterbrochen, die mir mitteilt, dass sie fertig ist. Erleichtert springe ich von der Insel und mache mich ans Werk.

Als ich ins Atelier zurückkomme, ist Emmy immer noch mit meinen Bildern beschäftigt. Grinsend stelle ich die doppelwandigen Gläser auf den Reisekoffer und werfe den Bollerofen an. Jetzt erst scheint Emmy mich bemerkt zu haben, geht zur Couch und setzt sich.

„Wenn du es dir auf dem Sofa gemütlicher machen willst, nur zu", fordere ich sie auf.

„Gute Idee." Sie streift ihre Ballerinas ab und streckt sich auf der Couch aus.

Als ich ihre nackten Füße bemerke, schließe ich schnell die Ofentür und hole aus dem Korb neben dem Sofa eine Decke.

EMMY

Sean legt mir eine Decke aus Tweed über die Beine.

„Damit du nicht frierst, bis der Ofen sein volles Potential entfaltet."

„Sehr aufmerksam. Danke."

„Gern geschehen."

Er reicht mir eines der Gläser. „Danke auch dafür, Sean."

Er nickt. „Zucker nimmst du keinen, richtig?"

„Genau. Ich bin süß genug."

„Das bist du wirklich, Emmy."

Sean sieht mich auf eine Art an, die mich dazu bringt, mich plötzlich sehr intensiv auf die braun-cremeweiße Decke zu konzentrieren, die mit einem schönen, klassischen Fischgrätmuster versehen ist und sich leicht und kuschelig anfühlt. Sean schnappt sich das zweite Glas, setzt sich ans andere Ende des Sofas, zieht ebenfalls die Schuhe aus und streckt seine Beine neben meinen aus. Genau wie in meinem Tagtraum. Nur das Streicheln und die Bücher fehlen noch. Schnell trinke ich einen Schluck und der Cappuccino schmeckt hervorragend. Natürlich tut er das. „Gibt es eigentlich etwas, das du nicht kannst?", platzt es aus mir heraus, bevor ich es verhindern kann.

Überrascht sieht Sean mich an. „Wie bitte?"

„Entschuldige … äh … das kam glaube ich falsch rüber. Ich wollte damit nur sagen, dass dein

Cappuccino perfekt ist."

„Der Dank gebührt nicht mir, sondern meinen freundlichen Maschinchen, die das für mich erledigen."

Ich grinse schief. „Ja. Schon. Trotzdem kann man bestimmt etwas falsch machen. Ich meine das auch gar nicht negativ. Es sollte kein Vorwurf oder sowas sein. Ich finde nur … also, was ich eigentlich sagen will – ich habe noch nie jemanden wie dich getroffen."

„Einen Highlander?", fragt er schmunzelnd.

Ich verdrehe die Augen. „Ich meine, dass du eigentlich zu gut bist, um wahr zu sein."

Sean schüttelt den Kopf. „Entschuldige, aber ich verstehe es immer noch nicht ganz."

Das glaube ich ihm sogar. Für ihn ist alles, was er ist und was er tut, eben normal. Für mich aber nicht. „Also, um die Wahrheit zu sagen – jemand, der so aussieht wie du … da würde man nicht unbedingt damit rechnen, dass du so bist, wie du bist. Alles, was ich über dich weiß, ist ziemlich umwerfend. Du siehst nicht nur aus wie ein von einem Magazin gesprungenes Outdoor-Model, du bist auch witzig und intelligent und charmant und kreativ und talentiert. Und du kümmerst dich völlig selbstlos um andere. Nicht nur um deine Familie. Du kümmerst dich auch um Sallys Laden, deckst Dächer und Alison hat erzählt, dass du einer derjenigen bist, die den Pub schmeißen, wenn sie mit Harris wegfahren will. Und ich schätze mal, das ist nur die Spitze des Eisbergs, was du noch Gutes tust."

„Danke für die tollen Komplimente, Emmy. Aber

was die Hilfsbereitschaft angeht – da bin ich keine Ausnahme. Das machen hier alle."

„Okay, stimmt." Ich lache. „Alison hat mir das auch schon gesagt, als sie mich überreden wollte, nach Glenndoon zu ziehen. Sie findet, dass die Umgebung mir gut tut und ich hierher passe und hat sogar schon ein Haus für mich in Aussicht. Sie meinte, alle würden anpacken und mir helfen, sobald ich ankomme."

„Das wäre garantiert so. Und? Reizt es dich?", will Sean wissen.

Ich seufze. „Unter anderen Umständen womöglich schon, aber ich habe ein Leben in New York."

Sean räuspert sich. „Und wahrscheinlich gibt es dort auch jemanden, der sehnsüchtig auf dich wartet. Wundern würde es mich ja nicht."

Überrascht sehe ich ihn an. „Wieso?"

„Du hast doch einen Spiegel, Emmy", erwidert er ernst. „Du weißt doch, wie hübsch du bist. Und du weißt doch auch, wie toll du bist und wie wohl sich andere in deiner Gegenwart fühlen. Du hast dieses gewisse Etwas, das einen sofort anzieht und nicht mehr loslässt."

„Ich?" Ungläubig starre ich ihn an. „Ehrlich gesagt hat mir das so noch keiner gesagt. Also, niemand außer meinen Eltern."

„Noch nie?", hakt Sean verblüfft nach.

Ich zucke mit den Schultern. „Noch nie."

„Was ist mit deinen Freunden?"

„Ich habe keine wirklich engen Freunde in New York. Wir sind alle immer zu beschäftigt. ‚Friends' ist wirklich nur eine Serie und nicht das wahre Leben."

„Und was ist mit einem Partner ... oder einer Partnerin?"

Ich lächle. „Wenn, dann wäre es ein Mann, aber auch von Männern habe ich so etwas nie gehört. Und was das sehnsüchtig auf mich warten angeht ... keiner wartet zuhause auf mich. Meine letzte Beziehung ist auch schon eine Weile her. Und was ist mit dir?"

„Meine auch. Es ging nicht gut. Sie hat sich von mir getrennt."

„Das tut mir leid."

„Muss es nicht. Es war kompliziert."

Ich schaue ins flackernde Feuer, um Sean nicht ansehen zu müssen. Er klang trotz seiner Worte traurig und ich frage mich, ob er wohl noch Gefühle für sie hat, wer immer sie ist. Ich kann nicht verhindern, dass mir die Frage durch den Kopf schießt, wie man einen Mann wie Sean jemals verlassen könnte?

Plötzlich höre ich, dass es draußen angefangen hat zu regnen und die Tropfen idyllisch mit einem zarten Plingpling auf dem Glasdach tanzen. „Da! Siehst du!", rufe ich empört und deute nach oben. „Alles ist perfekt! Du, das Haus, das Atelier, deine Gemälde, der fantastische Cappuccino, die knackenden Holzscheite im Ofen und jetzt noch der Regen. Als wäre ich in einer verdammten Filmkulisse und du hättest alles organisiert."

Sean grinst. „Vielleicht habe ich meinen Vater ja überredet, dass er draußen mit dem Gartenschlauch Wasser aufs Dach spritzt, damit wir es romantisch haben.“

„Quatschkopf!“ Ich kichere.

„Zuzutrauen wäre es ihm, dass ihm das selbst eingefallen ist, denn, wie ich dir bereits gesagt habe, bedeutet das eher untypische Verhalten meines normalerweise sehr wortkargen Dads, das er dir gegenüber an den Tag gelegt hat, dass er dich vom ersten Moment an mochte. Was genau das bestätigt, was ich dir vorhin über deine Wirkung auf andere gesagt habe. So habe ich ihn jedenfalls noch nie erlebt, wenn ich weiblichen Besuch mitgebracht habe. Mum war auch völlig überrascht.“

Ich trinke schnell den Cappuccino aus, um meine Verlegenheit zu überspielen.

„Möchtest du noch einen?“

„Nein danke. Ich wäre jetzt bereit für Wein.“

„Aye.“ Sean trinkt ebenfalls aus, schnappt sich mein Glas und eilt aus dem Atelier.

Meine Gedanken rasen. Er findet mich hübsch und toll und dass ich das gewisse Etwas habe, das anziehend ist! Ich kann es kaum glauben! Kein Mann zuvor ist mir jemals derart unter die Haut gegangen. Erst recht nicht in so kurzer Zeit. Wie in einem kitschigen Liebesfilm! Frau und Mann begegnen sich, es macht sofort Peng, Amor schießt eine ganze Salve Pfeile auf sie ab und Herzchen umtanzen ihre Köpfe! So etwas passiert in der realen Welt nie, aber dennoch ist es so. Zumindest für mich und auch Sean scheint nicht abgeneigt zu sein.

Oder gehört es zu seinem umwerfenden Wesen, dass er so nette Dinge einfach zu jedem sagt und es steckt nichts weiter dahinter? Hat er genau das vielleicht auch schon zu Alison gesagt?

Und selbst, wenn ich eine Ausnahme wäre – bevor ich Sean nicht die Wahrheit gesagt habe, kann sowieso nichts laufen. Und bevor ich das tue, muss ich erst meinem Boss klarmachen, dass er den Kauf der Weberei vergessen und ich höchstens versuchen kann, eine Partnerschaft herauszuholen.

KAPITEL 9

SEAN

Mit dem Dekanter und zwei Gläsern komme ich zurück. Emmy sieht gedankenverloren ins Feuer, das ein interessantes Licht auf sie wirft. Sofort habe ich das dringende Bedürfnis, sie zu zeichnen!

Rasch stelle ich alles auf dem Reisekoffer ab, gieße uns ein und hole ein paar Skizzenblöcke und einen Bleistift, bevor ich mich wieder aufs Sofa setze. Ich nehme mir den ersten Block, blättere ihn durch, bis ich eine leere Seite finde, und reiche Emmy die restlichen Blöcke. „Hier. Ich habe keine Ahnung, was ich darin alles festgehalten habe, aber du wolltest ja stöbern. Und während du das tust, werde ich dich zeichnen."

„Wirklich? Das ist das erste Mal, dass ich Modell sitzen darf!"

Es ist ihr deutlich anzusehen, wie aufgeregt sie ist.

„Muss ich etwas Besonderes tun? Mich in Pose werfen? Oder ganz still sitzen und einen Punkt an der Wand fixieren und nichts mehr sagen?"

Ich schüttele lachend den Kopf. „Sei einfach nur du selbst, Emmy. Das ist das schönste Motiv! Und es stört mich nicht, wenn du dich bewegst oder wir uns unterhalten."

„Okay." Sie nimmt ein Glas und reicht mir das andere. „Aber zuerst stoßen wir an und ich spreche einen Toast aus und werde danach Cheers sagen, um mich nicht noch einmal so schrecklich zu blamieren wie gestern im Pub."

Ich grinse breit.

„Also gut ... auf dich, Sean! Danke, dass du mir die Highlands zeigst, dass du mir gegenüber so offen bist und mir das Gefühl gibst, willkommen und etwas Besonderes zu sein! Du ahnst nicht, wie sehr mich das berührt und wie gut mir das tut!"

„Gern geschehen, Emmy, und du machst es mir auch leicht. Ich kann nur, um es mal künstlerisch auszudrücken, mit dem Material arbeiten, das mir zur Verfügung steht. Und du als Material bist 1A-Spitzenqualität und ich könnte mir kein Besseres wünschen!" Wieder entdecke ich die zarte Röte auf ihren Wangen und ich kann mich kaum zurückhalten, Emmy in die Arme zu nehmen und sie zu küssen.

„Danke. Cheers!"

„Cheers!" Wir stoßen an und nach einem Schluck stelle ich mein Glas weg, schnappe mir den Bleistift und betrachte Emmy. Sie hat das Glas noch in der Hand und der Wein funkelt im Licht des Feuers geheimnisvoll.

„Soll ich wirklich gar nichts machen? Nur hier sitzen und mir deine Zeichnungen ansehen und mit dir reden?"

Ich nicke. „Reden musst du natürlich nicht, aber du kannst dich ganz natürlich verhalten."

„Okay."

Sie schlägt den ersten Block auf und ich sehe, dass es Entwürfe für meine Serie mit geometrischen Formen sind. Viele Ideen, aber auch mit Maßen versehene Skizzen, die ich tatsächlich umgesetzt habe. Emmy sieht so neugierig und gleichzeitig konzentriert aus. Ein paar Locken fallen ihr dabei ins Gesicht – absolut bezaubernd!

Für einen Moment schießt mir der Gedanke durch den Kopf, dass ich die fertige Zeichnung später rahme und sie ihr zu unserem ersten Jahrestag schenke und sage: Schau, Emmy! Das war der Abend, an dem ich mich Hals über Kopf in dich verliebt habe!

„Ich finde übrigens, du solltest deinen Traum unbedingt weiterverfolgen!"

Ertappt zucke ich zusammen. Kann Emmy etwa Gedanken lesen? „Äh ... welchen Traum genau?"

„Als Künstler zu arbeiten! Deine Bilder sind

wirklich fantastisch und sie strahlen so eine Klarheit und Ruhe aus. Du musst sie zeigen, statt sie in deinem Atelier herumstehen zu lassen. Und ich habe mir da schon was überlegt!"

Schmunzelnd hebe ich eine Augenbraue. „Ach ja?"

„Jawohl! Social Media!"

Ich werfe ihr einen skeptischen Blick zu.

„Hör mir erst einmal zu. Also, ich würde vorschlagen, du suchst dir eine Plattform aus, eröffnest einen Account und lädst dort nach und nach Fotos von deinen Werken hoch und auch Fotos von deinen Skizzen", sie deutet auf den geöffneten Block, „und Eindrücke aus deinem Atelier. Pinsel mit Farbe, der mit Farbe bespritzte Boden. Kleine Videos mit Nahaufnahmen, wie deine Hand den Pinsel führt und wie du Farben mischst. Und deine Gemälde fotografierst du hier im Haus. Ich meine, dein Wohnzimmer ist so stylish eingerichtet! Das ist der perfekte Hintergrund! Da kriegt man gleich eine Vorstellung von der Größe des Gemäldes und wie die Wirkung in einem Raum ist. Und auch deine coole Küche kannst du dafür nutzen und ich wette, dass dein Schlafzimmer wie ein minimalistisches Sanktuarium aussieht – also kannst du darin auch fotografieren."

Emmys Begeisterung ist ansteckend, aber ich habe mit Social Media nichts am Hut, was sie sofort bemerkt und mich anlächelt.

„Ich kann verstehen, wenn man davor zurückschreckt, sein Werk der Welt zu präsentieren, aber was hast du zu verlieren?"

„Mein Selbstwertgefühl, wenn fremde Menschen Kommentare hinterlassen, wie schrecklich meine Bilder sind und wie talentfrei ich bin?"

Emmy schnaubt. „Internet-Trolle sind ja sowas von vorgestern. Wen interessiert schon, was jemand schreibt, der nichts Besseres zu tun hat, als den ganzen Tag anonym widerliche Kommentare zu hinterlassen, damit er sich nicht mit seinen eigenen Problemen befassen muss und nur erreichen will, dass sich ein anderer genauso Scheiße fühlt wie er selbst? Ich finde das eher mitleiderregend. Das bedeutet wirklich gar nichts! Und du kannst solche Kommentare löschen und die Leute blockieren, wenn es dich stört. Und darüber hinaus kannst du deinem Account auch einen anderen Namen geben und deine Signatur von den Bildern entfernen, wenn du dich damit sicherer fühlst. Und im Prinzip wäre es doch, wenn du deine Sachen im Internet präsentierst, gar nicht so viel anders als während deiner Studienzeit. Ich wette, da gab es auch Kommilitonen, die dich kritisiert haben oder neidisch auf dein Talent waren. Und wenn du in der Kurzbio angibst, dass du Malerei studiert hast und wo, nimmt man dich sowieso gleich total ernst."

Emmys Leidenschaft ist mitreißend! Das Thema ist mir nicht neu. Jessica hat damals auch versucht, mich dazu zu überreden, allerdings war ihr Motiv ein ganz anderes als Emmys. Emmy ist aufrichtig und will wirklich helfen!

„Und weißt du, was du noch machen könntest?"

„Was denn?", frage ich lächelnd.

Emmy streicht über die Decke. „Du eröffnest auch

einen Account für die Weberei. Du könntest auf deinen Fotos alle Produkte, die man darauf sieht, auf den Account verlinken, von dem man aus zu eurem Onlineshop gelangt. Ich habe nämlich recherchiert – man findet eure wundervollen Sachen gar nicht, wenn man den Namen eurer Weberei nicht kennt. Zwei Fliegen mit einer Klappe!"

Triumphierend sieht sie mich an, aber ich schüttele den Kopf. „Das ist an sich eine gute Idee, aber wir verkaufen auch so jedes Jahr unsere komplette Kollektion und haben nicht vor, uns zu vergrößern. Die Schafe – du weißt. Nur so viel, wie sie uns geben."

„Okay. Stimmt. Da wäre allerdings noch eine Sache, die ich dir dringend empfehlen würde!"

Ich grinse breit. „Ich wage kaum zu fragen." Emmy streckt mir kurz die Zunge raus, bevor sie fortfährt.

„Also, du solltest dir auf jeden Fall überlegen, selbst auf Fotos oder in Videos aufzutauchen. Denn so, wie du aussiehst und gebaut bist, würde ich persönlich daraus Kapital schlagen!" Emmy fächelt sich hektisch Luft zu. „Und wenn du durch deine Modelqualitäten scharenweise Frauen und Männer anlockst, die deinen Account nur abonnieren, weil sie darauf hoffen, endlich wieder dich auf einem Foto oder in einem Video zu sehen, tut das deinem Profil auch gut. Und eindeutige Kommentare wie ‚Der könnte jederzeit seinen Pinsel überall in mich eintauchen!' gefolgt von äußerst expliziten Emojis sollten dir nicht peinlich sein, sondern dich amüsieren!"

Ich verdrehe lachend die Augen. „Du hast ja wirklich schon alles durchgeplant!"

Emmy zuckt mit den Schultern. „Na ja, das war nur so eine Idee. Ich habe die Karrieren von einigen Kreativen im Internet verfolgt, die in nur wenigen Jahren durch ihre Accounts berühmt wurden. Maler, deren Werke plötzlich weltweit in Galerien hängen, weil sie so viele Fans durch Social Media gewonnen haben. Möbeldesigner, die dort Prototypen vorgestellt haben und plötzlich die große Nachfrage kaum bewältigen konnten, weil so viele begeistert waren. Natürlich gibt es keine Garantie, dass es funktioniert, aber du könntest es versuchen. Du kannst doch gar nicht verlieren! Klappt es nicht, ändert sich nichts. Und wenn es klappt, muss sich auch nichts ändern. Du malst ja sowieso in deiner Freizeit, also wäre das dann eventuell ein zweites finanzielles Standbein und es wäre gut für dein Ego und deine Seele, wenn du als Künstler die Anerkennung bekommst, die du verdienst und die du bekommen hättest, wenn dir nichts dazwischengekommen wäre."

Diese Frau! Diese wundervolle Frau, die an mich glaubt! „Danke, Emmy. Deine Worte … danke. Ich werde es mir ernsthaft durch den Kopf gehen lassen."

„Sehr gut. Und vergiss nicht, mich in deiner Rede zur Eröffnung deiner ersten Solo-Show in einer berühmten Galerie oder für irgendeinen wichtigen Preis zu erwähnen."

„Würde mir nicht im Traum einfallen und ich hoffe natürlich, dass du bei meinem Triumph dann an meiner Seite stehst, damit ich auf dich zeigen und dich feiern kann!"

„Deal!"

Zufrieden lächelnd nimmt sie sich den nächsten Skizzenblock und ich mache mich daran, sie zu zeichnen. Entgegen meiner sonstigen Technik, beginne ich nicht damit, ihr Gesicht grob zu skizzieren, sondern fange direkt mit ihren Augen an. Emmys Augen, die mir all ihre Emotionen verraten und mir einen Einblick in ihre Seele und ihr Herz gewähren. Und es fällt mir so leicht wie nichts zuvor. Mein Stift fliegt geradezu über das Papier, als hätte er ein Eigenleben.

Es ist ein bisschen erschreckend, dass ich Emmy wahrscheinlich auch so genau hätte zeichnen können, wenn sie mir nicht Modell sitzen würde, so vertraut ist mir ihr Gesicht bereits. Und nicht nur ihr Gesicht. Alles an ihr. Es ist, als würden wir uns schon lange kennen, und ich weiß, was das bedeutet. Auch wenn ich mich dagegen gewehrt habe – Emmy hat mein Herz erobert. Es nützt nichts, das noch zu leugnen. Aber schon bald wird sie wieder weg sein und deshalb will ich diesen Moment für immer festhalten – der Moment, in dem ich erkannte, dass ich tatsächlich verliebt bin.

EMMY

Ich bin ziemlich nervös, dass Sean mich zeichnet, und widerstehe anfangs gerade noch so dem Impuls, mich doch in dramatische Posen zu werfen, um mich selbst zum Lachen zu bringen und mich aufzulockern. Aber Sean ist so in sein kreatives Schaffen versunken, dass ich ihn nicht stören will.

Seine blauen Augen mustern mich immer wieder ganz genau. Jedes Mal, wenn er mich derart intensiv ansieht, spüre ich ein Kribbeln im Bauch. Ich weiß seine inneren Werte absolut zu schätzen, aber er sieht eben auch verdammt gut aus und ich bin auch nur eine Frau!

Er hat sein Sakko ausgezogen und die Ärmel seines weißen Hemds nach hinten gekrempelt, was seine sehnigen Unterarme betont. Und seine Hände – er hat wirklich sehr schöne Hände und Finger und sie sind so stark und geschickt. Wie es sich wohl anfühlt, wenn er mich mit ihnen berührt?

Ich erröte und lenke meinen Blick wieder nach oben. Sein dunkles Haar fällt ihm in die Stirn, während er zeichnet. Am liebsten würde ich mich zu ihm hinüberbeugen und mit den Fingern durch sein Haar fahren, mich an ihn pressen und –

Jetzt ist aber Schluss, Emmy! Also wirklich! Wenn dein Herz vor Aufregung explodiert, ist damit keinem geholfen!

Energisch schalte ich meine innere Stimme aus und konzentriere mich auf den Skizzenblock, den ich langsam durchblättere. Dieses Mal sind es keine Vorzeichnungen für seine Gemälde, sondern wunderschöne Zeichnungen der Highlands. Obwohl sie nur mit Bleistift erschaffen wurden, leuchten einige geradezu und sehen so märchenhaft aus, als wären sie Tolkiens Fantasie entsprungen. Und andere wiederum strahlen eine Melancholie und Tristesse aus, die einen völlig in den Bann ziehen. Wie gerne würde ich all diese Orte sehen – zusammen mit Sean.

„Welches meiner Gemälde hat dir eigentlich am besten gefallen?"

Ich sehe auf. „Alle."

Sean grinst, ohne mit dem Zeichnen aufzuhören. „Das ist keine Antwort."

„Ist es wohl! Ich kann mich unmöglich entscheiden!"

„Und wenn du dir ein einziges aussuchen müsstest, weil dein Leben davon abhängt?", hakt Sean nach.

„Dann das mit dem cremefarbenen Hintergrund und der organischen Form in Weiß."

Sean runzelt die Stirn. „Welches genau? Aus der Serie gibt es einige."

„Die organische Form, die ein wenig wie ein aufgeblasenes, rundliches, spiegelverkehrtes S aussieht."

Er sieht lächelnd zu mir herüber. „Das ist auch eines meiner liebsten. Ich schenke es dir."

Ungläubig sehe ich ihn an. „Du schenkt mir einen echten Sean McFain?"

„Ich bestehe darauf."

Ich kichere. „Wie der Vater so der Sohn! Das hat dein Vater auch zu mir gesagt."

„Und er hatte Erfolg!"

„Aber nur, weil er mir auch gesagt hat, dass ich sein Geschenk annehmen muss, weil er ein alter, gebrechlicher Mann ist und jede noch so kleine

Aufregung sein Ende bedeuten könnte."

Sean sieht mich schmunzelnd an. „Okay, das kann ich schlecht als Argument anführen, aber das hier – wenn du mein Geschenk nicht annimmst, muss ich davon ausgehen, dass dir meine Sachen gar nicht gefallen und du mich die ganze Zeit angelogen hast."

Die ganze Zeit angelogen! Seine Worte treffen mich völlig unvorbereitet und mein Herz setzt einen Schlag aus! Er hat es nur aus Spaß gesagt und in einem völlig anderen Zusammenhang, aber wenn sich das jetzt schon schrecklich anfühlt, wie wird es dann erst sein, wenn er die Wahrheit erfährt?

„Es tut mir leid, Emmy."

Sean sieht mich besorgt an und ich weiß nicht, was er meint. „Was denn?"

„Dass ich gesagt habe, du hättest mich angelogen. Das war nur ein Witz! Wirklich! Ich habe doch gemerkt, dass dir meine Sachen gefallen, aber du sahst gerade so verletzt aus. Tut mir so leid, Emmy. Dich zu verletzen, ist wirklich das Allerletzte, das ich jemals tun will."

Ach Sean! Mein Puls rast und ich muss mir schnell etwas einfallen lassen. „Äh … danke … aber ich war nicht verletzt."

Sean runzelt die Stirn. „Sah aber ganz so aus."

„Nein!" Ich verziehe übertrieben mein Gesicht und deute darauf. „So sehe ich aus, wenn ich verletzt bin. Das andere Gesicht bedeutet: Mist! Wie soll ich das Gemälde denn im Flugzeug mitnehmen?"

Sean lacht erleichtert auf. „Okay. Verstehe. Das kriegen wir schon hin. Wir können bei deiner Airline nachfragen, wie das ohne viel Aufwand funktioniert. Wenn es zu kompliziert ist, schicke ich es mit der Post über den großen Teich."

„Ich weiß gar nicht, was ich sagen soll! Meine Güte! Einen echten McFain! Danke, Sean! Ich freue mich riesig!"

„Gerne, Emmy. Wo hängst du es denn auf?"

„Entweder im Wohnzimmer gegenüber der Couch, damit ich es immer ansehen kann, oder im Schlafzimmer an der Wand neben meinem Bett. Ich bin Seitenschläferin – dann ist es das Letzte, das ich sehe, bevor ich einschlafe, und das Erste, wenn ich aufwache."

„Schickst du mir davon ein Foto?"

„Selbstverständlich." Sean strahlt mich an und ich wedele mit der Hand. „Jetzt zeichne weiter, Meister! Ich bin schon so gespannt!"

„Aye!"

Schmunzelnd trinke ich einen Schluck Wein, während ich im Skizzenblock weiterblättere. Es folgen Zeichnungen von Glenndoon, dann einige Porträts der Bewohner. Ich entdecke auch ein Bild von Alison und bin hingerissen, wie lebendig und echt es wirkt, obwohl es nur eine Skizze ist. Sean hat Alison eingefangen, wie ich sie kenne. Mit vor Schalk blitzenden Augen und einem breiten warmen Lächeln. Wenn Sean mich nur halb so gut hinkriegt wie sie, dann bin ich mehr als zufrieden!

Ich schlage die nächste Seite um – und starre auf die Zeichnung einer wunderschönen Frau, die nur ein Tuch um ihren nackten Körper geschlungen hat, das kaum ihre perfekten Kurven und langen Beine verbergen kann. Ihr Lächeln ist verführerisch und ihre rechte Hand spielt mit ihren langen Haaren.

Sie liegt auf einer Couch in einem Wohnzimmer.

Auf Seans Couch in Seans Wohnzimmer!

KAPITEL 10

SEAN

Ich zeichne gerade die letzten Striche, als ich es spüre! Irgendetwas an Emmys Stimmung hat sich verändert! Alarmiert blicke ich auf und bemerke, das sie völlig erstarrt eine Zeichnung betrachtet. Ich beuge mich ein wenig vor, um einen Blick in den Skizzenblock zu werfen und unterdrücke ein Stöhnen. Mist!

Emmy hebt den Kopf. „Entschuldige. Ich wusste nicht, dass …" Sie bricht ab, klappt den Block schnell zu und legt ihn beiseite.

„Ich muss mich bei dir entschuldigen. Ich wusste nicht, dass ich die Zeichnung überhaupt noch habe."

Nervös streiche ich mir durch die Haare, bevor ich mich umständlich räuspere. „Das ist Jessica. Meine Ex."

„Die, die sich von dir getrennt hat?", fragt Emmy sanft.

Ich nicke. Obwohl ich mich vorhin bei Emmys Gesichtsausdruck geirrt habe, ist es jetzt ziemlich eindeutig, dass sie sich nur mühsam zurückhält, weitere Fragen zu stellen, also beschließe ich, gleich klarzustellen, dass ich über Jessica hinweg bin. „Wenn ich jetzt daran zurückdenke, war es gut so. Wahrscheinlich hätte sonst ich früher oder später Schluss gemacht. Wie sich nämlich später herausgestellt hat, gab es zu viel, das nicht gepasst hat. Es ist mir vorher nur nicht aufgefallen. Rosarote Brille und so." Ich zucke lächelnd mit den Schultern, blicke noch einmal auf Emmys Porträt und reiche ihr den Block. „Fertig."

Emmy betrachtet das Bild eingehend und ihre Augen werden groß. „Das ist … das bin wirklich ich!"

Ich grinse. „Also, das hoffe ich doch sehr."

Sie verdreht die Augen. „Das meine ich doch nicht. Ich meine … ich erkenne mich. Auf den meisten Fotos komme ich mir immer so fremd vor. Aber du hast nicht nur mein Äußeres gezeichnet. Du hast eingefangen, wer ich bin."

Emmy wirft mir einen bewundernden Blick zu.

„Du bist wirklich ein fantastischer Künstler, Sean."

„Danke. Ich bin froh, dass es dir gefällt." Ich

nehme ihr den Skizzenblock weg und zwinkere ihr zu. „Schenken kann ich es dir aber nicht."

„Aha! Und wieso?"

„Damit ich es neben mein Bett stellen kann, um dich immer ansehen zu können."

„Spinner!" Emmy kichert. „Aber na gut. Kann ich wenigstens ein Foto davon machen?"

„Von meinem Bett?"

„Von der Zeichnung." Emmy grinst und kramt ihr Handy aus der Handtasche. „Darf ich bitten?"

Ich halte die Zeichnung hoch und sie macht ein Foto. Zufrieden betrachtet sie es und hält es mir hin.

„Ist super geworden!"

Amüsiert hebe ich eine Augenbraue. „Da ist aber wenig von der Zeichnung und viel von mir drauf!"

Emmy steckt das Telefon wieder ein. „Ich muss doch den Künstler mit verewigen." Sie trinkt ihren Wein aus. „Und was ich noch tun muss – bald schlafen gehen. Mitternacht ist schon lange vorbei und die Wanderung steckt mir doch ganz schön in den Knochen."

Einen Moment überlege ich, Emmy zu überreden, noch ein bisschen zu bleiben, weil ich sie noch nicht gehen lassen will, aber sie sieht auf einmal wirklich müde aus. „Alles klar! Dann los!"

EMMY

Als Sean die Haustür öffnet, nachdem er das Cape aus dem Schrank geholt und mir hineingeholfen hat, atme ich tief durch. Der Regen hat aufgehört. Die Luft ist angenehm frisch und riecht fantastisch. Der klare Himmel ist mit Sternen übersät und der Vollmond groß und hell.

Und es ist so unglaublich still. Man hört nur das leise Rauschen des Windes, das Zirpen der Grillen und das gelegentliche Geräusch einer Eule. Kein Straßenlärm, keine Sirenen, kein lautes Gegröle und Herumgebrülle, keine nervigen Nachbarn.

Ich drehe mich zu Sean um. „Können wir vielleicht zu Fuß zum Pub gehen? Die Nacht ist einfach magisch."

„Natürlich. Warte!"

Er geht schnell ins Haus zurück. Als Sean wieder da ist, hat er sich einen dunkelblauen Parka übergezogen und zwei Taschenlampen geholt. Ich schalte meine ein und strahle über das ganze Gesicht. „Ich komme mir vor, als wäre ich in einem Abenteuer der ‚Fünf Freunde'! Wenn sie nachts mit Taschenlampen losgezogen sind, um einen geheimnisvollen Schatz zu suchen!"

Sean legt den Kopf schief. „Willst du etwas Geheimnisvolles sehen?"

„Au ja! Was denn?"

„Das kann ich dir doch jetzt noch nicht verraten",

protestiert Sean. „Aber es sind nur ein paar Minuten zu Fuß. Weiter oben auf dem Grundstück. Hinter einem der Hügel."

Aufgeregt wippe ich auf den Füßen auf und ab. „Klar will ich es sehen! Unbedingt!"

Er grinst. „Dann werde ich das noch toppen und wir nehmen den abenteuerlicheren Weg."

Mein Strahlen wird noch breiter. „Du bist wirklich der Allerbeste!" Gemeinsam laufen wir um das Haus herum und erreichen einen kaum erkennbaren Trampelpfad. „Der berühmte geheime Zugang für einen Gast, von dem deine Eltern nichts mitbekommen sollen?", frage ich.

„Genau der", raunt Sean, „und du, liebste Emmy, darfst ihn jederzeit benutzen."

Ich richte den Strahl meiner Taschenlampe nach vorne, damit Sean nicht sieht, wie ich vor Freude und Verlegenheit erröte. „Und wo jetzt lang?"

„Geradeaus und da vorne müssen wir uns links halten. Und keine Sorge – ich kenne mich hier aus. Wir werden nicht plötzlich in einen Feenhügel geraten."

„Ich sorge mich gar nicht. Und Feen zu begegnen, wäre wahrscheinlich ziemlich aufregend!" Sean hebt ruckartig die Hand und hält die Taschenlampe direkt unter sein Gesicht. Es sieht absolut gespenstisch aus und ich schrecke kurz zusammen.

„Provozier sie nicht", flüstert er warnend. „Im Tal und gerade in den Hügeln sind schon viele unerklärliche Dinge geschehen. Mabel schwört, sie hätte genau hier im Wald mehrfach eine Gestalt in einer Kutte gesehen, die mit flatternden Bewegungen erst über dem Boden geschwebt und dann blitzschnell verschwunden ist. Und Alison ist davon überzeugt, dass ihr, als sie als Kind alleine hier war, mal ein Geist begegnet ist, der versucht hat, ihr etwas mitzuteilen."

Angestrengt lausche ich und spüre plötzlich einen sanften Windhauch am Ohr – als ob mir jemand etwas Unverständliches zuflüstern würde. Mir läuft ein Schauer über den Rücken und ich kuschle mich tiefer in mein Cape ein, bevor ich nervös lache. „Erzählt ihr allen Touristen solche Märchen?"

„Ich weiß nicht, ob es Märchen sind." Sean zuckt mit den Schultern. „Alison und Mabel lassen sich nicht davon abbringen, dass sie die Wahrheit sagen. Und ich kann nicht an ihnen zweifeln, denn als ich ein Junge war, habe ich nachts manchmal gedacht, ich würde leise Musik aus dem Wald hören. Und beim Spielen hier draußen hatte ich oft das Gefühl, ich wäre nicht allein. Das könnten durchaus Feen gewesen sein."

„Jetzt hör aber auf, der Städterin aus der Neuen Welt Angst einzujagen!"

„Ich wollte dir keine Angst einjagen. Ich hatte nur den Eindruck, du wärst offen dafür und würdest es nicht gleich als Unsinn abtun."

„Ich bin offen dafür. Ich kann mir alles vorstellen, solange mir keiner das Gegenteil beweist. Wirklich. Aber lieber bei Tageslicht – jetzt gerade ist es ein bisschen gruselig."

„Ich passe auf dich auf, Emmy." Sean greift nach

meiner Hand und schließt sanft seine Finger darum. „Besser?"

Seine Hand ist warm und gibt mir Sicherheit. „Viel besser!"

„Das ist gut. Dann gehen wir mal weiter."

Nach ein paar Minuten bleibt Sean stehen. „Wir müssen nur noch um diesen Hügel herum. Wir haben Glück, dass Vollmond ist und wir auch ohne Taschenlampen etwas sehen können. Bist du bereit?"

„Sowas von bereit!" Aufgeregt drücke ich seine Hand und Sean lächelt.

„Dann zeige ich dir jetzt das Geheimnis des Grundstücks der McFains. Nur Eingeweihte kennen diesen Ort. Und gleich auch du."

„Es ist mir eine Ehre." Ich lasse mich von Sean um den Hügel herumführen und kann nicht fassen, was ich sehe!

Auf einer Lichtung vor uns befindet sich ein alter Steinkreis. Die Steine sind nur etwa hüfthoch, aber das tut der mystischen Stimmung keinen Abbruch. Und was die Szene noch geheimnisvoller macht, ist der kleine Teich genau in der Mitte. Seine Oberfläche ist so glatt, als ob er zugefroren wäre, obwohl ich eindeutig einen leichten Wind fühle, der mit meinen Haaren spielt. Der Vollmond taucht alles in silbriges Licht und Tränen steigen mir in die Augen. „Das ist ja wie im Märchen ... so wunderschön."

„Ja. Das ist es."

Sean führt mich zu dem Kreis hinüber und wir nehmen auf einer kleinen Bank Platz, die außerhalb des Steinkreises steht und aus einem Baumstamm herausgeschnitzt wurde. Wir schalten die Taschenlampen aus und blicken eine Weile schweigend auf das Wasser und die Steine.

Ich spüre, wie mir wieder die Tränen kommen. „Danke, dass du mir das zeigst. Es ist wirklich absolut magisch." Verstohlen wische ich mir über die Augen. „Und es ist so besonders, weil du mich damit an einen Teil meiner Selbst erinnerst, den ich schon fast vergessen hatte."

„Welchen?", fragt Sean.

Er streichelt sanft mit dem Daumen über meinen Handrücken und ich seufze. „Als Kind habe ich an Märchen und Sagen geglaubt. Es mir gewünscht, dass alles wahr ist. So, so sehr! Und ich habe von einem Leben in so einer Landschaft wie den Highlands geträumt, in der hinter jeder Ecke etwas Magisches passieren könnte."

„Und was ist passiert?"

Ich zucke mit den Schultern. „Das Leben. Job, Geld, Verpflichtungen, Verantwortung. Da gab es keinen Platz mehr für Magie, aber ein kleiner Funke hat sich bereits wieder entzündet, als ich in Schottland ankam. Ich habe am Loch Ness ein Picknick gemacht. Die Umgebung hat sich im Wasser gespiegelt und ich habe mir vorgestellt, dass das ein Bild aus einer anderen Welt direkt unter der Oberfläche ist. Und dann hat mich mein Weg nach Glenndoon geführt und zu dir. Und jetzt brennt in mir wieder dieses

142

Feuer, das ich als Kind zum letzten Mal gespürt habe. Dieses Gefühl, dass einfach alles möglich ist. Und dafür danke ich dir." Ich deute nach oben zu den glitzernden Sternen. „Und auch das … zuhause sehe ich sie wegen der vielen Lichter eigentlich nie. Ich fühle so eine tiefe Ruhe in mir und unbändige Freude. Als gäbe es plötzlich eine unbegrenzte Anzahl an Möglichkeiten, die alle direkt vor mir liegen und ich muss nur danach greifen, um das Leben zu finden, das mir bestimmt ist und das mich endlich ankommen lässt."

Sean hat den Kopf in den Nacken gelegt und nach oben in den Sternenhimmel geblickt, aber jetzt sieht er mich an. „Du bist doch eine Poetin, Emmy. Und auch ich danke dir."

„Wofür?"

„Dass du mir das alles erzählt hast. Dass ich mich glücklich schätzen kann, in diesem mystischen Land aufgewachsen zu sein. Dass ich dankbar bin, nie meinen Glauben an Märchen und Sagen verloren zu haben. Und ich danke dir dafür, dass du mir die Sterne zeigst. Ich sehe sie jeden Tag und vergesse manchmal, wie wunderschön sie sind. Durch deine Augen erkenne ich es wieder."

Seine Finger verschränken sich mit meinen, als würden sie ein untrennbares Band symbolisieren, das von nun an zwischen uns besteht. Sean beugt sich näher und mein Herz klopft wie wild! In meinem Kopf erklingt plötzlich ‚Küss sie doch' aus Disneys Arielle … und das leise Wiehern eines Pferdes. Eines Pferdes?

Sean hat es auch gehört und zuckt zurück.

„Ein Pferd? Ihr habt ein Pferd! Wieso sagst du denn nichts, Sean? Ich liebe Pferde!"

„Äh … nein. Haben wir nicht. Lass uns mal nachsehen."

Wir knipsen die Taschenlampen an und wollen gerade los, als ein Schimmel freudig schnaubend auf uns zukommt. Er bleibt vor Sean stehen und sieht ihn auffordernd an.

„Hallo, mein Lieber!" Sanft streichelt Sean den Kopf des Tieres. „Das hier ist meine Freundin Emmy."

Vorsichtig strecke ich die Hand aus und streiche über den Hals des Pferdes. „Hallo, du Schöner!"

„Emmy, das ist Dancer. Eines der Pferde der Campbells. Dancer hat sich bisher noch aus jedem Stall befreit und geht gerne nachts spazieren. Wir müssen ihn zurückbringen."

„Unbedingt, aber wie soll das denn gehen? Er hat kein Halfter, an dem wir ihn führen können. Wir können ihn ja wohl kaum vor uns her treiben wie ein Schaf oder eine Kuh."

„Oh, du Kleingläubige!" Sean schmunzelt. „Wir reiten natürlich!"

„Wir reiten?"

„Na klar. Dancer ist zwar ein bisschen verrückt, was seine nächtlichen Spaziergänge angeht, aber er ist eigentlich ganz lieb. Ich bin ihn schon oft geritten, auch ohne Sattel und Zaumzeug." Sean legt den Kopf schief. „Oder traust du dich nicht?"

Ich grinse. „Ehrlich gesagt traue ich mich mit dir alles."

„Sehr gut."

Ehe ich mich versehe, hat er sich bereits auf den Schimmel geschwungen. Im Schein des Mondes sieht Sean atemberaubend aus und ich schlucke. Da ist er ja! Der stramme Highlander aus meinen Tagträumen! Zwar ohne Kilt, aber das ist egal! Ich seufze innerlich. Wie könnte ich mich denn nicht spätestens jetzt Hals über Kopf in dich verlieben, Sean?

„Und jetzt du, Emmy."

Sean lenkt Dancer zu der Bank, auf der wir gerade noch gesessen haben. Ich steige darauf, packe meine Taschenlampe in die Handtasche und Sean beugt sich zu mir hinunter. Ich halte mich an seinem Arm fest und klettere auf Dancers Rücken. Gleich darauf sitze ich sicher oben und eine unbändige Freude erfüllt mein Herz.

Sean dreht sich lächelnd zu mir um. „Und jetzt ganz dicht an mich heran und gut festhalten."

Ich rutsche direkt hinter seinen Rücken und lege meine Hände auf seine Hüfte, doch Sean packt sie und zieht sie nach vorne an seinen Bauch. Ich wünschte, er hätte keine dicke Jacke an, um total unauffällig seine Muskeln fühlen zu können, aber man kann nicht alles haben.

„Na gut, Dancer. Ab nach Hause und keine Mätzchen!" Sean schnalzt mit der Zunge und gibt Schenkeldruck. Langsam läuft der Schimmel los und Sean beleuchtet den Weg mit seiner Taschenlampe.

Ich schmiege mich an ihn und wünsche mir, dass es immer so sein könnte.

SEAN

„Die Farm der Campbells ist am Anfang des Dorfs. Wir nehmen aber einen kleinen Umweg hinter den Häusern vorbei. Es muss ja nicht ganz Glenndoon wach werden, nur weil dieser Racker hier wieder einmal ausgerissen ist. Ich lasse dich am Heather absteigen, damit du ins Bett kannst. Ich muss mich erst noch um Dancer kümmern, bevor ich nach Hause kann. So lange musst du nicht warten."

„Okay, aber dann gebe ich dir den Schlüssel für den Mietwagen, sobald du mich abgesetzt hast, damit du nicht den ganzen Weg zurück laufen musst."

Ich lege meine Hand auf Emmys Hände und streichle sie. „Danke. Ich fahre dann morgen mit ihm zu Angus. Da kriegst du ihn wieder. Ich werde schon ziemlich früh dort sein, weshalb ich dich nicht abholen kann, aber Alison nimmt dich sicherlich mit."

„Bestimmt."

„Sag mal, Emmy ... wie lange kannst du eigentlich genau bleiben? Wann musst du wieder zurück?"

„Sonntag geht mein Flug. Ich wünschte, ich könnte länger bleiben, aber es geht nicht."

Mein Herz zieht sich vor Enttäuschung schmerzhaft zusammen. „Schade." Ich seufze. „Eigentlich ein bisschen ungewöhnlich, so eine weite

Reise nur für ein paar Tage zu machen." Emmy schweigt und ich will schon nachhaken, ob das Schaukeln des Pferds sie eingeschläfert hat, als sie sich räuspert.

„Es hat sich so ergeben. War ganz spontan. Ich hatte ein paar Tage frei und wollte unbedingt mal aus der Stadt raus und bin über ein Last-Minute-Angebot für den Flug nach Edinburgh gestolpert. Das war so gut, dass ich sofort zugegriffen habe, ohne mich vorher um eine Unterkunft zu kümmern. Nur den Mietwagen habe ich online gebucht. Ich wollte mich einfach treiben lassen und habe mich darauf verlassen, dass ich irgendwo ein Zimmer kriegen würde. Und dann bin ich in Glenndoon gelandet."

„Und darüber bin ich sehr froh." Ich drücke Emmys Hände. „Ich bin sehr froh, dass du hier bist und wandern gehen wolltest und mich gefunden hast."

„Ich auch."

Ich spüre, wie Emmy sich noch enger an mich schmiegt, und ihren Körper so nah an meinem zu fühlen, macht mich nicht nur glücklich, sondern ist auch sehr erregend.

„Apropos wandern. Wohin gehen wir am Freitag? Hast du schon etwas geplant?", will Emmy wissen.

„Habe ich, aber es ist eine Überraschung. Nichts könnte mich dazu bringen, dir etwas zu verraten. Und falls du jetzt diesen herzzerreißenden Blick aufsetzt, gegen den ich mich in Sallys Laden schon nicht zur Wehr setzen konnte, dann bin ich froh, dass ich dich gerade nicht sehen kann." Emmy lacht und ich liebe ihr glockenhelles Lachen. Für einen Moment versinke ich in Träumen, dass ich von nun an für immer derjenige sein werde, der ihr dieses bezaubernde Lachen entlockt.

„Ich bin schon gespannt. Und wir müssen auch nochmal über deine Bezahlung reden. Dass du mir eine Tour geschenkt hast, war wirklich genug."

„Ich werde dir garantiert keine Tour berechnen!", protestiere ich.

„Doch, das wirst du!"

„Werde ich nicht, denn du bezahlst mich auf eine völlig andere Art."

„Sean McFain! Das hast du gerade nicht wirklich gesagt!"

Emmys Empörung lässt mich grinsen. „Doch. Habe ich. Wieso regst du dich so auf?"

Sie rückt ein Stück von mir ab. „Entschuldige mal! Ja, du bist wahnsinnig attraktiv und du hast diese tollen Haare und diese unglaublichen Augen und einen Körper, der seinesgleichen sucht, aber das heißt doch nicht, dass ich mich dir aus Dankbarkeit für ein paar gesparte Euro hingebe."

Tadelnd schnalze ich mit der Zunge. „Also wirklich, Emmy Baley, was du immer gleich denkst. Ich meinte natürlich, dass du mich damit bezahlst, dass ich beim Wandern Zeit mit dir verbringen darf."

„Das denkst du dir jetzt nur aus! Deine Stimme ist nicht umsonst gerade davor um zwei Oktaven runtergerutscht und klang lüstern-heiser. Übrigens nicht zum ersten Mal."

„Lüstern-heiser?" Ich lache laut. „Ach Emmy, ich bin wirklich noch keiner Frau wie dir begegnet!"

„Das heißt, ich habe mich geirrt?"

„Nun ja, nicht ganz. Also in dem Sinn, wie du es verstanden hast – ja. Ich erwarte nicht, dass du mich auf diese Art und Weise belohnst."

„Was erwartest du dann? Erwartest du etwas?"

„Nichts und alles, Emmy", flüstere ich. „Deine Hand beim Wandern zu halten, würde mir schon genügen. Das war vorhin wunderschön. Ich hätte die ganze Nacht mit dir am Steinkreis sitzen und deine Hand halten können. Und jetzt schmieg dich bitte wieder an mich. Das fehlt mir jetzt schon." Seufzend legt sie ihr Gesicht an meine Schulter und mein Herz jubiliert.

„Stimmt, das war wirklich schön. Das hier ist schön. Alles ist schön mit dir, Sean. Es fühlt sich so vertraut an und dabei kennen wir uns erst seit gestern."

„Vorgestern", korrigiere ich sie schmunzelnd. „Wir kennen uns schon über einen Tag."

„Stimmt." Emmy kichert. „Dann ist es ja gar nicht so ungewöhnlich."

„Doch. Ist es. Es ist sogar sehr ungewöhnlich. Und das wissen wir beide. Richtig?"

„Richtig."

In wohligem Schweigen legen wir die nächsten Minuten zurück und dann sind wir schon hinter dem

Pub angelangt. Ich halte Emmy, während sie von Dancer rutscht. Gleich darauf holt sie aus ihrer Handtasche den Schlüssel für den Mietwagen und reicht ihn mir, bevor sie ihre Taschenlampe herauskramt und einschaltet.

„Danke fürs Heimbringen, Dancer." Emmy streichelt dem Pferd über die Nüstern und es stupst sie freundlich an.

„Er mag dich. Wir könnten am Samstag ausreiten, wenn du willst. Sicherlich leiht uns Wallace noch ein Pferd."

Emmy schüttelt den Kopf. „Ich kann nicht reiten."

„Und was hast du gerade gemacht?"

„Ich habe mich an dich geklammert. Nur, weil ich das kann, kann ich noch lange nicht allein reiten."

Ich lache. „Aber so wie jetzt ginge es?"

Emmys Augen leuchten auf. „Das wäre toll!"

„Dann spreche ich das mit Wallace ab."

„Wie schön! Ich freue mich jetzt schon! Also, danke für den Tag und den Abend, Sean. Das waren die schönsten, die ich seit langem hatte."

„Für mich auch." Ich strecke ihr meine Hand entgegen und sie ergreift sie. Als ich sie nicht schüttele, sondern mich nach unten beuge und einen Kuss andeute, lächelt Emmy mich derart bezaubernd an, dass ich doch versucht bin, vom Pferd zu springen und sie wirklich zu küssen. Aber Dancer tänzelt plötzlich unruhig und ich habe nicht vor, ihm die halbe Nacht hinterher zu jagen, wenn er wieder ausreißt, sobald ich nicht mehr auf ihm sitze. „Bis später bei Angus, Emmy. Gute Nacht und träum schön."

„Du auch, Sean. Gute Nacht."

KAPITEL 11

EMMY

Mit dem Gedanken an Sean bin ich eingeschlafen und mit dem Gedanken an ihn wieder aufgewacht. Wohlig strecke ich mich im Bett aus und mein Herz hüpft vor Aufregung, weil ich ihn schon in Kürze wiedersehe.

Jetzt, da ich beschlossen habe, Mr. Baldwin heute noch anzurufen und ihm klarzumachen, dass die Weberei nicht zum Verkauf steht, geht es mir besser. Ich bete nur, dass er mich nicht sofort feuert, sondern dem Vorschlag mit der Partnerschaft doch zustimmt.

Bei passender Gelegenheit werde ich Sean dann die Wahrheit sagen und ihm die Partnerschaft mit Baldwin

& Hershel anbieten und auf das Beste hoffen. Es gäbe dadurch ja eigentlich nur Vorteile für die Weberei. Und wenn ich Sean erst einmal erklärt habe, was für mich und meine Eltern alles auf dem Spiel steht und dass ich deshalb nicht die Wahrheit gesagt habe, weil ich Angst hatte, dass er mich gleich abweist, wird bestimmt alles gutgehen.

Also möglicherweise nicht die Partnerschaft, aber zumindest, was meine Lügen angeht. Er kennt mich. Er wird wissen, wie schwer es mir gefallen ist, ihm so viel zu verschweigen, und er wird es verstehen.

Ich schwinge mich aus dem Bett, trete vor den Spiegel und nicke mir entschlossen zu. So wird es sein!

Eine halbe Stunde später gehe ich frisch geduscht und umgezogen nach unten, um Alison zu suchen. Mein Magen knurrt und ich sehne mich nach einer Kleinigkeit zu essen und einer Kanne Kaffee. Es ist schon kurz vor zehn, aber ich hoffe, ich kriege trotzdem noch etwas.

Als ich den Pub betrete, entdecke ich Alison, die auf einem der Barhocker sitzt und in Unterlagen vertieft ist. „Früüüühstück!", rufe ich laut und sie zuckt erschrocken zusammen, bevor sie sich zu mir umdreht. Doch statt mit mir zu schimpfen, werden ihre Augen groß.

„Wow! Du siehst toll aus!"

„Äh … ich trage eine Jeans, T-Shirt und Sneaker."

„Schon, aber es sitzt alles wie angegossen!" Sie

springt vom Stuhl und geht langsam um mich herum. „Die Jeans ist super! Betont deinen Hintern spitzenmäßig und die Hosenbeine … ich weiß auch nicht. Da ist irgendetwas mit den Nähten ganz ungewöhnlich, aber dadurch sehen deine Beine mindestens zehn Zentimeter länger aus. Woher hast du die? Ich will auch so eine!“

Ich kann ihr nicht sagen, dass ich sie mir selbst auf den Leib geschneidert habe, also muss ich wieder einmal improvisieren. „Die ist aus einem Secondhandladen. Ist auch kein Label dran, also hilft uns das leider nicht weiter.“

„Schade, aber na gut.“ Alison lächelt. „Oben herum siehst du übrigens auch toll aus. Das T-Shirt betont alles, was es betonen soll.“ Sie streckt einen Daumen nach oben. „Aber wenn du uns beim Malern helfen willst, wäre es vielleicht klüger, einen dieser weißen Einwegoveralls aus dem Baumarkt zu tragen, um dir deine Klamotten nicht zu versauen. So ein Ding mit Kapuze, damit auch die Haare nichts abkriegen. Ich müsste noch irgendwo welche haben.“

Ich kichere. „Damit ich aussehe, als würde ich in meiner Freizeit Crystal Meth kochen? Nie im Leben!“

Alison lacht. „Nun ja, dann musst du eben vorsichtig sein oder hilfst bei irgendetwas anderem. Es gibt sicher jede Menge zu tun. Aber nicht auf leerem Magen. Was hättest du gerne zum Frühstück?“

„Kaffee. Viel davon. Und vielleicht Rühreier mit Speck? Wenn du mich in die Küche lässt, kann ich es auch selbst machen. Ich kann zwar nicht kochen, aber das kriege ich hin.“

„Kommt gar nicht in Frage. Das erledige ich. Aber es wäre schön, wenn du mitkommst und mir Gesellschaft leistest."

„Gerne."

Die Küche, Harris' Reich, sieht sehr professionell aus. Viel Edelstahl und alles ist blitzsauber. „Ist dein Mann gar nicht da? Ich wollte ihn endlich mal kennenlernen."

„Er ist schon bei Angus mit Geschirr und Thermoskannen voll Tee und Kaffee und hat einen so großen Topf Gemüsesuppe dabei, dass wir damit auch noch das Nachbardorf durchfüttern könnten. Und er stellt schon mal Tische und Bänke auf."

„Es ist unglaublich, was ihr alle füreinander tut. Sean hat mir von der Tombola und den Spenden erzählt. Das kenne ich so nicht. Nur aus Filmen und Büchern."

Alison seufzt, während sie den Kaffee aufsetzt. „Angus hat es sehr schwer gehabt in letzter Zeit. Vor einem Jahr ist seine Frau gestorben. Ganz plötzlich. Es ging sehr schnell. Sie hatten keine Kinder, also hat seine Schwester, Mabel, versucht, ihn wieder aufzurichten und sich zu kümmern, so wie wir alle. Und langsam ging es wieder mit ihm aufwärts, doch dann hat neulich dieser verdammte Sturm sein Cottage ziemlich beschädigt."

„Das ist furchtbar. Der arme Mann."

Alison nickt und beginnt, den Speck zu würfeln,

während sie Öl in einer Pfanne erhitzt. „Also, dann erzähl mal."

„Was denn?"

„Natürlich wie es gestern Abend bei den McFains war."

„Sehr schön."

„Jetzt lass dir doch nicht alles aus der Nase ziehen, Emmy. Details bitte."

Ich lache. „Okay. Also Seans Eltern sind großartig. Sein Vater hat mich durch die Weberei geführt und mir alles erklärt und –"

Alison sieht auf und ihre Augenbrauen wandern in die Höhe. „Halt! Stopp! Moment mal! Rory hat dir die Weberei gezeigt? Und alles erklärt? Er hat gesprochen? In ganzen Sätzen?"

„So ist es", erwidere ich schmunzelnd. „Das hat Sean und seine Mutter auch ziemlich erstaunt."

„Wie jeden anderen, der ihn kennt. Lebhafte Konversation ist wirklich nicht gerade seine Stärke. Unglaublich. Und dann?"

„Dann durfte ich mir im Laden etwas aussuchen", fahre ich fort. „Als Geschenk."

Alisons Augenbrauen wandern noch höher und sie schüttelt verwundert den Kopf. „Du musst ja einen enormen Eindruck auf ihn gemacht haben. Klar, Rory ist sehr großzügig und verschenkt gerne etwas aus der Weberei an uns alle, aber er kennt uns ja schon ewig."

Ich grinse. „Ich denke, es lag an den Macarons, dass

er so gut aufgelegt war. Und das verdanke ich nur dir."

Alison lächelt und fängt an, die Eier aufzuschlagen. „Was hast du dir ausgesucht?"

„Einen Schal, aber Mr. McFain hat sofort gespürt, dass ich mein Herz bereits an ein wunderschönes, blaues Cape verloren hatte, also hat er mir das geschenkt. Ich wollte es erst nicht annehmen, aber das hat er nicht gelten lassen."

Alison lächelt. „Und was war dann?"

Ich berichte ihr von dem exzellenten Essen und wie Mr. McFain auch da gar nicht mehr aufgehört hat, zu reden, was Alison erneut den Kopf schütteln lässt. „Und als wir fertig waren, hat Sean mir sein Haus und sein Atelier und seine Bilder gezeigt."

Alison gibt die Speckwürfel in die Pfanne und schmunzelt. „Das wird aber nicht alles gewesen sein, oder? Du bist ja erst spät in der Nacht nach Hause gekommen. Nicht, dass ich gelauscht hätte, aber das Haus ist alt und die Dielen und die Treppe knarren äußerst verräterisch."

Ich winke ab. „Wir haben uns nur noch ein wenig unterhalten."

„So, so … unterhalten." Alison gießt schmunzelnd die verquirlten Eier in die Pfanne.

„Nur unterhalten", wiederhole ich. „Und er hat mich gezeichnet. Es war ein toller Abend." Kurz überlege ich, ob ich Alison auf Jessica ansprechen soll, aber lasse es. Sean hat mir das erzählt, was er erzählen wollte, und jetzt hinter seinem Rücken Alison auszuquetschen, ist unfair. Und auch das Händchenhalten auf dem Weg zum Steinkreis und dem Teich lasse ich weg. Ich will das noch mit niemandem teilen. Vorerst gehört es ganz mir ... und Sean. „Und auf dem Nachhauseweg haben wir ein Pferd getroffen und sind auf ihm ins Dorf geritten."

„Ist Dancer wieder mal abgehauen?"

Ich nicke grinsend.

Alison stöhnt. „Man könnte diesen Gaul in Fort Knox einsperren und er wäre eine Stunde später wieder draußen. Ich wette, er hat irgendwo in seiner Mähne einen Satz Dietriche und ein Stethoskop versteckt."

Wir müssen beide lachen.

Ich bemerke, dass der Kaffee durchgelaufen ist, und nehme eine der großen Tassen, die danebenstehen. „Willst du auch einen?"

„Nein danke. Milch ist im Kühlschrank, Zucker in dem Schälchen dort und Löffel in der Schublade links. Du kannst auch gleich eine Gabel herausnehmen. Das Essen ist fast fertig."

Ich bediene mich und trinke einen Schluck.

Alison richtet die Rühreier auf einem Teller an und schiebt ihn mir zu. „Du bist also mit Sean auf Dancer geritten. Klingt sehr romantisch. Da denkt man doch sofort an einen edlen Ritter auf seinem weißen Ross."

„Nur weil Dancer ein Schimmel ist?"

„Ach komm, du weißt doch ganz genau, was ich meine."

„Hab keine Ahnung", antworte ich und nehme schnell einen Bissen.

„Na gut. Du hast recht. Ich sollte dich nicht über eure Romanze ausfragen."

Ich schlucke schnell. „Es gibt keine Romanze."

„Na klaaar." Alison grinst von einem Ohr zum anderen. „Dann iss mal auf und trink in aller Ruhe deinen Kaffee. Ich mache mich auch fertig und dann können wir so in einer halben Stunde los."

Als wir um die Mittagszeit vor Angus' Häuschen, das sich ein wenig außerhalb befindet, aus Alisons Mini steigen, parkt gleichzeitig ein kleiner Reisebus direkt neben uns. Der Ausflugsbus von Hazel und Mabel, der eine ganze Wagenladung zusätzliche Helfer ausspuckt.

Während Alison mit allen ein kurzes Schwätzchen hält, sehe ich mich um.

Angus' Cottage sieht genauso aus, wie ich es mir vorgestellt habe. Weißer abgeblätterter Putz, grüne verwitterte Fensterläden, von denen einige schief hängen, und ein krummer Schornstein. Einige Ziegel fehlen auf dem Dach, doch darum kümmert sich Sean bereits. Er steht so sicher dort oben, als wäre es das Normalste auf der Welt, während ein uraltes, dürres Männlein wild mit den Händen fuchtelt und Anweisungen zu ihm hinauf brüllt.

Plötzlich dreht Sean sich um und unsere Blicke treffen sich. Ein Strahlen erscheint auf seinem Gesicht. Er winkt mir zu und ich winke zurück.

„Genug gewunken, ihr Turteltauben." Alison hakt sich bei mir unter. „Komm, ich stelle dir Harris und Angus vor und zeige dir alles! Danach suchen wir eine Arbeit für dich. Maler haben wir eigentlich schon genug."

„Alles klar. Du kannst mich einfach einteilen. Ich bin mir für nichts zu schade."

„Prima! Dann los!"

Harris entpuppt sich als korpulenter Koloss von einem Mann mit wilden, langen, roten Haaren und einem feuerroten Vollbart, Händen wie Bratpfannen und den gutmütigsten Augen, die ich jemals gesehen habe. Seine Stimme dröhnt wie ein Nebelhorn, als er mich begrüßt, und er schüttelt meine Hand so behutsam, als könnte er sie zerbrechen. Ich mag ihn sofort!

„Wir kommen gleich nochmal zu dir. Erst zeige ich Emmy alles. Und du passt schön auf die Suppe auf!"

„Aye, mein Heideröslein."

Er beugt sich nach unten und küsst Alison. Als sie sich wieder trennen, strahlen ihre und seine Augen um die Wette.

Als wir außer Hörweite sind, drücke ich ihre Hand. „Ihr seid ein tolles Paar. Eure Liebe ist nicht zu übersehen."

Alison strahlt. „Danke. Ich kann mich wirklich glücklich schätzen, ihn an meiner Seite zu haben."

Wir gehen durch den Garten. Oder das, was mal ein Garten gewesen ist. Es gibt nur noch Überreste von

Blumenbeeten, die völlig von Unkraut überwuchert sind, und die Sträucher sehen auch nicht gut aus. Die kleinen Steinwege zwischen den Beeten sind schmutzig und mit Moos bedeckt. „Sag mal, wieso sind hier keine Helfer? Ich bin keine Expertin, aber da müsste dringend mal etwas gemacht werden. Es könnte alles so hübsch aussehen."

„Ich weiß. Der Garten war das Refugium von Erin, Angus' Frau. Sie hat es geliebt, darin herumzuwerkeln. Es war das reinste Paradies. So bunt und überall Schmetterlinge und Bienen. Wir wollten ihn ein paar Monate nach ihrem Tod wieder auf Vordermann bringen, aber Angus will nicht, dass wir etwas anfassen."

„Das ist so traurig."

Alison nickt. „Aber wir konnten ihn nicht überreden. Nichts hat geholfen."

Nachdem Alison mich auch Angus offiziell vorgestellt und er sich für meine Hilfe bedankt hat, gehen wir zurück zu Harris, nehmen uns ein Glas kühlen Eistee und sehen zum Dach hinauf.

Sean zieht sich gerade das T-Shirt über den Kopf und wischt sich damit den Schweiß von der Stirn, bevor er es aufs Dach fallen lässt.

Mein Mund wird trotz des Eistees trocken. Seine Schultern sind breit, Arme und Brust beeindruckend muskulös und ein Sixpack zeichnet sich deutlich auf seinem Bauch ab.

„Unser Sean ist schon ein echter Hingucker", flüstert Alison. „Also, wenn es Harris nicht gäbe ..." Sie kichert. „Okay, das kam irgendwie falsch rüber. Sean und ich würden überhaupt nicht zusammenpassen und natürlich finde ich meinen Mann sehr attraktiv, selbst wenn er im direkten Vergleich wie ein riesiger, molliger, roter Bär aussieht. Aber er ist eben mein riesiger, molliger, roter Bär und ich würde nie einen anderen Mann wollen."

„Was flüsterst du denn da?", will Harris wissen. „Begafft ihr etwa Sean?"

„Natürlich tun wir das", erwidert Alison grinsend. „Da gibt es ja auch allerhand Schönes zu sehen. Diese Muskeln! Hach!"

„Willst du mich etwa eifersüchtig machen?", brummt Harris. „Ich ertränke mich vor Kummer gleich in der Suppe!"

Alison hüpft zu ihm, schmiegt sich an ihn und sieht zu ihm auf. „Du Dummerchen! Dann wäre ja das ganze Essen versaut! Warte doch damit, bis du heute Abend in der Badewanne bist, ja?"

„Du bist wirklich eine kluge Frau! Kein Wunder, dass ich dich liebe!" Er lacht dröhnend, beugt sie schwungvoll nach hinten und küsst sie stürmisch.

Das Glück der beiden ist fast mit Händen greifbar und ich ertappe mich bei dem Wunsch, dass es zwischen Sean und mir genauso sein soll.

„Also gut, ich streiche jetzt mal ein paar Holzläden", verkündet Alison und löst sich sanft von Harris.

„Und was soll ich tun?", frage ich.

„Du könntest mir erstmal kurz zur Hand gehen", schlägt Harris vor. „Auf dem Küchentisch im Haus stehen Tabletts mit Tellern, Besteck und noch mehr Gläsern. Die könntest du holen und hier auf dem Tisch abstellen."

„Aye", sage ich lächelnd, winke Alison zum Abschied und mache mich auf den Weg.

Die Eingangstür führt direkt ins Wohnzimmer und mich empfängt sofort eine Atmosphäre der Trauer. Alles wirkt wie der Garten draußen. Als hätte Angus mit dem Tod seiner Frau auch hier nicht nur den Sinn für Farben verloren, sondern auch den Antrieb, es sich schön zu machen. Es ist zwar alles sauber, aber die Möbel sind irgendwie wahllos verteilt und an keinem der Fenster gibt es Vorhänge, obwohl Gardinenstangen angebracht sind.

Ich höre Schritte hinter mir und drehe mich um. Es ist Angus. „Entschuldigung. Ich wollte nicht schnüffeln. Ich soll für Harris ein paar Sachen aus der Küche holen."

„Ist schon gut." Er macht eine allumfassende Bewegung mit der Hand. „Wir wollten im Wohnzimmer alles ein wenig umstellen und neue Vorhänge und Kissen kaufen. Wir hatten gerade angefangen, als Erin plötzlich krank wurde. Als sie kurz darauf nicht mehr bei mir war, war mir einfach alles egal."

Er öffnet eine Truhe und holt eine karierte Wolldecke in den Farben der Highlands heraus. Grün wie die Wiesen und die Hügel, blau wie der Himmel, die Seen und das Meer, gelb wie der Ginster und violett wie das Heidekraut.

„Die hatten wir schon bei Rory gekauft. Darauf wollten wir alles andere abstimmen." Angus drückt die Decke kurz an sich, bevor er sie wieder vorsichtig in die Truhe packt. „Es wäre sicherlich hübsch geworden, aber jetzt ... es ist mir einfach alles zu viel. Ich bin ein hoffnungsloser Fall, wenn es um solche Dinge geht. Es war Erin, die ein Händchen dafür hatte. Also habe ich alles so gelassen, wie es war. Und ich will niemanden damit behelligen. Alle helfen mir sowieso schon viel zu viel."

Seufzend holt er sich eine Pfeife, Streichhölzer und Tabak von der Anrichte, wirft noch einmal einen traurigen Blick in den Raum, nickt mir zu und geht wieder hinaus.

Lächelnd sehe ich Angus hinterher, denn plötzlich weiß ich ganz genau, was heute meine Arbeit sein wird! Schnell ziehe ich mein Handy aus der Hosentasche und mache ein paar Fotos. Jetzt noch die Tabletts zu Harris bringen und dann werde ich mich auf die Suche nach Mr. McFain machen, um ihn in meinen Plan einzuweihen!

KAPITEL 12

SEAN

Als ich endlich mit dem Dach fertig bin, halte ich vergeblich nach Emmy Ausschau. Ich habe sie schon eine ganze Weile nicht mehr gesehen. Das letzte Mal, als sie mit Harris geredet hat. Seitdem ist sie wie vom Erdboden verschluckt. Hastig ziehe ich mein T-Shirt über und gehe zu ihm.

„Willst du einen Teller Suppe?", fragt Harris. „Nach der harten Arbeit hast du bestimmt Hunger. Und sie wirkt auch gut als Seelentröster. John war heute in Hochform und hat dich derart herumkommandiert, als wäre es das erste Dach, das du jemals ausgebessert hast."

„John ist eben John." Lachend schenke ich mir ein Glas Wasser ein und trinke einen Schluck. „Die Suppe riecht großartig, aber ich esse erst später etwas. Hast du zufällig Emmy irgendwo gesehen?"

„Nicht mehr, seit sie mir einige Tabletts mit Geschirr aus dem Haus gebracht hat. Allerdings hat sie mich gefragt, wo sie deinen Dad finden könnte."

„Meinen Dad?"

Harris klimpert übertrieben mit den Wimpern. „Vielleicht will sie um deine Hand anhalten und vorher um Erlaubnis bitten? Möglicherweise ist das in den Staaten so herum üblich."

„Spinner!" Schmunzelnd verdrehe ich die Augen. „Okay, dann mache ich mich mal auf die Suche."

„Viel Glück, Kumpel!"

Nachdem ich erfolglos das Haus fast umrundet habe, treffe ich auf Mum, die gerade dabei ist, einen Fensterrahmen zu streichen.

„Na, mein Junge, ist das Dach wieder dicht?"

„Ist es. Sag mal, wo ist Dad?"

„Der ist mit Emmy weggefahren."

Verwundert hebe ich eine Augenbraue. „Wieso das denn?"

„Weil deine Freundin eine wunderbare Idee hatte und seine Hilfe brauchte."

Ich verstehe gar nichts. „Wobei denn?"

„Das lass dir von ihr selbst erzählen. Fahr zu uns rüber – sie wollen, dass du nachkommst."

„Klingt ja sehr geheimnisvoll. Okay, dann mache ich mich gleich auf den Weg und kann auch schnell duschen und das T-Shirt wechseln. Oben auf dem Dach war es wie im Backofen. Und übrigens, Mum – Emmy ist nicht meine Freundin. Nicht so, wie du denkst."

Mum lächelt. „Die bruchstückhaften Informationen, die ich dir über euren Abend entlocken konnte, haben in mir durchaus den Eindruck hinterlassen, dass du dich Hals über Kopf in sie verknallt hast. Von deinem glücklichen Gesichtsausdruck ganz zu schweigen." Sie drückt die Hand mit dem Farbpinsel auf ihr Herz und hinterlässt dabei einen Fleck auf dem alten Hemd. „Eine Mutter spürt so etwas. Du kannst es also ruhig zugeben."

„Okay, ja, du hast recht. Emmy gefällt mir wirklich sehr und ich habe das Gefühl, sie könnte die Richtige sein. Wir sind uns so ähnlich und doch unterschiedlich genug, damit es immer wieder Neues zu entdecken gibt. Und wir lachen über die gleichen Sachen und unsere Interessen überschneiden sich auf so vielen Gebieten und ich fühle mich einfach wohl in ihrer Gegenwart. Aber wir kennen uns erst zwei Tage und am Sonntag fliegt sie bereits nach Hause und ich bleibe hier zurück, deshalb …" Ich breche ab und seufze schwer.

„Willst du dein Herz beschützen", beendet Mum den Satz. „Ich verstehe das, mein Junge, aber wenn ich dir einen Rat geben darf, dann sag ihr, was du fühlst.

Warte nicht bis zum letzten Moment und überfalle sie damit, kurz bevor sie zum Flughafen fährt. Ihr braucht Zeit, um ausführlich darüber zu sprechen, wie es weitergehen könnte. Und was die Tatsache angeht, dass ihr euch erst vorgestern kennengelernt habt – das ist doch völlig egal. Du weißt, wie es bei deinem Vater und mir war. Als ich ihn zum ersten Mal gesehen habe, hat meine Seele sofort seine erkannt und –"

„Du hast gewusst, dass ihr zusammengehört. Ich weiß, Mum. So fühlt es sich für mich an, seit Emmy zu mir in Sallys Laden gekommen ist, um nach den Wandertouren zu fragen."

„Na also! Worauf wartest du denn noch?"

Ich zucke mit den Schultern. „Was ist, wenn sie nicht so für mich empfindet wie ich für sie?"

„Wenn du sie das nicht fragst, wirst du es nie wissen. Aber so, wie sie dich gestern beim Essen immer wieder angesehen hat, zweifle ich keine Sekunde daran, dass es ihr so ergeht wie dir. Wenn du mir allerdings nicht glaubst, kannst du ja auch schnell einen Abstecher nach Drumrhue machen und dir von der Mystischen Mhairi aus der Hand lesen lassen."

Ich lache laut. „Auf gar keinen Fall! Du hast mich als Kind zu ihr geschleppt, als wir dort mal auf dem Dorffest waren, und sie hat mir prophezeit, dass ich ein erfolgreicher Zahnarzt werden würde. Ich hatte damals eine fürchterliche Angst vor Zahnärzten und es kam mir so vor, als würde meine Zukunft ein lebenslanger Albtraum werden."

„Das stimmt." Mum kichert. „Aber wenigstens hast

du von da an bei jedem Zahnarztbesuch alles Mögliche wissen wollen, um dich auf dein elendes Schicksal vorzubereiten, und hast dadurch deine Angst verloren. Also hatte es etwas Gutes."

„Auch wieder wahr, aber was Emmy angeht – da verlasse ich mich lieber auf mich." Ich halte Mums Hand mit dem Farbpinsel möglichst weit weg, bevor ich sie umarme und ihr einen Kuss auf die Wange gebe. „Danke."

„Nichts zu danken. Und jetzt geh, Tiger, und schnapp sie dir!"

Amüsiert hebe ich eine Augenbraue.

„Was denn? Hazel hat neulich behauptet, ihr jungen Leute sagt das jetzt so."

„Das tun wir, Mum", versichere ich ihr schmunzelnd. „Das tun wir ständig. Bis später!"

EMMY

Die Stoffe, die Mr. McFain und ich ausgesucht haben, sind ganz fantastisch! Sie passen zu Angus' Wolldecke, bieten aber auch einen interessanten Kontrast.

Für die Vorhänge haben wir einen fein gewebten Tweed in einem hellen Gelbton ausgesucht, der auch in einem harten Winter den Sommer in Angus' Haus bringen wird. Um ihn als Gardinen verwenden zu können, haben wir ihn gesäumt, oben umgeschlagen und Gardinenringe mit Klammern daran befestigt, die Seans Vater noch hatte. Es sieht schick aus und Angus kann sie so ganz leicht auf- und zuziehen.

Jetzt sitze ich mit der Nähmaschine am Esstisch der McFains und betrachte den Tweed, den wir für die Kissen ausgewählt haben. Melierte und karierte Stoffe in verschiedenen Grün-, Blau-, Violett- und Gelbtönen, die ich bereits zugeschnitten habe. Zum Teil auch in Streifen, damit ich mehrere Farben zu schönen Mustern zusammennähen kann.

Gerade, als ich nach den ersten Stoffteilen greife, kommt Sean herein. Er trägt ein frisches T-Shirt und hat offensichtlich geduscht, denn seine dunklen Haare sind feucht, was sie noch schwärzer aussehen lässt.

„Hi, Emmy." Sean setzt sich an den Tisch. „Wie hast du geschlafen nach unserem gestrigen Abenteuer?"

„Wie ein Stein. Du auch? Und ist mit Dancer alles glatt gelaufen?"

„Er hat sich ziemlich gesträubt, in seinen Stall zurückzugehen, aber ich war gnadenlos und hab ihm sehr deutlich klargemacht, dass ich ins Bett will und er mich nicht nerven soll."

Ich grinse. „Und hat das was gebracht?"

„Gar nichts." Sean lacht. „Zum Glück hat Wallace uns aber gehört und Dancer mit Worten die Leviten gelesen, die ich hier nicht wiedergeben möchte, bevor er ihn in seine Box verfrachtet hat. Dann bin ich zum Pub gejoggt und war dank deines Wagens schnell zuhause und im Bett. Und ich habe ebenfalls wie ein Stein geschlafen. Mit deinem Wagen bin ich jetzt übrigens auch hier, weil Mum meinte, du hattest eine tolle Idee und ich solle nachkommen." Er deutet auf die Nähmaschine und die Stoffe. „Was genau geht hier vor?"

„Nun ja … ich war in Angus' Haus, um für Harris ein paar Sachen zu holen. Wusstest du, dass Angus und seine Frau gerade dabei waren, im Wohnzimmer alles umzugestalten, als sie krank wurde? Sie hatten bei euch schon eine Decke gekauft, deren Farben als Inspiration für die neuen Kissen und Vorhänge dienen sollte."

Sean schüttelt den Kopf. „Das wusste ich nicht."

„Das dachte ich mir." Ich hole mein Handy heraus und zeige ihm die Fotos. „Die Möbel stehen noch so, wie sie sie aus dem Weg geräumt hatten. Die Vorhänge hatten sie auch schon abgehängt. Nach Erins Tod hat Angus nichts mehr gemacht, weil es ihm zu viel war und Dekoration nicht gerade seine Stärke ist und er niemanden von euch damit belasten wollte. Also habe ich beschlossen, mit Hilfe deines Vaters und euren Stoffen für neue Vorhänge und Kissen zu sorgen."

Sean lächelt. „Das ist eine ganz fantastische Idee! Wo ist Dad eigentlich?"

„Er sucht nach Füllungen für die Kissen. Passende Reißverschlüsse hat er leider keine gefunden, aber ich werde unten kleine Bänder annähen, die wir dann zu Schleifen binden. Das sieht bestimmt hübsch aus." Ich zeige auf den Stuhl neben mir. „Die Vorhänge sind schon fertig und ich wollte gerade anfangen, die Kissenbezüge zu nähen."

„Wo hast du nähen gelernt?"

„Nicht wo, sondern vom wem. Meine Mum näht viel für unser Hotel, damit alles so wird, wie sie es sich vorstellt. Ich fand es schon als kleines Mädchen spannend und habe ihr immer zugeschaut und sie hat es mir dann beigebracht."

„Du steckst voller Geheimnisse, Emmy Baley."

Ich kann gerade noch ein schweres Seufzen unterdrücken. Ach Sean, wenn du wüsstest!

„Also, was kann ich tun?"

„Du könntest dir anhand der Fotos ein neues Layout für die Einrichtung überlegen. Immerhin hast du dein Haus perfekt eingerichtet. Also bist du dafür am besten geeignet."

„Mache ich gerne. Ich hole schnell Stift und Papier."

Während ich die Kissenhüllen nähe, beobachte ich Sean immer wieder aus dem Augenwinkel. Er ist mit Feuereifer bei der Sache und hat mit den Fotos als Vorlage in Nullkommanichts eine perspektivische Zeichnung des Wohnzimmers angefertigt, inklusive der Fenster, des Kamins und der neuen Vorhänge. Die Skizze ist einfach perfekt und wirkt, als wäre Sean im wahren Leben Architekt.

Jetzt zeichnet er hauchdünn die Möbel ein, radiert sie wieder aus, positioniert sie neu. Hält den Block von sich weg, um die Wirkung zu überprüfen.

Ich weiß genau, dass er es richtig hinkriegen wird! Genau richtig für Angus und nicht so, wie Sean sich selbst das Cottage einrichten würde. Ich habe ja bereits im Laden der Weberei gesehen, wie gut sein Gespür für das Design war, das zu seinen Eltern und den Produkten passt.

Gerade zeichnet er ein Kissen auf Angus' alten Sessel und deutet das gestreifte Design des Bezugs an, den ich als erstes fertiggestellt habe. Ich kann gar nicht genug davon kriegen, dabei zuzuschauen, wie er mit wenigen Strichen etwas erschafft, das schon in Kürze Realität werden wird.

„Du starrst mich an, Emmy", stellt er fest, ohne aufzuschauen.

Ich höre das Schmunzeln in seiner Stimme. „Ich starre nicht dich an, sondern deine Zeichnung. Schließlich muss ich ja überprüfen, ob alles gut läuft. Dass du attraktiv bist, ist mittlerweile schon ein alter Hut und fällt mir gar nicht mehr auf."

Er hebt den Kopf und grinst. „Wenn du Pinocchio wärst, hättest du mir mit der Nase bereits ein Auge ausgestochen."

Ich schnaube. „Eingebildeter Kerl. Beeil dich lieber! Ich bin fast fertig."

„Aye."

Mr. McFain kommt zu uns und hat eine Tüte voll Innenkissen dabei. „Acht habe ich gefunden. Reicht das?"

„Genau richtig! Wenn Sie wollen, können Sie schon mal anfangen, die Kissen zu beziehen. Ich bin auch gleich so weit. Noch zwei Bezüge."

„Wird erledigt." Er setzt sich zu uns an den Tisch und legt los.

„Fertig!" Sean hält seinem Vater und mir den Block hin. „Das Sofa stellen wir gegenüber vom Kamin auf. Dann hat Angus es schön warm und ich weiß, dass er es liebt, ins Feuer zu sehen. Gleichzeitig hat er aber auch den Fernseher im Blick und durch die Fenster die Hügel und Bäume. Die beiden Ohrensessel stellen wir rechts und links vom Sofa. Ich habe bei mir noch einen hellen, flauschigen Teppich, den ich nicht mehr benutze. Den legen wir unter das Sofa und den Couchtisch, so wie hier eingezeichnet. Das kleine Bücherregal stellen wir nach links an die Wand, zusammen mit dem Schaukelstuhl und der Stehlampe. Dort drüben vor die Fenster kommen der Esstisch und die Stühle. Und am Schluss verteilen wir Emmys wundervolle Kissen überall und sind fertig. Was meint ihr?"

Mr. McFain nickt anerkennend. „Das ist dir wirklich gut gelungen. Sieht sehr luftig und trotzdem gemütlich aus."

„Und was sagst du, Emmy?"

„Es ist wundervoll, Sean. Aber eine Sache fehlt noch."

Neugierig sieht er mich an. „Was denn?"

„Blumen. Angus hat so viele Vasen, die er alle nicht mehr benutzt." Ich seufze. „Vermutlich, weil in seinem Garten nur noch Unkraut wächst."

„Du hast völlig recht." Mr. McFain stopft das letzte Kissen in den Bezug und bindet ihn zu. „Wir beide gehen sofort in Macys Garten und stellen ein paar Sträuße zusammen. Sean, du packst die Kissen und Vorhänge ein und holst den Teppich. Und ruf deine Mutter an. Sie soll Alison, Harris, Mabel und Hazel einweihen und die Frauen damit beauftragen, Angus vom Haus fernzuhalten. Harris soll sich bereithalten, uns zu helfen. Wir treffen uns in zehn Minuten wieder."

***

Erfolgreich haben wir uns in das Cottage geschlichen. Harris und Sean stellen so leise wie möglich die Möbel um und legen den Teppich aus, während Seans Eltern und ich die Vorhänge anbringen. Am Schluss dekoriere ich das Sofa, den Sessel und den Schaukelstuhl mit den Kissen, die McFains arrangieren die Blumen in den Vasen und verteilen sie auf den Fensterbänken und auf dem Couchtisch.

„Ist alles fertig, Emmy?", fragt Mrs. McFain schließlich.

Ich nicke, doch dann schüttele ich den Kopf. Schnell hole ich die Decke aus der Truhe und lege sie vorsichtig über die Seitenlehne des Sofas. „Jetzt sind wir fertig."

Seans Mutter nickt. „Dann hole ich ihn mal."

Sie geht und mir schlägt das Herz bis zum Hals.

„Hoffentlich gefällt es ihm." Nervös knete ich die Finger, bis Sean meine rechte Hand fest in seine nimmt.

„Es wird ihm gefallen. Ganz sicher."

Ich bin froh, dass Sean immer noch meine Hand hält, als Mrs. McFain mit Angus zurückkommt. Die Augen des alten Mannes füllen sich sofort mit Tränen und er räuspert sich ein paarmal, bevor er etwas sagen kann.

„Das hätte Erin gefallen und mir gefällt es auch. Jetzt ist es wieder ein richtiges Zuhause. Ich danke euch allen."

Langsam geht er durchs Wohnzimmer, streicht über die Decke und die Kissen und bleibt schließlich vor einer der Vasen auf der Fensterbank stehen. Vorsichtig berührt er die Blüten und ich sehe, dass seine Schultern zucken, während er aus dem Fenster starrt.

Mr. McFain legt den Arm um seine Frau, Sean und Harris sehen betreten zur Seite. Keiner weiß so recht, was jetzt zu tun ist. Ich auch nicht, ich kenne Angus ja nicht, trotzdem löse ich sanft meine Hand von Seans, gehe zu dem alten Mann und stelle mich neben ihn. „Die Blumen sind hübsch, oder?"

Er nickt.

„Wäre es nicht schön, wenn auch im Garten wieder welche blühen würden?"

Angus presst fest die Lippen aufeinander.

Ich erinnere mich natürlich daran, was Alison mir

erzählt hat, aber wir sind jetzt schon so weit gekommen. Vielleicht können wir noch einen weiteren Schritt wagen. „Ich will Sie nicht bedrängen und auch nicht übergriffig wirken. Ich entschuldige mich jetzt schon dafür, aber darf ich etwas sagen?"

Angus nickt langsam.

„Nach allem, was ich über Ihre Frau und den Garten gehört habe, könnte ich mir vorstellen, dass sie es schön finden würde, wenn dort auch wieder bunte Blumen blühen." Er schweigt, doch noch gebe ich nicht auf. „Wissen Sie, mein Opa hat seinen Garten auch sehr geliebt. Er war sein ganzer Stolz. Meine Oma hatte allerdings keinen grünen Daumen. Sie hat immer behauptet, dass Blumen schon die Köpfe hängenlassen, wenn sie nur in ihre Nähe kommt." Ich entdecke den Anflug eines Lächelns auf Angus' Gesicht, das ich als gutes Zeichen werte. „Als mein Opa von uns gegangen ist, hat meine Oma sich überlegt, einen Gärtner zu beauftragen, aber dann … es erschien ihr nicht richtig, jemand Fremden, der nichts über meinen Opa wusste, in seinen Garten zu lassen, also hat sie sich anders entschieden. Sie hat es selbst versucht und ihr Bestes gegeben. Sie wollte das ehren, was er in all den Jahren angelegt und angepflanzt hatte, weil sie wusste, wieviel es ihm bedeutet hat. Natürlich sah der Garten nie wieder so prachtvoll aus wie davor, aber er war trotzdem schön. Und jedes Mal, wenn sie dort gearbeitet hat, hatte sie immer das Gefühl, ihm besonders nahe zu sein."

Angus' Blick wird weich, als er mich ansieht. „Das kann ich mir gut vorstellen. Jedes Beet und jede Ecke steckt voller Erinnerungen an meine Erin. Ich sehe sie direkt vor mir, wie sie damals die Rosensträucher gepflanzt hat. Das war kurz nach unserer Hochzeit. Kinder blieben uns versagt – da wurde als Ersatz der Garten etwas, das sie hegen und pflegen und zum Wachsen bringen konnte." Er schüttelt leicht den Kopf. „Sie hat den Garten so sehr geliebt. Wie konnte ich ihn nur derart verkommen lassen?"

„Jeder trauert anders. Meine Oma hat sich in die Arbeit gestürzt, Sie waren wie erstarrt." Ich hole tief Luft und drücke mir selbst die Daumen. Jetzt gilt es! „Vielleicht könnten wir zusammen in den Garten gehen und einen Plan machen? Wie klingt das? Sie sagen, was Ihre Frau wo gepflanzt hat, und ich schreibe eine Liste. Und so viele im Dorf würden gerne dabei helfen, das kleine Paradies Ihrer Frau wieder zum Leben zu erwecken, und Ihnen auch zur Hand gehen, wenn Sie nicht allein damit zurechtkommen. Also, was meinen Sie?" Über Angus' Gesicht laufen Tränen und ich weiß, dass es dieses Mal glückliche sind.

„Das klingt gut, Miss Emmy. Das machen wir. Jetzt sofort."

„Großartig!" Ich hake lächelnd seinen Arm bei mir unter und lege sanft meine Hand auf seine. „Sean, komm mit! Du musst einen Garten zeichnen!"

KAPITEL 13

SEAN

Es ist schon früher Abend, als Emmy und ich endlich dazu kommen, uns an einen der langen Tische zu setzen, die sich langsam mit Helfern füllen, und Harris' Suppe zu genießen. Genauer gesagt, ist Emmy gerade mit der zweiten Portion fertig geworden und seufzt wohlig, als sie den leeren Teller von sich schiebt.

„Ich bin echt froh, dass Harris sich nicht vor Kummer darin ertränkt hat."

Ich runzele die Stirn. „In der Suppe?"

„Ganz genau."

„Wieso das denn?"

Emmy kichert. „Aus Eifersucht, weil Alison sich sehr lobend über deinen nackten Oberkörper geäußert hat, als du oben auf dem Dach warst."

„So, so ..." Ich grinse. „Und wie ist er bei dir so angekommen?"

„Aus der Ferne wirkte er ganz annehmbar."

Ich beuge mich an ihr Ohr. „Du darfst ihn jederzeit ganz aus der Nähe sehen", raune ich.

Emmy rückt ab und hält abwehrend den Löffel vor sich. „Ha! Da war sie wieder! Diese lüstern-heisere Stimme! Hast du mir nicht bereits bei unserem ersten Treffen klargemacht, dass eine schnelle Nummer mit einer Fremden auf deiner Prioritätenliste nicht besonders weit oben steht?"

Wenig erfolgreich versuche ich, ein Schmunzeln zu unterdrücken. „Aber du bist doch keine Fremde mehr und eine schnelle Nummer muss es auch nicht sein."

Emmy verdreht die Augen.

„Guck!" Ich ziehe mein T-Shirt ein Stück hoch. „Ich habe ein Sixpack!"

Harris kommt zu uns und beginnt, benutztes Geschirr aufzuräumen. „Was um Himmels willen treibst du da, McFain?"

„Ich zeige Emmy meinen Bauch."

„Ich wollte ihn gar nicht sehen!", protestiert Emmy.

Harris schüttelt den Kopf. „Da bin ich ja froh, dass meine Frau nicht da ist! Der Anblick hätte ihr sicherlich gefallen."

„Welcher Anblick?", fragt Alison, die plötzlich hinter Harris aufgetaucht ist.

„Nicht wichtig", antwortet Harris schnell, dreht sich zu ihr um und macht sich noch breiter, als er sowieso schon ist.

„Was ist denn los? Gibt es da was Interessantes zu sehen?" Sie versucht, an ihm vorbeizulugen, aber Harris versperrt ihr die Sicht und nimmt sie in den Arm. „Sean, zieh dein Shirt sofort wieder herunter, bevor mein Heideröslein mich noch dazu zwingt, ins Fitnessstudio zu gehen!"

Alison kichert. „Würde ich nie tun. So, wie du bist, bist du für mich genau richtig, mein roter Bär. Und jetzt komm mit hinters Haus zum Knutschen. Da sind die Maler schon fertig und wir sind ungestört. Du warst heute schon so unglaublich fleißig und hast dir eine Belohnung verdient."

„Das lasse ich mir nicht zweimal sagen." Harris stellt das Geschirr wieder auf den Tisch, hebt Alison auf seine Arme und rennt mit ihr los.

Ich grinse breit. Die beiden haben sich wirklich gefunden! So wie ich Emmy?

Sie seufzt. „Die beiden sind echt süß und so glücklich miteinander."

„Das habe ich auch gerade gedacht", erwidere ich. „Und apropos glücklich." Ich deute zu Angus hinüber, der mit meiner Skizze im Garten steht und begeistert den freiwilligen Helfern alles erklärt. „So umfassend glücklich habe ich ihn schon lange nicht mehr gesehen. Und das verdankt er alles dir, Emmy."

„Quatsch! Das waren wir alle!"

„Kein Quatsch, Emmy! Deine Worte haben bewirkt, dass der Garten wieder in neuer Pracht erblühen wird. Du bist wirklich sehr einfühlsam. Die richtigen Worte zu finden, ist eine Gabe."

„Danke. Und apropos richtige Worte. Entschuldige mich bitte kurz – ich muss dringend telefonieren. Könntest du mir den Schlüssel für den Mietwagen geben? Da ist es schön ruhig. Hinterm Haus würde ich jetzt nur in eine verfängliche Situation platzen."

„Klar." Ich ziehe den Autoschlüssel aus der Jeans und gebe ihn ihr. Emmy steht auf und zögert einen Moment.

„Mit meinen Eltern", sagt sie schließlich. „Also, ich muss dringend mit meinen Eltern telefonieren. Gestern habe ich es ganz vergessen und jetzt passt es zeitlich."

„Grüße sie von mir und wenn du über mich sprichst, bitte nur in den höchsten Tönen."

Emmy kichert. „Logisch. Ich werde dein Sixpack in allen Details beschreiben."

„Das hoffe ich doch sehr!"

EMMY

Als ich die Tür des Autos hinter mir zuziehe, versuche

ich, meine Nervosität in Griff zu bekommen. Ich habe Sean schon wieder angelogen. Mit meinen Eltern habe ich nämlich sehr wohl gestern kurz telefoniert, bevor ich mich für das Abendessen umgezogen habe. Jetzt steht der Anruf bei meinem Boss an. Ich muss sagen, dass das mit dem Kauf nichts wird, und ihm gleichzeitig die Partnerschaft schmackhaft machen, die ich eventuell noch aushandeln kann.

Was passiert, wenn er dermaßen sauer wird, dass er mich sofort feuert, wage ich mir gar nicht auszumalen. Kurz war ich gestern versucht gewesen, meinen Eltern einfach alles zu erzählen, was die genauen Umstände meines Auftrags in Schottland für die Firma betrifft, aber sie haben bereits genug Sorgen und solange ich nichts Definitives weiß, will ich sie einfach nicht beunruhigen.

In Gedanken gehe ich mehrere Gesprächsverläufe und meine Argumente durch, bevor ich noch einmal tief Luft hole und Mr. Baldwins Nummer wähle. Nachdem es zweimal geklingelt hat, wird der Anruf entgegengenommen.

„Chadwick K. Hynes an Mr. Baldwins Apparat. Was kann ich für Sie tun?"

Was zum Teufel? Ausgerechnet Chadwick am Telefon zu haben, irritiert mich im ersten Moment derart, dass es mir die Sprache verschlagen hat.

„Haaallooo?", ertönt Chadwicks gelangweilte Stimme.

Ich reiße mich zusammen und runzele verärgert die Stirn. „Hier ist Emmy, wie du auf dem Display sehr deutlich sehen müsstest."

„Richtig. Jetzt, wo du es sagst. Ist mir gar nicht aufgefallen. Was gibt es denn?"

„Nichts, was dich angehen würde. Ich möchte Mr. Baldwin sprechen."

„Ach, so ein Pech, Emmy. Der Boss ist bis Samstag nicht da. Er wollte ein bisschen ausspannen. Aber ich vertrete ihn, also kannst du alles mir sagen, was du gerne ihm gesagt hättest."

Chadwick vertritt ihn? Nochmal: Was zum Teufel? Hat sich etwa Großvater Hershel eingemischt? Hat er Chadwick befördert, ohne dass der jemals etwas Brauchbares geleistet hat? Ich kralle vor Wut eine Hand so fest um das Lenkrad, dass die Knöchel weiß werden, und versuche, meiner Stimme einen lässigen Unterton zu verleihen. „Nein danke, Chadwick. Das bespreche ich lieber mit Mr. Baldwin persönlich."

„Ich wette, ich weiß schon, worum es geht", höhnt Chadwick.

„Ach ja?", frage ich betont uninteressiert.

„Du hast garantiert versagt und es nicht geschafft, diesen Hinterwäldlern die Weberei unterm Arsch wegzuziehen. Ich habe doch gleich gewusst, dass du es nicht drauf hast, so einen Deal abzuwickeln. Baldwin hätte es gleich mir überlassen sollen. Frauen haben einfach nicht den richtigen Killerinstinkt, wie Baldwin schon befürchtet hatte. Am besten, ich versuche ihn in seinem Strandhaus zu erreichen und mache ihm klar, dass du meine Hilfe brauchst und ich sofort nach Schottland fliegen muss, um den Deal zu retten."

Seine Arroganz widert mich derart an, dass ich mich nicht bremsen kann. „Was faselst du denn da? Bist du wieder in deine eigene kleine Traumwelt abgedriftet? Ich habe alles im Griff! Das wollte ich Mr. Baldwin wissen lassen. Ich denke, in ein paar Tagen habe ich die Sache eingetütet. Und nur, damit du es weißt – die McFains sind keine Hinterwäldler, sondern gebildete Leute. Ich melde mich dann bei Mr. Baldwin, wenn alles erledigt ist. Hinterlasse bitte eine entsprechende Notiz auf seinem Schreibtisch, wie es sich für einen braven Assistenten gehört."

„Ich bin nicht sein Ass–"

Ich unterbreche die Verbindung, lasse mich in den Sitz sinken und schließe stöhnend die Augen. Wie konnte ich mich von diesem Idioten nur provozieren lassen? Verdammt!

Als ich mich wieder einigermaßen im Griff habe und zum Haus zurückgehe, läuft Sean auf mich zu.

„Ist alles gut, Emmy? Ist etwas mit deinen Eltern?"

„Nein … äh … wieso?"

„Du siehst blass und mitgenommen aus."

Mist! Ich hätte vorher in den Spiegel schauen sollen! Schnell winke ich ab. „Es ist nichts. Ich glaube, ich habe heute einfach zu wenig getrunken, und im Auto war es sehr heiß."

„Dann setzen wir uns am besten und ich besorge dir eine Flasche Wasser, okay?"

„Okay." Ich lächle Sean an. „Und wenn du mir ein

süßes Kompliment machst, werde meine Wangen sich gleich wieder röten."

„Da weiß ich etwas Besseres, das schneller wirken könnte. Wollen wir es ausprobieren?"

„Ist es gefährlich?", hauche ich und mache große erschrockene Augen.

Sean wiegt den Kopf. „Es ist eventuell ein bisschen gefährlich für beide Parteien, aber nur im positiven Sinn."

„Na gut", erwidere ich schmunzelnd. „Dann lasse ich mich mal darauf ein."

„Gib mir deine Hand", fordert Sean.

„Welche?"

„Das ist egal."

Ich reiche ihm meine rechte und er nimmt sie und schiebt sie unter sein T-Shirt auf seinen Bauch. Ich fühle seine steinharten Muskeln unter der warmen Haut, die sich unter meiner Berührung sofort anspannen, und erröte prompt bis in die Haarspitzen. Sehen kann ich es zwar nicht, aber nur zu deutlich spüren.

„Ha! Ich bin ein Zauberer!" Sean grinst triumphierend. „Du hast wieder Farbe im Gesicht. Wenn du jetzt vor Harris stehen würdest, wüsste ich nicht, wo dein Gesicht aufhört und sein Bart anfängt."

Ich verbeiße mir ein Lachen. „Sehr charmant, Sean McFain!"

„Dafür bin ich berühmt-berüchtigt! Es ist meine

Superheldengabe!"

Er zieht meine Hand hervor und drückt einen Kuss auf meinen Handrücken, bevor er sie loslässt.

„Besser, Emmy?", fragt er sanft.

Ich schlucke und schüttele heftig den Kopf. „Kein bisschen!"

„Huch?"

„Jetzt brauche ich nämlich zwei Flaschen Wasser", rufe ich empört. „Eine gegen den Durst und eine, die du am besten gleich über meinem Kopf ausleerst."

Sean lächelt zufrieden. „Wir versuchen erstmal, deinen Flüssigkeitshaushalt auszugleichen, bevor wir zu derart drastischen Mitteln greifen."

Er führt mich zu Alison und Harris, die Sean und mir einen Platz freigehalten haben, da auch die Malerarbeiten vorne inzwischen beendet sind und alle Helfer endlich Feierabend machen und ihren Durst und Hunger löschen können.

Gleich darauf ist Sean mit einer Flasche Wasser aus den Eiskübeln und zwei Gläsern zurück und nimmt neben mir Platz. Wir sitzen sehr eng beieinander und mein Mund wird trocken, was aber nicht im Geringsten an meinem Durst liegt.

SEAN

Ich spüre immer noch Emmys Hand auf meinem Bauch und ihre Finger, die mein Sixpack ertastet haben

– und ich will mehr! Genau genommen will alles an mir mehr von Emmy! Von ihrem Geruch, ihrem Körper, ihrem Mund. Ich will ihre Haut streicheln und noch ganz andere Dinge mit ihr tun.

Sie sitzt so dicht neben mir, dass ihr nackter Arm meinen berührt und das reicht schon, um mich völlig aus der Bahn zu werfen und keinen klaren Gedanken mehr fassen zu können. Ich bin fast erleichtert, als Angus mit seinem Dudelsack aus dem Haus kommt, sich ihm alle neugierig zuwenden und ich abgelenkt werde.

„Ich bin kein Mann von vielen Worten", beginnt er. „Das wisst ihr. Und seit meine Erin mich so unerwartet verlassen musste, sind es sogar noch weniger geworden." Er wischt sich kurz über die Augen. „Aber heute möchte ich etwas sagen. Gäbe es euch nicht, wäre ich nicht mehr hier. Ich hatte all meinen Lebensmut verloren, aber ihr habt mich nicht aufgegeben, und langsam habe ich ins Leben zurückgefunden. Ich danke euch allen, vor allem aber natürlich Mabel, die sich aufopferungsvoll um mich gekümmert und mich auch immer wieder dermaßen zusammengestaucht hat, um mich wieder in die Spur zu bringen, dass mir davon heute noch die Ohren klingeln."

Alle lachen.

„Und ich danke euch aus tiefstem Herzen für das, was ihr heute für mich und für das Andenken meiner Erin getan habt. Mein Haus sieht außen und innen aus wie neu und Erins Garten wird wieder erblühen. Ihr seid etwas Besonderes, unsere Gemeinschaft ist etwas

Besonderes und ich bin stolz, dass ich dazugehören darf. In dieses wunderbare Glenndoon in den schottischen Highlands."

Er setzt den Dudelsack an und gleich darauf erklingt das weltbekannte ‚Scotland The Brave'. Sehr langsam und getragen, doch dann spielt Angus schneller und Harris schnappt sich Alison und beginnt, mit ihr auf der Wiese vor dem Haus zu tanzen. Das ist der Startschuss! Alle Helfer stellen sich in einem Kreis auf und der Reigen beginnt.

Ich erhebe mich ebenfalls und verbeuge mich vor Emmy. „Darf ich bitten?"

„Ich kann das nicht!", erwidert sie erschrocken. „Das sieht alles so kompliziert aus. Diese vielen Drehungen und Schritte und Hüpfer! Ich habe keine Ahnung, was ihr da treibt! Wenn ich das versuche, wird es aussehen, als hätte ich einen hysterischen Anfall oder Ameisen in der Hose!"

„Das wird schon!" Lachend ziehe ich Emmy von der Bank, ignoriere ihre Proteste und schiebe sie in die Menge. Sofort wird sie von Harris gepackt und ein paarmal im Kreis gedreht, bevor er sie an Wallace weiterreicht.

Im ersten Moment ist Emmy wie erstarrt, doch dann höre ich ihr wundervolles Lachen und sie macht einfach mit. Natürlich hat sie keine Ahnung, wie sie tanzen soll, aber sie hüpft einfach fröhlich und lässt sich von allen Tänzern mal in die eine Richtung drehen, mal in die andere. Macht Schritte nach vorne, wenn sie eigentlich rückwärtsgehen müsste, und umgekehrt. Doch es stört sie nicht und alle helfen, so gut sie können, und mit jedem wechselt sie ein paar Worte und lacht.

Ich tanze auch mit und als ich mich endlich zu Emmy vorgearbeitet habe, ziehe ich sie aus dem Kreis, schlinge die Arme um sie und halte sie fest an mich gedrückt. „Hab dich!"

Sie sieht grinsend zu mir hoch. „Gehört das noch zur Choreographie?"

„Aber natürlich! Das ist die allseits bekannte Hab-dich-Figur, die nur den besten Tänzern vorbehalten ist."

„Verstehe." Sie zwinkert mir zu. „Und was macht man da so?"

„Man ignoriert die Musik und bewegt sich sehr langsam zu einem ganz eigenen Takt. Und du musst deine Arme um meinen Nacken legen. Das ist die vorgeschriebene Haltung für die Dame."

Kichernd folgt Emmy meiner Anweisung.

Langsam mache ich kleine Schritte nach links und rechts und Emmy steigt ein, legt ihr Gesicht an meine Brust und seufzt leise. Sanft streichle ich mit den Daumen über ihren Rücken. Genieße die Nähe und Wärme ihres Körpers, der sich so perfekt an meinen schmiegt, und mein Herz rast vor Glück. „Ich mag das, Emmy. Ich mag es, dich zu halten. Ich mag es, wie du in meinen Armen liegst."

„Ich auch."

Sie sieht auf und ihr Blick ist gleichzeitig zärtlich und aufgeregt und erregt, aber ich entdecke auch einen

Hauch von Traurigkeit. „Ist wirklich alles in Ordnung, Emmy?", frage ich besorgt. „Ich weiß nicht, ob ich das ansprechen darf, aber du siehst manchmal aus, als würde dich etwas belasten. Kann ich dir vielleicht helfen?"

Sie schüttelt den Kopf. „Nur ein paar Sorgen, die ich mit mir herumschleppe, und ich erzähle dir schon bald davon, aber jetzt will ich einfach den Moment mit dir genießen, ja?"

Meine Gedanken rasen, welche Sorgen das denn sein könnten, aber ich will Emmy nicht bedrängen. „Nimm dir die Zeit, die du brauchst. Wenn du reden willst, bin ich für dich da."

„Ich weiß."

Sie schluckt schwer und legt ihren Kopf wieder auf meine Brust. Wir tanzen eng umschlungen weiter, bis Angus aufhört zu spielen. „Ich fürchte, wenn wir uns nicht trennen", flüstere ich ihr zu, „werden wir gleich im Mittelpunkt des Interesses stehen. Und Hazel, Mabel und meine Mum werden schon unsere gemeinsame Zukunft planen."

Lachend löst Emmy sich von mir, legt die Hände auf den Rücken und sieht sich in der Gegend um, während sie unschuldig vor sich hin pfeift.

„Total unauffällig, 00-Baley." Ich grinse. „Oder besser Emmy Peel. Das wäre doch ein passender Name! Kennst du die Serie ‚Mit Schirm, Charme und Melone'?"

„Natürlich kenne ich die! Äh … entschuldige … ich muss mal ganz dringend wohin. Bin gleich wieder da."

EMMY

Emmy Peel! Das bringt Erinnerungen zurück und die ganze Stimmung ist für den Moment zerstört. Sean kennt mich bereits so gut. Er ahnt, dass irgendetwas nicht stimmt. Deshalb brauche ich einen Moment für mich, um mich wieder zu fangen.

Ich eile auf die Gästetoilette, die man durch den Nebeneingang in Angus' Haus erreicht, schließe hinter mir ab und starre in den Spiegel über dem Waschbecken. Ich kann das Glück in meinen Augen erkennen. Das Glück, in Sean verliebt zu sein, und die Ahnung, dass er in mich verliebt ist. Aber wie soll denn etwas aus uns werden, wenn zwischen uns eine Lüge steht?

Und in diesem Moment fasse ich endgültig einen Entschluss! Ich werde bei Baldwin & Hershel kündigen und irgendeinen anderen Job finden. Und ich werde nach meiner Kündigung Sean die Wahrheit sagen. Und wenn ich großes Glück habe, ist das nicht der Anfang vom Ende, sondern der Anfang von etwas, das ewig hält! Denn genau das will ich!

Ich denke an unseren Tanz. Ihm derart nahe zu sein, war berauschend, und er hat so gut gerochen. Herb-frisch nach Lavendel, Minze und Sandelholz. Beinahe hätte ich ihm da schon alles gesagt, weil ich mich so sicher und geborgen in seinen Armen gefühlt habe und er so verständnisvoll und besorgt war, aber ich darf jetzt auf den letzten Metern nichts überstürzen.

Okay, ich werde also kündigen. Aber zuerst muss ich heute Abend mit meinen Eltern sprechen, ihnen alles erzählen und zusammen mit ihnen eine Lösung finden, wie wir das Hotel nicht verlieren, wenn mein Gehalt erst einmal ausfällt.

Und was die Wahrheit angeht, die ich Sean dringend sagen muss – das schiebe ich noch ein kleines bisschen auf. Den morgigen Tag will ich mit ihm noch in vollen Zügen genießen. Ich weiß, dass es egoistisch ist, aber vielleicht wird es nach meiner Beichte keinen weiteren mit ihm geben. Ich hoffe es aber! Ich hoffe es so sehr!

Als ich wieder zurückgehe, sind alle gerade dabei, zu packen und aufzuräumen. Ich laufe zu Sean und helfe ihm, einen der Tische zusammenzuklappen. „Da ist man mal fünf Minuten weg …"

Sean lacht. „Keine Sorge! Du hast nicht die Party gesprengt, aber es ist schon spät und wir sind alle komplett erledigt."

„Ich bin auch müde. Die viele frische Luft. Das bin ich als New Yorkerin nicht gewöhnt."

„Bist du denn sehr müde?" Sean räuspert sich. „Also, ich dachte nämlich, vielleicht hättest du Lust, noch mit zu mir zu gehen?"

Amüsiert hebe ich eine Augenbraue. „Um was genau zu tun?"

„Na ja, vielleicht gemeinsam entspannen, reden und

einen Film schauen? Als ich noch jung war, hätte ich selbstverständlich versucht, dich nach allen Regeln der Kunst zu verführen, aber ehrlich gesagt bin ich ganz schön kaputt. Wenn ich dich verführe, will ich dafür absolut in Form sein."

Ich muss lachen. „Deine Ehrlichkeit ist erfrischend und um es dir gleichzutun – verführt zu werden, wäre mir gerade auch zu anstrengend. Der Rest des Abendprogramms klingt aber hervorragend, allerdings …"

„Allerdings was?"

Ich denke daran, dass ich eigentlich vorhabe, mit meinen Eltern zu telefonieren, um ihnen alles zu erklären. Ich sollte das besser nicht noch weiter aufschieben. „Äh … ich fürchte, ich muss erst nochmal in den Pub und duschen und mich umziehen, bevor ich wieder vorzeigbar bin."

„Verstehe." Sean zuckt grinsend mit den Schultern. „Oder wir verschwenden keine Zeit, du duschst bei mir und ich gebe dir eins meiner T-Shirts und eine Jogginghose."

Ich kichere. „Deine Jogginghose könnte ich mir wahrscheinlich bis an die Brust ziehen und dein Shirt als Kleidchen tragen."

„Dann ist das also ein Nein?"

Die Enttäuschung steht ihm deutlich ins Gesicht geschrieben und ich werfe meinen Plan in die Tonne. Meine Eltern kann ich auch morgen anrufen. Den Abend mit Sean zu verbringen, ist einfach zu verlockend! „Wenn du einen Gürtel hast, den ich mir ausleihen kann, wäre es nicht unbedingt ein Nein."

Sean strahlt. „Du kriegst alle Gürtel, die ich habe!"

„Dann nehme ich deine Einladung sehr gerne an."

KAPITEL 14

EMMY

Sean nimmt meine Hand und führt mich die Treppe hoch ins Obergeschoss. Wir landen in einem kleinen Flur, der mit dem gleichen hellen Holz wie unten ausgelegt ist.

„Links geht es zum Gästezimmer", erklärt er. „Nicht, dass ich viel Besuch bekomme, aber es ist immer gut, eins zu haben. Hier in der Mitte ist das große Bad mit Wanne und Dusche. Das Familienbad und Kinderzimmer, wie Mum die beiden Räume immer hoffnungsvoll nennt."

Ich kichere.

„Und dort rechts ist mein Schlafzimmer mit eigenem Bad und Ankleidezimmer.“

Meine Augen leuchten. „Ich wollte schon immer ein Ankleidezimmer haben!“

Sean lacht. „Sicherlich würdest du es besser ausnutzen. Meine Schränke sind nicht einmal zur Hälfte mit Klamotten gefüllt. Der Rest dient momentan als Stauraum für Bettwäsche, Batterien, Leinwände, Material für Holzrahmen und vieles mehr.“ Er zwinkert mir zu. „Aber natürlich könnte ich das alles ruckzuck ausräumen und in den zwei leeren Schränken im Gästezimmer verstauen, damit du Platz für deine Garderobe hast.“

Sofort sehe ich mich in Gedanken einziehen. Hier in dieses absolute Traumhaus in dieser absoluten Traumlandschaft, um ein absolutes Traumleben mit meinem absoluten Traummann Sean zu führen, aber ich bemühe mich, lässig zu wirken. Zweifelnd wiege ich den Kopf. „Ich weiß nicht, ob das ausreicht. Ich habe wirklich viel Zeug.“

„Dann überprüfen wir das gleich und du kannst bei der Gelegenheit ebenfalls überprüfen, ob mein Schlafzimmer tatsächlich wie ein minimalistisches Sanktuarium aussieht, wie du es angenommen hast.“

„Bin gespannt.“ Er öffnet die Tür und lässt mich vortreten. Es ist ein Sanktuarium und Wände und Decke sind wie vermutet Weiß gestrichen, aber es ist nicht die karge Mönchszelle, die ich vermutet hatte. Das sehr große Zimmer ist immer noch schlicht, aber strahlt Wärme aus und sofort überkommt mich ein Gefühl von Ruhe.

An einer Wand steht Seans Bett. Es hat einen schlichten Rahmen und ein hohes Kopfteil, die beide gepolstert und mit einem Tweed bezogen sind, dessen Farbe an geschmolzene, dunkle Schokolade erinnert. Decke und Kissen stecken in Leinenbettwäsche in der gleichen Farbe.

Auch hier gibt es den hellen Holzfußboden, aber das Bett steht auf einem großen, cremefarbenen Teppich, wie auf einer Insel aus flauschigen Wölkchen.

Die Nachttische auf beiden Seiten bilden große quadratische Würfel, die mit beigen Mosaikfliesen versehen sind, und jeweils eine Schublade und ein offenes Fach bieten. Der eine Nachttisch ist bis auf eine Kugellampe aus Milchglas leer, auf dem anderen befindet sich die gleiche Lampe, aber in dem Fach darunter stapeln sich Bücher und Kunstmagazine.

An der Wand gegenüber dem Bett lehnt ein großer Spiegel mit einem dünnen, schwarzen Rahmen und daneben steht eine niedrige Kommode mit sechs Schubladen aus hellem, unbehandeltem Holz.

Das Highlight des Schlafzimmers ist jedoch der komplett verglaste Giebel, an dem seitlich beige Leinenvorhänge angebracht sind und der einen atemberaubenden Blick auf Bäume, Hügel und Himmel bietet.

„Ich liebe es!" Ich drehe mich zu Sean um. „Ich liebe alles hier!"

Sean lächelt. „Das freut mich."

„Hast du die Nachttische selbst gemacht?"

Er nickt.

„Toll! Ich wollte immer mal einen großen Tisch selbst bauen und fliesen, aber in meiner winzigen Wohnung habe ich echt zu wenig Platz, um größere DIY-Projekte zu machen."

Sean wackelt mit den Augenbrauen. „Hier hättest du Platz!"

„Das ist wohl wahr", erwidere ich schmunzelnd. „Und dort hinter der Tür sind Ankleidezimmer und Bad?"

„Genau."

Sean öffnet eine Schiebetür, die in der Wand verschwindet, und dahinter liegt ein rechteckiger Raum. Ein großes Dachflächenfenster sorgt für jede Menge Licht.

Das eingebaute Schranksystem, in Weiß gehalten und perfekt in die Schrägen eingepasst, ist zum großen Teil mit Türen versehen, der Rest mit offenen Fächern und einigen Schubladen ausgestattet. Nicht alle Fächer sind gefüllt, aber in einigen stehen auf geneigten Ablagen Seans Schuhe, die sogar nach Farben sortiert sind. Genau wie die Wollpullover und T-Shirts in einem anderen Regal.

„Sehr ordentlich", lobe ich, „und farblich äußerst harmonisch."

Sean grinst. „Ich finde eine neutrale Farbpalette beruhigend. Die eher bunteren Wandersachen, Pullis, T-Shirts und Hoodies habe ich in den Schubladen und Schränken verstaut. Bei anderen Leuten finde ich offene Schränke mit Kleidern in allen Farben des Regenbogens immer schön, aber privat mag ich es lieber so."

„Ich auch."

„Sehr gut. Dann müssen wir daran also nichts ändern, wenn du deine Kleider dazu packst."

Ich beschließe, auf sein Spiel einzugehen. „Ich weiß trotzdem nicht, ob der Platz ausreicht."

„Ganz bestimmt! Wir schauen gleich mal! Also, Unterwäsche und Socken befinden sich in der Kommode im Schlafzimmer. Da ist aber die Hälfte noch frei und ich könnte meine Sachen auch noch ein bisschen zusammenschieben. Ausreichend für dich?"

Ich nicke hoheitsvoll. „Ausreichend."

„Dann weiter! Der Schrank hier ist belegt."

Sean öffnet zwei der Schranktüren, hinter denen sich an Kleiderstangen Jacken für alle Gelegenheiten befinden sowie ein paar Anzüge und Hemden. In untereinanderliegenden Fächern links daneben entdecke ich Jeans, Outdoorhosen, Fleecepullover und Flanellhemden in den erwähnten grelleren Farben. Auf dem Boden unter der Kleiderstange stehen ein großer und ein kleiner Koffer sowie Wander- und Trekkingschuhe, einige Rucksäcke und eine Kiste mit Kletterausrüstung. „Du kletterst?"

„Ja. Du auch?"

„Nur die Treppe rauf in meine Wohnung, aber ich war auch schon mal in einer Kletterhalle. Hat viel Spaß gemacht! Ich würde es gerne mal an einem richtigen

Felsen oder Berg ausprobieren."

Sean hält einen imaginären Notizblock vor sich und runzelt die Stirn. „Wo stand das nochmal auf meiner Traumfrau-Liste? Moment! Ah hier – klettern! Check!" Er malt einen großen Haken in die Luft. „Da sind übrigens schon sehr, sehr viele Punkte abgehakt, Emmy."

„So, so …" Ich grinse. „Wo fehlen denn noch welche?"

„Das verrate ich dir ein anderes Mal. Übrigens, wir kommen morgen auf unserer Wanderung an einigen Felsen vorbei, wo wir ohne Equipment ein bisschen klettern können, wenn du willst."

Aufgeregt sehe ich ihn an. „Will ich!"

„Sehr gut." Er deutet auf die restlichen, geschlossenen Schränke. „Das hier ist der bereits erwähnte Stauraum, aber das könnte alles dir gehören. Genug?"

„Ich denke schon. Wie sieht es mit den Schubladen aus?" Sean zieht sie nacheinander auf und zeigt mir den Inhalt. Bunte T-Shirts und Sportklamotten, aber so großzügig verteilt, dass ich noch Platz für meine Sachen hätte. Ich erwische mich bei dem Gedanken, alles bereits einzusortieren, und schüttele innerlich den Kopf über mich.

Sean holt eine dunkelblaue Jogginghose, ein weißes T-Shirt und blaue Wollsocken aus der Sportschublade und reicht mir alles, bevor er aus einer flacheren Schublade alle Gürtel herausnimmt, die dort gerollt liegen, und den ganzen Stoß oben auf das

Kleiderpäckchen packt.

„Bin gespannt, was du daraus machst!"

Ich kichere. „Und ich erst."

„Durch die Schiebetür hier drüben geht es übrigens in mein Bad, aber ich kann dir ja noch nicht alles zeigen, damit du wiederkommst." Sean hebt drohend den Zeigefinger. „Deshalb ist auch das Gästezimmer verbotene Zone, die Gästetoilette und der Raum mit Waschmaschine und Trockner."

„Der Raum mit Waschmaschine und Trockner auch?" Schmollend schiebe ich die Unterlippe vor.

„Nein, Emmy! Keine Chance! Da muss ich streng sein!"

Ich sehe, dass er ein Lachen kaum unterdrücken kann, und seufze schwer. „Okay. Dann hüpfe ich mal ins … Famiiilienbaaad!"

„Ha ha ha!" Sean verdreht schmunzelnd die Augen. „Frische Handtücher in allen Größen und verschiedenes Zeug zum Duschen und eine Auswahl an Bodylotions findest du im Schrank hinter der Tür. Wenn du sonst noch etwas findest, das du brauchen könntest, greif einfach zu."

„Danke."

„Ich gehe auch schnell duschen. Wir treffen uns dann unten im Wohnzimmer."

„Alles klar. Bis nachher!" Und mit sehr expliziten Bildern, wie Sean nackt unter der Dusche steht und das Wasser seinen gestählten Körper liebkost, eile ich ins Badezimmer.

SEAN

Nach der Dusche, bei der ich nicht verhindern konnte, mir Emmy nackt unter ihrer Dusche vorzustellen, gehe ich ins Ankleidezimmer und bleibe ein wenig unschlüssig vor den Schränken stehen. Schließlich greife ich ebenfalls nach einer dunklen Jogginghose, einem schwarzen T-Shirt und Wollsocken, damit Emmy sich nicht underdressed vorkommt, und ziehe mich an, bevor ich nach unten eile.

Emmy ist noch nicht da. Schnell feuere ich den Bollerofen an, gehe in die Küche, schalte die Espressomaschine ein und hole Milch aus dem Kühlschrank, um sie aufzuschäumen. Während die Technik ihre Arbeit erledigt, ziehe ich die Schüssel mit Himbeeren aus Mums Garten heran, suche die schönsten heraus und gebe sie in eine Schale. Dazu packe ich auf einen Teller verschiedene Schokoriegel und Schokoplätzchen.

Ich bin gerade fertig, als Emmy in die Küche kommt – und ich starre sie ungläubig an! Wie konnte ich nur jemals annehmen, sie könnte sich underdressed fühlen? Ich bin derjenige, der sich plötzlich zu lässig gekleidet vorkommt.

Emmy hat den Bund der Jogginghose nach unten gewickelt und einen meiner viel zu großen Gürtel auf eine mir völlig unerklärliche Weise fest um ihre Taille geschnürt. Das zu weite T-Shirt hat sie gerafft und seitlich einen großen Knoten in den Stoff gemacht, sodass es sich perfekt an ihren Oberkörper schmiegt, und die Hosenbeine sind bis zu den Knöcheln hochgewickelt. Sie sieht absolut sexy aus! Nur die Größe der Wollsocken konnte sie nicht verändern, was allerdings unglaublich süß wirkt, und ich spüre plötzlich einen derart starken Beschützerinstinkt, dass es mir fast den Atem raubt.

„Wow! In Großbuchstaben! Du siehst phänomenal aus, Emmy! Ich wette, du könntest damit einen internationalen Modetrend auslösen." Ich deute auf meine Kleidung. „Wenn ich gewusst hätte, wie toll du aussiehst, hätte ich mir etwas Passenderes angezogen – einen Anzug vielleicht." Ich grinse. „Aber im Ernst, ich wollte nicht, dass du dir blöd in den Klamotten vorkommst. Jetzt komme ich mir wie ein Idiot vor."

„Musst du nicht. Ich fand es schon immer gut, wenn ein Mann selbst in Jogginghosen und T-Shirt heiß aussieht."

„Ich sehe also heiß aus?"

„Ziemlich. Aber daran hatte ich auch niemals Zweifel."

„Das erleichtert mich sehr." Ich grinse. „Ich habe mir erlaubt, eine Kleinigkeit anzurichten. Magst du Himbeeren und Schokolade? Ich hätte aber auch noch Chips und Salzbrezel, wenn dir das lieber ist."

„Himbeeren und Schokolade sind perfekt!"

„Der Cappuccino ist auch gleich fertig. Ich habe auf Verdacht einen für dich mitgemacht."

„Danke, Sean!"

„Und wenn wir einen Film schauen wollen – in dem Unterschrank ganz links stehen Kisten mit DVDs. Vielleicht findest du ja etwas."

Emmy schmunzelt. „Du hast DVDs in deinem Küchenschrank?"

„Ich habe noch ganz andere Dinge in meinen Küchenschränken gelagert. Ich bin allein. Ich brauche nicht so viel Geschirr und Zeug zum Kochen. Eine kleine Küche hätte in dem großen Raum allerdings albern ausgesehen, also nutze ich die restlichen Schränke eben anders."

Kichernd öffnet Emmy den Schrank, setzt sich auf den Boden, holt die erste Kiste heraus und beginnt, die Filmtitel zu studieren.

Mir gefällt der Anblick von Emmy in meiner Küche. Also, vielleicht nicht gerade auf dem Boden sitzend, aber generell. Und nicht nur in der Küche, sondern auch im Wohnzimmer, im Atelier und in meinem Schlafzimmer.

Ich wende mich schnell ab und kümmere mich um den Cappuccino, um Emmy nicht weiter anzustarren. Ich will sie! Ich will sie in meinem Leben haben! Ganz! So sehr! Nicht nur noch ein paar Tage! Allein bei dem Gedanken daran, wie wenig Zeit wir noch miteinander haben, zieht sich mein Herz schmerzhaft zusammen.

„Ich hab einen gefunden!", ruft Emmy.

Neugierig drehe ich mich um. Sie hält die Hülle von ‚Highlander' mit Christopher Lambert hoch.

„Den habe ich schon ewig nicht mehr gesehen und

wenn ich schon mal in Schottland bin, muss es einfach der sein! Können wir den schauen?"

„Na klar! Eine wirklich exzellente Wahl!"

Strahlend räumt Emmy die restlichen Kisten wieder ein und steht auf. „Kann ich noch etwas helfen?"

Ich drücke ihr das kleine Tablett mit den Beeren und der Schokolade in die Hand und schnappe mir die Tassen. „Schon fertig!"

Wir gehen zum Sofa und stellen alles auf dem Tisch ab. Während Emmy es sich auf dem Sofa im Schneidersitz gemütlich macht, lege ich den Film ein und schalte den Fernseher an. „Möchtest du vielleicht noch eine Decke?"

„Gerne! Nicht, weil mir kalt ist, aber es ist einfach gemütlicher."

Lächelnd hole ich eine aus einem meiner Küchenschränke, was Emmy mit einem Schmunzeln kommentiert, setze mich neben sie, breite die Decke über uns aus und taste darunter nach ihrer Hand. Emmy schließt ihre Finger um meine und streichelt sie sanft. „Bereit, Connor MacLeod durch die Zeiten zu folgen, Emmy?"

„Aber sowas von!"

EMMY

Die ersten paar Mal, in denen ich den Highlander in einem Kilt sehe, kann ich mich noch zurückhalten, etwas zu sagen, und futtere stattdessen Himbeeren und Schokoplätzchen und trinke meinen Cappuccino. Aber nach etwa einer halben Stunde ist Connor im Kilt und mit nacktem Oberkörper zu sehen, und es geht nicht mehr. „Hast du auch einen?", platze ich heraus.

Sean runzelt die Stirn. „Einen was?"

„Einen Kilt."

„Natürlich habe ich einen."

„Zeigst du ihn mir?"

„Jetzt?"

„Jawohl!" Ich schnappe mir die Fernbedienung und schalte auf Pause. „Und natürlich anziehen. Nicht nur zeigen."

„Es ist aber gerade so gemütlich hier. Mit der Decke und Händchenhalten."

Ich entziehe ihm meine Hand und sehe ihn flehend an.

„Du hast Blicke drauf – das ist unglaublich, Emmy."

„Bitte!"

Sean lächelt. „Aye, meine Blume."

Er benutzt Connors Worte für seine Geliebte für mich und mir wird ganz warm ums Herz.

Sean schlägt die Decke zur Seite, steht auf und sprintet die Treppe nach oben.

Ich bin so aufgeregt und sehe Sean schon in voller Montur vor mir. Mit dem Kilt und dieser kleinen

Ledertasche, Kniestrümpfen, einem weißen Hemd und einer Weste oder Jacke. Plötzlich erschallt Queens ‚Who Wants To Live Forever' durchs Haus und Sean kommt die Treppe herunter zurück ins Wohnzimmer. Er sieht ganz anders aus, als ich es mir ausgemalt habe, aber viel besser! Denn er schenkt mir die volle MacLeod-Nummer aus der Szene und trägt zwar nach wie vor die Wollsocken, aber ansonsten nur den Kilt!

Meine Güte! Sean ist der schönste Mann auf der ganzen Welt! Sein muskulöser Oberkörper könnte nicht definierter sein und der Kilt sitzt gefährlich tief auf seinen schmalen Hüften! Nervös knülle ich die Decke in meinen Händen zusammen.

„Zufrieden?", fragt Sean und zieht amüsiert eine Augenbraue hoch.

„Ja", krächze ich, bevor ich mich energisch räuspere. „Ich meine, das sieht … also … ich würde jedes Buch und jede Zeitschrift mit dir auf dem Cover kaufen! Wieso bist du nicht Model geworden?"

Er zuckt mit den Schultern. „Ich bin nicht so der extrovertierte Typ und es hat mich auch nie besonders gereizt."

„Verstehe ich." Ich lege den Kopf schief. „Sag mal, hast du unter dem Kilt etwas an?"

Sean zwinkert mir zu. „Das wirst du vielleicht irgendwann erfahren, allerdings musst du vorher eine Verschwiegenheitserklärung unterschreiben. Wir machen gerne ein Geheimnis darum."

Ich grinse. „Selbstverständlich."

„Okay, ich ziehe mich mal wieder um."

„Also, wegen mir nicht!", erwidere ich sofort. „Das würde auch den Film auf eine totale Meta-Ebene heben! Das Leben imitiert die Kunst und so."

„Ist klar, Baley." Sean grinst breit. „Bin gleich wieder zurück."

Und schon rennt er zur Treppe und gönnt mir dabei für einen kurzen Moment tatsächlich einen wehenden Kilt! Ich bin verloren!

SEAN

Gerade noch hat Emmy lebhaft eine Szene im letzten Drittel des Films kommentiert und dabei fest meine Hand gedrückt, als sie nach ein paarmal gähnen plötzlich wie in Zeitlupe in meine Richtung kippt und einschläft.

Lächelnd ziehe ich die Decke höher, lege meinen Arm behutsam um sie und mein Gesicht an ihr Haar. Es ist ganz weich und duftet nach Limone.

Vorsichtig, um sie nicht zu wecken, stoppe ich den Film und genieße die Stille, die nur von Emmys ruhigem Atmen und dem Knacken des Holzes im Ofen unterbrochen wird.

Ich schließe ebenfalls die Augen und träume davon, wie es wäre, wenn Emmy hierbleiben würde. Bei mir. Ich würde ihr alle Wünsche von den Lippen ablesen, mit ihr wandern und klettern gehen, sie ständig zeichnen, mit ihr nächtelang reden, ihr aus Büchern vorlesen und ihr lauschen, wenn sie mir vorliest. Wir würden herumfahren und all meine Lieblingsplätze besuchen und neue Lieblingsplätze finden, die dann uns beiden gehören. Wir könnten in Ausstellungen gehen und ich könnte sie nach ihrer Meinung für neue Ideen für meine Gemälde fragen.

Und ich würde sie auf Händen tragen und bei allem unterstützen, was sie gerne tun würde. Egal, was es ist. Wenn sie Antiquitäten verkaufen will, suchen wir nach einer Ladenfläche für sie. Wenn sie meine Social-Media-Managerin werden will, ist auch das in Ordnung. Wenn sie eine freiwillige Feuerwehr in Glenndoon ins Leben rufen oder einen Hof für ausgemusterte Zirkustiere eröffnen will, bin ich ebenfalls dabei. Ich will ihr einfach immer nur den Rücken stärken und ihr helfen, ihre Träume zu erfüllen, über die ich noch viel zu wenig weiß.

Und wir würden uns küssen und uns lieben. Immer und überall. Ich möchte Emmy am Steinkreis küssen und lieben, wenn der Vollmond ihre nackte Haut in reines Silber verwandelt.

Emmy regt sich und ich öffne die Augen. Sie hat ihre ebenfalls geöffnet und sieht mich an – so süß müde, dass ich sie am liebsten küssen würde.

„Wie lange war ich weg?", fragt sie verschlafen.

„Nicht lange. Vielleicht zehn Minuten." Ich streiche ihr eine Strähne aus dem Gesicht. „Willst du hier schlafen, Emmy? Also, im Gästezimmer oder vielleicht bei mir? Ich werde auch ein echter Gentleman sein."

Lächelnd setzt Emmy sich auf und drückt meine

Hand, bevor sie sie loslässt. „Das glaube ich dir und es ist verlockend, aber ich denke, ich fahre ins Heather zurück. Wir wollen morgen ja wandern gehen. Ich müsste dann sowieso erst in den Pub, damit ich meine Leuchtfeuer-Wander-Montur wieder anziehen und meinen Rucksack holen kann. Außerdem habe ich ein bisschen Angst, dass Alison einen Suchtrupp losschickt, wenn sie nicht die Dielen knarren hört und weiß, dass ich zurück bin. Und wenn du ihr Bescheid sagst, dass ich über Nacht hierbleibe, wird es morgen das halbe Dorf wissen und deine Mutter schon Hochzeitsmagazine kaufen und Disney-Tapeten fürs Gästezimmer aussuchen."

Ich muss lachen. „Okay, dann lasse ich dich gehen, wenn auch schweren Herzens."

„Ich ziehe mich schnell um. Soll ich deine Sachen mitnehmen und waschen?"

„Wo denn?" Ich schmunzle. „Im Teich am Steinkreis? Oder hast du eine Waschmaschine aus der Neuen Welt mitgebracht?"

„Äh …"

„Kein Problem, Emmy. Wirklich nicht. Lass sie einfach im Bad liegen."

„Okay. Bis gleich."

Sie verschwindet im Obergeschoss und ich bringe die Tassen zum Spülbecken. Ich bin auch müde, aber ich hätte Emmy wirklich gerne noch länger bei mir gehabt. Viel zu schnell ist sie zurück und schwenkt den Autoschlüssel.

„Ich bin so weit."

„Alles klar." Hand in Hand gehe ich mit ihr hinaus in die Dunkelheit zu ihrem Mietwagen. „Wäre dir morgen etwas später recht zum Wandern? So um zwölf? Ich muss vorher noch ein bisschen arbeiten. Ein paar Sachen für die Weberei klären."

„Kein Problem! Dann kann ich länger schlafen und mit Alison Zeit verbringen, wenn sie nicht zu beschäftigt ist."

„Sehr gut. Und ich kümmere mich wieder um die Verpflegung – du musst also nichts besorgen."

„Klasse!"

Emmy zögert einen Moment, dann geht sie auf die Zehenspitzen und küsst meine Wange.

„Gute Nacht, Sean. Ich freue mich schon."

„Ich mich auch. Gute Nacht, Emmy."

Ich lasse ihre Hand los und warte, bis ich die Rücklichter nicht mehr sehen kann, dann gehe ich ins Haus zurück. Ich lösche die Lichter und mache mich bettfertig.

Bevor ich mich allerdings hinlege, hole ich das T-Shirt, das Emmy getragen hat. Ich lege es auf mein Kopfkissen und schlüpfe unter die Decke, bevor ich mein Gesicht auf das Shirt lege und ihren Duft tief einatme.

Oh Emmy! Meine Emmy!

KAPITEL 15

EMMY

Während ich vor dem Pub auf Sean warte, gehe ich nochmal den gestrigen Abend durch. War es ein Fehler gewesen, zu gehen, statt bei ihm zu schlafen? War es doof, ihm nur einen Kuss auf die Wange zu geben? Vielleicht hat das beides zu distanziert auf ihn gewirkt, obwohl ich ihm ja bereits bei unserem Ritt auf Dancer gesagt habe, dass ich wünschte, ich könnte länger bleiben und dass sich mit ihm alles so vertraut anfühlt. Ganz zu schweigen davon, dass wir gestern auf der Couch exzessiv Händchen gehalten haben, nach unserem ersten scheuen Versuch auf dem Weg zum Steinkreis.

Ich bin so in Gedanken versunken, dass ich Seans Auto erst bemerke, als er damit direkt vor mir hält. Schnell laufe ich auf die Beifahrerseite und steige ein. „Guten Morgen!"

„Guten Morgen, Emmy. Gut geschlafen?"

„Und wie! Ich war sofort weg, als ich im Bett lag, und bin erst wieder aufgewacht, als der Wecker geklingelt hat."

„Ging mir auch so."

Ich streichle kurz die Tür auf meiner Seite. „Hallo Baby! Es freut mich sehr, wieder mit dir unterwegs zu sein." Ich wende mich Sean zu. „Ich dachte, es wäre gut, wenn ich deine Kleine auch begrüße", flüstere ich.

„Das hast du ganz wunderbar gemacht", flüstert er zurück.

Ich lege den Sicherheitsgurt an. „Willst du mir jetzt verraten, wo es hingeht?"

„Der Name des Tals würde dir nichts sagen. Es liegt ziemlich versteckt, weshalb es kaum jemand kennt. Da wandern wir zu einem meiner Lieblingsplätze. Wallace hat ihn mir mal gezeigt. Was es da zu sehen gibt, verrate ich aber nicht. Apropos Wallace – er hat nichts dagegen, wenn wir uns morgen Dancer für einen kleinen Ritt ausleihen wollen. Falls du noch Lust hast?"

Mein Herz setzt für einen Moment aus. Wenn Sean dann überhaupt noch irgendwas mit mir unternehmen will. Ich zwinge mich zu einem aufgeregten Nicken. „Das würde ich wirklich gerne!"

„Dann ist es abgemacht."

Das Tal ist wirklich versteckt, denn den Weg, der dorthin führt, habe ich erst bemerkt, als Sean bereits eingebogen ist, und ein Schild gab es vorher auch nicht. Eine halbe Stunde später, als der Weg endet, parkt Sean und wir steigen aus.

„Wir gehen dort hinauf." Er zeigt nach oben. „Und womit ich dich überraschen will, ist dann auf der anderen Seite."

Meine Augen werden groß. „Ich soll da hoch und auf der anderen Seite wieder runter?"

Sean schüttelt lachend den Kopf. „Nein. Es ist nur auf der anderen Hangseite, nicht am Fuße des Bergs."

„Zum Glück!" Ich ziehe meine Jacke aus, weil es ziemlich warm geworden ist, stopfe sie in meinen Rucksack und schultere ihn.

Sean folgt meinem Beispiel und wir gehen los.

Der Aufstieg auf diesen Berg kommt mir nicht so schlimm vor, weil der Pfad sich in weiten Kurven nach oben windet. Sean und ich reden nicht viel miteinander und es fühlt sich gut und nicht etwa peinlich-unangenehm an. Ab und zu zeigt er mir eine Blume oder einen Schmetterling und nennt den Namen, aber den Rest des Weges schweigen wir. Wir konzentrieren uns nur auf den Pfad und ich brauche nicht einmal eine Pause, bis wir oben angekommen sind.

Stolz recke ich die Fäuste in die Höhe. „Ich bin die

reinste Bergziege und ich war ziemlich schnell, oder?"

„Das warst du, aber … äh … wir sind noch lange nicht am Ziel. Das hier ist nicht der Gipfel, den ich dir von unten gezeigt habe. Das war der da drüben. Drei Hügel weiter."

Entsetzt starre ich ihn an, aber Seans Mundwinkel zucken verräterisch. „Ha ha! Nicht witzig, McFain! Du kannst ja so gemein sein!"

„Es war zu verlockend, Emmy. Tut mir leid."

„Tut es dir gar nicht." Ich lache. „Okay, und was willst du mir jetzt zeigen?"

„Wir müssen noch ein Stück hier herübergehen."

Er streckt mir seine Hand entgegen und ich ergreife sie. Wie gut es sich anfühlt! Ich habe das so vermisst! Auf der Fahrt hierher war es sehr umsichtig von Sean gewesen, beide Hände am Lenkrad zu lassen, da immer wieder völlig überraschend Kurven aufgetaucht sind. Zumindest für mich überraschend. Und auf dem Pfad eben hat der Platz nicht ausgereicht, um nebeneinander zu gehen. Aber jetzt geht es!

„Nur noch ein paar Schritte, dann siehst du es."

Gespannt drücke ich seine Hand und plötzlich breitet sich ein wunderschönes, unberührtes Tal vor meinen Augen aus. Ein Tal wie aus einem Märchen! Bis auf ein bisschen Wiese am Hang ist fast alles Weiß und es sieht aus, als hätte es geschneit! „Was ist das?"

„Weißes Heidekraut. Ist ziemlich selten. Und es ranken sich einige Geschichten darum."

„Welche denn?", frage ich neugierig.

„Erzähle ich dir gleich beim Picknick. Dort drüben ist eine freie Stelle – da zerdrücken wir die Heide nicht."

„Also, was hat es jetzt mit dem weißen Heidekraut auf sich?", frage ich nach einem Schluck Wasser und wähle ein Sandwich mit Schinken und Käse aus.

„Nun, es gibt drei Geschichten, die ich kenne. Die erste besagt, dass weißes Heidekraut einen Ort des Friedens markiert, weil es angeblich nur dort wächst, wo kein Blut der Pikten bei einer Schlacht vergossen wurde." Er runzelt die Stirn. „Also, die Pikten waren – "

„Ich bin zwar aus der Neuen Welt, aber ein bisschen weiß ich schon über die Alte Welt", unterbreche ich ihn lachend. „Das sind quasi deine Urahnen und sie waren tätowiert und haben unter anderem gegen die römischen Eroberer gekämpft."

„Richtig." Er grinst.

Ich lasse meine Hand vorsichtig über das Heidekraut neben mir gleiten. „Ich finde es hier auch auffallend friedlich. Vielleicht stimmt die Geschichte. Was erzählt man sich noch?"

„Dass weißes Heidekraut nur auf der Ruhestätte von Feen wächst."

Meine Augen werden groß. „Das wären aber viele!"

Sean zuckt mit den Schultern. „Vielleicht kommen Feen hierher, wenn sie spüren, dass es Zeit für sie wird, in die nächste Welt zu gehen."

„Ist irgendwie traurig, aber auch irgendwie schön. Und Geschichte Nummer drei?"

„Die besagt, dass ein junger Schotte, der weißes Heidekraut findet, noch vor Ablauf des Jahres heiraten wird."

Ich grinse. „Dann kann das ja nicht stimmen. Du hast es ja schon öfter gesehen. Oder warst du schon verheiratet?"

Sean schüttelt lachend den Kopf. „Aber die Geschichte besagt ja, dass es ein junger Schotte sein muss. Als Wallace mir den Platz vor sieben Jahren gezeigt hat, hatte ich meinen Dreißigsten schon gefeiert. Aber Wallace war Anfang zwanzig, als er ihn damals gefunden hat, und behauptet, er hätte seine Frau gleich am nächsten Tag kennengelernt und sie haben noch vor Weihnachten geheiratet."

„Wirklich eine sehr romantische Geschichte, die man dann an jedem Hochzeitstag erzählt, bis jeder sie schon mitsprechen kann. Das ist toll! Das wünsche ich mir auch!" Sean reagiert nicht, sondern sieht in die Ferne und kneift die Augen zusammen. „Äh … Sean?"

„Wie? Hast du etwas gesagt?"

„Ja, aber das war nicht so wichtig. Was ist?"

Er deutet nach vorne. „Die dunklen Wolken bereiten mir Sorgen. Ich habe, bevor ich dich abgeholt habe, selbstverständlich noch das Wetter gecheckt. Da war keine Rede von einem Unwetter, aber das sieht verdammt nach einem Unwetter aus. Und es sieht aus, als ob es ziemlich schnell auf uns zukommt. Wir sollten nicht mehr draußen sein, wenn es losgeht."

Sean springt auf, zieht mich hoch und beginnt, hektisch das Picknick zusammenzupacken. „Sean, ich bin nicht sehr ängstlich, aber jetzt machst du mir Angst."

Er nimmt mich in die Arme. „Tut mir leid, Emmy. Entschuldige. Aber es ist wirklich dringend. Mit einem Sturm hier oben ist nicht zu spaßen. Ich fürchte auch, wir schaffen es nicht mehr zum Auto, aber etwa eine Viertelstunde von hier den Berg wieder runter und dann einen anderen Pfad entlang, hat Wallace eine kleine Hütte. In die gehen wir und dort kann uns nichts passieren."

Erschrocken sehe ich zu ihm auf. „Hütte klingt verdammt nach Holz. Und Holz brennt ziemlich gut. Was ist, wenn ein Blitz einschlägt?"

„Das wird nicht geschehen. Die Hütte hat Wallace' Großvater gebaut. Sie steht also schon ewig. Völlig unversehrt. Außerdem glaube ich nicht, dass es ein Gewitter geben wird, aber Sturm und Regen. Wir müssen uns beeilen. Und wir sollten unsere Jacken anziehen."

Sean lässt mich los und ich helfe ihm, so schnell ich kann, und versuche gleichzeitig, meine aufsteigende Panik energisch zu unterdrücken. Dann schlüpfen wir in unsere Jacken und machen uns auf den Weg.

Wir sind gerade mal zehn Minuten unterwegs, als der Himmel sich verdunkelt. Ein starker Wind kommt auf, der gnadenlos an meinen Haaren, meiner Kleidung und dem Rucksack zerrt. Ich bin unendlich dankbar, dass der Pfad Richtung Hütte breiter ist und Sean meine Hand ganz fest hält.

Im nächsten Augenblick hört der Sturm auf, als hätte es ihn nie gegeben, dafür öffnen sich über uns die Schleusen und heftiger Regen prasselt auf uns herab. Schnell ziehen wir beide unsere Kapuzen über den Kopf. Sean hilft mir, einen festen Knoten unter meinem Kinn zu binden, weil meine Kapuze offensichtlich denkt, sie ist ein Segel, und spontan versucht, mit mir abzuheben. Es regnet so stark, dass ich alles vor mir nur noch wie durch einen Schleier wahrnehme und immer wieder auf dem glitschigen, unebenen Pfad ausrutsche. Nur Seans Griff bewahrt mich davor, hinzufallen. Plötzlich stoppt er und dreht mich zu sich um.

„Vertraust du mir, Emmy?"

Ich nicke.

„Gut. Ich werde dich jetzt tragen. Ich habe wirklich Angst, dass du ernsthaft stürzt. Und ein verstauchter Knöchel wäre das letzte, das wir jetzt gebrauchen können." Er geht ein Stück in die Hocke. „Klammere dich an meinen Oberkörper wie ein Äffchen. Und ich entschuldige mich vorab schon mal, dass ich deinen Hintern anfassen muss, um dich zu halten."

Zu erschöpft, um zu protestieren, und von dem Wetter völlig eingeschüchtert, lege ich meine Arme um seinen Nacken. Sean hebt mich hoch und ich schlinge meine Beine um seine Hüfte und ducke mich zur Seite, damit er etwas sehen kann. Er verschränkt die Hände unter meinem Po und rennt los. Ein Teil meines Gehirns fragt sich, wie er mit mir auf diesem langsam ziemlich aufgeweichten Pfad bei dem Wetter überhaupt so sicher rennen kann. Der weit größere Teil zittert vor Angst, denn dass Sean rennt, bedeutet wirklich nichts Gutes.

Ich schließe die Augen und es kommt mir wie eine Ewigkeit vor, bis Sean schweratmend stehenbleibt und ich plötzlich keinen prasselnden Regen mehr auf mir fühle. Erstaunt sehe ich mich um. Wir stehen unter einem Vordach. Dem Vordach einer kleinen Hütte!

„Alles gut, Emmy. Wir haben es geschafft."

Er küsst sanft meine Stirn, bevor er mich vorsichtig absetzt und die Tür direkt hinter mir öffnet.

„Wieso ist nicht abgeschlossen? Ist vielleicht jemand hier?"

Sean schüttelt den Kopf und schiebt mich hinein, bevor er die Tür schließt. „Wallace hält die Hütte immer offen, falls Wanderer in Not Schutz suchen müssen. Wie wir."

Zitternd bleibe ich stehen und sehe dabei zu, wie Wasser von meinen Sachen auf den Holzboden tropft. „Sean, ich komme mir ein bisschen albern vor, aber ich weiß nicht, was ich jetzt machen soll. Ich war noch nie in so einer Situation." Ich merke selbst, wie weinerlich meine Stimme klingt, aber das ist mir gerade alles ein bisschen zu viel.

„Du musst gar nichts machen. Ich kümmere mich um dich, Emmy."

Er öffnet den Knoten, streift meine Kapuze nach hinten und küsst meine Nasenspitze, dann nimmt er mir den Rucksack ab und stellt ihn beiseite. Wie bei einem kleinen Kind zieht er den Reißverschluss meiner Jacke nach unten, zieht sie mir aus und hängt sie an einen der Haken neben der Tür, bevor er sich hinkniet und mir aus den Schuhen hilft.

Ich schlinge die Arme um mich und zittere so heftig, dass meine Zähne klappern.

Sean zieht ebenfalls schnell seine Sachen aus, dann führt er mich zu einem Feldbett, das vor dem Kamin steht, und auf dem Kissen und ein ganzer Stapel Decken liegen. Er schiebt alles zur Seite und setzt mich vorsichtig hin.

„Dein T-Shirt und deine Socken sind trocken geblieben, aber die Hosenbeine sind ganz nass. Also von außen. Das Material ist wasserdicht, deine Beine sollten demnach trocken sein. Aber du musst die Hose ausziehen, sonst wird hier auch alles nass. Wickel dich in ein paar Decken und ich mache inzwischen Feuer.“

„Okay.“ Sean dreht sich um und ich stehe auf, ziehe die Hose aus und binde mir eine Decke als langen Rock um die Hüfte. Eine weitere werfe ich mir über die Schultern, trage die Hose zur Tür und hänge sie neben meiner Jacke auf. Dann nehme ich wieder auf dem Feldbett Platz und sehe Sean zu.

Er hat aus einer großen Kiste, die neben dem Kamin steht, dicke Holzscheite, schmalere Hölzer, lange Streichhölzer und irgendwas, das wie kleine Knäuel aus aufgewickelten Holzspänen aussieht, geholt und baut nun aus den großen Scheiten mit sicheren Handgriffen eine Art Turm. Darauf legt er die kleineren Hölzer ebenfalls als Turm, in deren Lücken er die Knäuelchen steckt und sie schließlich mit einem Streichholz anzündet. Sofort fängt es an zu brennen.

Sean dreht sich zu mir um, geht in die Hocke und rubbelt mit den Händen über die Decke, die ich um meine Beine geschlungen habe.

„Wir haben Glück, dass der Sturm aufgehört hat, sonst könnte er den Rauch wieder nach unten drücken, was nicht ungefährlich ist. Aber jetzt ist alles gut, Emmy. Wir sind in Sicherheit."

„Es tut mir so leid, Sean."

„Was denn?", fragt er sanft.

„Dass ich so vollkommen nutzlos war. Hier und auf dem Pfad."

„Ach Emmy, das muss dir doch nicht leidtun. Das ist alles fremd für dich. Ich finde, du hast dich gut geschlagen. Du bist nicht erstarrt, sondern losgelaufen."

Ich verziehe das Gesicht. „Und dann musstest du mich tragen."

„Ich habe dich gerne getragen, Emmy. Du hättest es im Notfall auch alleine geschafft, das weiß ich, aber ich hatte wirklich Angst, dass du dich verletzt. Und ich hatte Angst, dass der Pfad bald so aufgeweicht ist, dass auch ich nicht mehr sicher hätte laufen können und gestürzt wäre."

„Das sagst du doch jetzt nur so."

„Gar nicht wahr. Ist wirklich mein Ernst. Pfadfinderehrenwort."

Jetzt muss ich lachen. „Du warst doch wahrscheinlich genauso wenig bei den Pfadfindern wie ich."

„Das stimmt, aber es gilt trotzdem. So wie du es zu mir gesagt hast. Weißt du noch?"

„Klar weiß ich das noch. Ich sollte Stillschweigen über den Liebesgesang für dein fahrendes Baby bewahren."

„Genau." Er grinst. „Geht es dir jetzt schon besser?"

„Viel besser. Danke für alles, Sean."

„Nichts zu danken." Er richtet sich auf und breitet die Arme aus. „Dann also willkommen in Wallace' Hütte! Sobald ich meine Hose losgeworden bin, werde ich dir eine Führung geben. Du darfst dabei sitzenbleiben. Es gibt nicht viel zu sehen. Und ich muss selbst erstmal schauen, was ich Nützliches finden kann."

Ich ziehe die Beine hoch und schlinge meine Arme darum. „Dann zieh dich aus und zeig mir alles."

„Äh … ich soll vor dir strippen?"

Ich verdrehe die Augen und werfe ihm eine Decke zu. „Nachdem du deinen langen Decken-Kilt angelegt hast, sollt du mir alles in der Hütte zeigen."

„Ach so." Lachend geht Sean hinter mich. „Aber nicht gucken."

„Gäbe es da denn etwas Interessantes zu sehen?"

„Ich finde schon, aber ich will dich nicht in

Verlegenheit bringen."

„Danke." Ich kichere. Gleich darauf steht er wieder vor mir. „Sieht gar nicht übel aus." Ich nicke anerkennend. „Du kannst echt alles tragen."

Jetzt verdreht Sean die Augen. „Also gut, die Führung." Er zeigt nach hinten. „Das ist der Kamin."

„Ach?" Ich pruste los. „Spannend!"

„Eben. Und das ist das Feldbett. Sehr gemütlich, wenn man alleine ist. Sehr ungemütlich, wenn man zu zweit ist. Deshalb werde ich uns nachher ein gemütliches Lager vor dem Kamin herrichten."

„Klingt wundervoll!" Ich strahle ihn an. Sean geht zu einem selbstgezimmerten Schrank auf der anderen Seite des Kamins – dem einzigen Möbelstück in der Hütte, außer dem Feldbett.

„Und hier haben wir …", er öffnet die Türen, „… zwei Petroleumlampen." Er schüttelt sie und es gluckert. Zufrieden zündet er sie an, stellt eine davon auf den Sims und dreht sie auf.

Sofort wird es schön hell. „Das sieht sehr romantisch aus!"

„Finde ich auch." Sean hält die andere Lampe hoch und leuchtet in den Schrank. „Dann haben wir hier noch ein Radio. Hoffentlich sind die Batterien nicht leer."

Er schaltet es ein und es funktioniert. Erst ist nur Rauschen zu hören, als Sean nach einem Sender sucht, doch auf einmal erklingt leise Jazzmusik. Ich seufze wohlig.

Lächelnd stellt Sean es ebenfalls auf den Kaminsims, bevor er wieder in den Schrank schaut. „Eine Spielesammlung steht uns auch zur Verfügung. Keine Ahnung, wie vollständig. Und es gibt zwei Bücher. Einen Ratgeber über Pferdehaltung und …" Erstaunt hebt er beide Augenbrauen.

„Was denn noch?", frage ich neugierig.

„Äh … ein historischer Liebesroman mit einem Piraten vorne drauf, der eine schmachtende Frau in seine Arme reißt. Wallace, Wallace, Wallace – wer hätte das gedacht? Damit werde ich ihn noch Jahre aufziehen können, selbst wenn das Buch nicht ihm gehört!"

Ich kichere. „Wie heißt das Werk?"

„Brennende Leidenschaft im Schatten der Totenkopfflagge." Sean wirft es mir mit einem amüsierten Blick zu. „Da ich davon ausgehe, dass wir hier übernachten müssen, weil der Weg zum Auto wahrscheinlich unpassierbar ist, werde ich dir daraus zum Einschlafen vorlesen."

„Kann es kaum erwarten!" Ich zucke plötzlich erschrocken zusammen. „Alison und deine Eltern werden sich Sorgen machen!"

Sean nickt. „Als ich hinter dir gestrippt und meine Sachen aufgehängt habe, habe ich das Handynetz gecheckt. Hier drinnen haben wir keins. Aber sobald der Regen etwas nachgelassen hat, gehe ich raus, suche Netz und schicke ihnen eine Nachricht, dass es uns gutgeht, wir in Wallace' Hütte sicher sind, noch vom Picknick genug Essen und Trinken übrig haben und nicht gerettet werden müssen."

Erleichtert atme ich auf. „Was ist noch im Schrank?"

„Ein Gaskocher." Er schüttelt ihn. „Voll. Ein kleiner Topf. Verschiedene Konserven mit Suppe, noch nicht abgelaufen. Das wird ein Festmahl! Dann haben wir noch dicke Kerzen, zwei große Tassen mit Löffeln, ein paar Gläser und eine Flasche Whisky! Gar kein so übler. Ich liebe dich, Wallace!" Sean gießt uns sofort einen Schluck ein und reicht mir ein Glas. „Das wird uns aufwärmen."

Vorsichtig nehme ich einen Schluck. Der Whisky brennt in meinem Hals und ich muss husten, aber er tut wirklich gut.

Sean trinkt ebenfalls, ohne zu husten, bückt sich und sieht in das unterste Regal. „Außerdem ein kleines Handtuch und zwei Rollen Toilettenpapier, noch in Plastik eingepackt."

„Oh ... äh ... was das angeht ... ich nehme nicht an, dass es hier ein Badezimmer gibt?"

„Leider nein. Aber es gibt hinter dem Haus eine Kompost-Toilette mit einem winzigen Waschbecken, das mit gefiltertem Regenwasser funktioniert. Die Enkel von Wallace haben das alles vor ein paar Jahren gebaut, weil sie hier oben wenigstens ein bisschen Luxus haben wollten. Vorher gab es nur den Weg in die Natur und das bei jedem Wetter."

Seufzend stehe ich auf, raffe meinen improvisierten Rock und strecke die Hand aus. „Dann werde ich das Luxusbad mal testen. Das Geräusch des Regens verfehlt seine Wirkung nicht."

Sean reicht mir lachend eine Rolle und das Handtuch. „Am besten gehst du links um die Ecke bis zum Klohäuschen. Das Vordach reicht fast ums halbe Haus herum, weil Wallace dort auch Holz lagert. Dann bleibst du trocken. Wenn etwas ist, ruf um Hilfe und ich rette dich."

„Ich glaube, das kriege ich noch selbst hin, aber danke." Ich schlurfe zur Tür, schlüpfe in Hose, Schuhe und Jacke und mache mich auf den Weg.

KAPITEL 16

SEAN

Während Emmy draußen ist, breite ich mehrere Decken auf dem Boden aus und lege welche zum Zudecken darauf. Das Feuer im Kamin lodert, die Flammen tanzen und so langsam verbreitet sich eine wohltuende Wärme.

Ein paar Kissen platziere ich vor dem Feldbett, damit wir bequem sitzen können. Alles, was noch vom Picknick zum Essen übrig ist, stelle ich zusammen mit den Thermoskannen mit Kaffee und Tee, dem Fläschchen Milch und den beiden Flaschen Wasser neben den Decken auf den Boden. Auch den Gaskocher, den Topf, die Konserven und die Tassen mit den Löffeln stelle ich dazu. Zum Schluss stelle ich noch ein paar der Kerzen auf den Kaminsims und zünde sie an und lege den Liebesschmöker aufs Feldbett.

Zufrieden sehe ich mich um. Sieht alles gar nicht so übel aus. Wenn man das fehlende Schlafzimmer und Bad und das Nichtvorhandensein von Möbeln ignoriert, wirkt die Hütte fast wie ein romantisches Tiny House für frisch Verliebte. Was ich definitiv bin!

Emmy kommt zurück und äußert sich lobend über die Idee von Wallace' Enkeln, die ihr einige Unannehmlichkeiten in der schottischen Wildnis erspart hat. Als sie sich aus ihrer Jacke und Hose geschält, die Wanderschuhe ausgezogen und sich die Decke wieder umgeschlungen hat, wobei ich sie natürlich nicht beobachtet habe, dreht sie sich zu mir um und ihre Augen werden groß.

„Sean! Das sieht zauberhaft aus!"

Ich strecke ihr meine Hand entgegen. „Bitte nimm doch Platz. Es ist serviert." Kichernd kommt sie auf mich zu und lässt sich von mir auf die Kissen helfen. Ich setze mich neben sie und decke uns zu. „Möchtest du einen Schluck Kaffee? Er ist bestimmt noch annehmbar warm."

„Sehr gerne, aber du musst mich nicht bedienen."

„Ich will es aber." Ich reiche ihr die Kanne und die Milch und nehme mir selbst den Tee. Wir schrauben die Becher ab, gießen und ein und trinken ein paar Schlucke.

Emmy seufzt wohlig. „Jetzt, da ich keine Angst mehr habe, ist es toll, wie unsere Tour sich entwickelt hat. Ich glaube, ich wäre gerade nirgendwo lieber als hier. Obwohl ich so gerne mit dir ein wenig geklettert wäre."

„Das holen wir morgen nach. Am Ortseingang von Glenndoon gibt es einen Felsen. Da können wir auf Dancer hinreiten. Wie wäre es mit etwas Warmem zu essen? Wir haben zweimal Nudelsuppe, eine Tomatensuppe und eine Gulaschsuppe."

„Ich kann mich nicht entscheiden. Alles?"

„Perfekte Wahl! Dann heben wir die Sandwiches fürs Frühstück auf und fangen mit der Gulaschsuppe an." Ich stelle den Brenner auf mittlere Hitze ein, reiße die Dose auf, gieße den Inhalt in den kleinen Topf und stelle ihn auf den Gaskocher. „Eine Viertelstunde wird es laut Anweisung auf der Konserve ungefähr dauern."

Emmy schüttelt den Kopf. „Du bist wirklich erstaunlich."

„Wieso?"

„Du bist einfach …" Sie ringt mit den Händen. „… alles! Ich meine, ja, ich habe dir das schon gesagt, aber ich komme einfach nicht darüber hinweg. Du bist kreativ, mitfühlend, siehst aus wie ein Model oder ein Filmstar, bist witzig und charmant und intelligent, hilfsbereit und selbstlos. Du hast dich um mich gekümmert und warst kein bisschen genervt, dass ich mich so tollpatschig da draußen angestellt habe. Und jetzt schaffst du es, aus unserer Notlage ein unvergessliches, romantisches Erlebnis zu zaubern. Ich verstehe einfach nicht, wieso du noch nicht vergeben bist?"

„Also, abgesehen davon, dass du überhaupt nicht tollpatschig warst und ich das alles auch über dich sagen könnte und es auch schon gesagt habe – ich habe eben einfach noch nicht die Richtige gefunden. Die, bei der man es einfach weiß. Mit der man auch mit 80 noch Händchenhalten will, und nie ohne einen Kuss jemals das Haus verlassen würde. Weißt du, was ich meine?"

Emmy nickt. „Das sehe ich genauso."

Ich stelle die Hitze höher und rühre die Suppe um. „Und ich stelle die Gegenfrage – wieso hat dich noch keiner weggeschnappt?"

„Aus dem gleichen Grund. Es war einfach nie der Richtige."

Einen Moment überlege ich, nicht weiter nachzufragen, aber dann gebe ich mir einen Ruck, weil ich es wirklich wissen will. „Wie war dein letzter Freund so? Du hast gesagt, die Beziehung wäre schon eine Weile her – wieso hat es nicht funktioniert?"

Emmy tippt sich nachdenklich mit dem Becher gegen die Lippen und sieht in die Flammen. Dann zuckt sie mit den Schultern.

„Er war der Bruder einer guten Bekannten und sie hat uns verkuppelt, weil sie dachte, wir passen gut zusammen. So ganz unrecht hatte sie nicht. Wir haben uns sofort gut verstanden. Er war Grundschullehrer, unglaublich nett und wir konnten stundenlang miteinander reden, doch ich habe kein Feuer gespürt und hatte kein Herzklopfen, wenn ich an ihn gedacht habe. Nicht einmal, wenn ich ihn gesehen habe. Aber er gab mir ein Gefühl von Sicherheit und hat mich mit Komplimenten und kleinen Aufmerksamkeiten überschüttet und das war es, was ich damals brauchte. Ich war in einer Phase, in der ich nur an mir gezweifelt habe, und er hat mir gutgetan."

Emmy wendet sich mir zu und zuckt wieder mit den Schultern.

„Alles war süß und lieb mit ihm und ich konnte mich auf ihn verlassen. Er hat sich ein Bein ausgerissen, um mich glücklich zu machen. Also wollte ich ihn auch glücklich machen und habe das fehlende Feuer und Herzklopfen ignoriert. Meine Eltern mochten ihn auch, aber Mum wusste gleich, dass er nicht der Mann war, der wirklich zu mir passte. Schließlich habe ich eingesehen, dass das alles nicht richtig war. Weder fair ihm gegenüber noch mir. Also habe ich mich von ihm getrennt. Es war schwer und er hat es auch nicht einfach so hingenommen, wollte an unserer Beziehung arbeiten, aber irgendwann hat er ebenfalls losgelassen. Und erst vor kurzem habe ich ihn mit einer Frau auf der Straße entdeckt und er sah unglaublich glücklich aus. Er hat sie auf eine Art angesehen, die ich von ihm nicht kannte. Es war also doch das Beste, wie alles gelaufen ist. Ich habe mich ehrlich für ihn gefreut." Sie lächelt. „Und was meine Beziehungen davor angeht – die sind nicht der Rede wert. Und so viele waren es auch gar nicht. Und bei dir?"

Ich seufze. „Ich hatte auch nicht viele. Also ernsthafte Beziehungen. Als ich in London studiert habe, hatte ich zwar einige Freundinnen, aber das war nur Spaß und hat alles nichts bedeutet. Und danach kam ich mir immer irgendwie leer vor. Es hat die Sehnsucht nach der Richtigen noch geschürt. Ich habe dann Aurélie kennengelernt, die in meinem letzten Jahr an meiner Uni ein Auslandssemester eingelegt hat. Wir kamen zusammen und ich war glücklich mit ihr, aber eigentlich war mir klar, dass uns nur die Kunst zusammenhielt und es darüber hinaus nicht besonders viele Gemeinsamkeiten gab. Als ich meinen Abschluss in der Tasche hatte und ihr Semester vorüber war und es darum ging, ob sie wegen mir in London bleiben oder ich mit ihr nach Lyon gehen soll, haben wir beide beschlossen, dass keins von beidem eine gute Idee wäre. Und dann hatte Dad den Unfall und ich bin nach Glenndoon zurückgekehrt – und hier gibt es keine große Auswahl an potentiellen Freundinnen. Eher gar keine."

Emmy schmunzelt.

„Und ich hatte damals auch ganz andere Dinge im Kopf", fahre ich fort. „Ich musste mein komplettes Leben umkrempeln, Abschied nehmen von meinem großen Traum, bei meinen Eltern wieder einziehen und mich in der Weberei einarbeiten. Dann habe ich das Haus gebaut und das Atelier – da war auch viel zu tun." Ich bemerke, dass die Suppe kocht, drehe den Regler runter und rühre um.

„Und dann ist irgendwann Jessica aufgetaucht", sagt Emmy leise. „Erzählst du mir von ihr?"

„Ja. Gleich. Erstmal müssen wir die Suppe probieren. Ich denke nämlich, sie ist fertig. Willst du mal testen, ob das Fleisch schon gut ist?" Emmy nickt und ich tauche einen Löffel in den Topf, fische ein Stückchen heraus und halte eine der Tassen darunter. Als Emmy nach dem Löffel greifen will, ziehe ich meine Hände weg. „Nicht so schnell! Ich muss doch erst pusten!"

Emmy lacht. „Sehr fürsorglich von dir."

„Immer." Ich puste sehr lange und sehr übertrieben. „Und jetzt Mund auf." Kichernd folgt sie meiner Anweisung und ich füttere sie. „Und?"

Sie kaut ebenfalls sehr lange und sehr übertrieben, dann schluckt sie und grinst. „Lecker! Harris muss sich warm anziehen! Es gibt einen neuen Chefkoch im Dorf!"

„Da danken wir wohl eher dem Hersteller und Wallace' Wahl beim Einkauf! Wir müssen nächste Woche unbedingt nochmal hierher und alles wieder aufstocken und –" Ich breche ab. „Nein. Nicht wir. Du wirst schon wieder in New York sein."

Emmy seufzt. „Glaub mir, ich wäre dann lieber noch hier."

Ich nicke, fülle die Suppe in die Tassen und reiche Emmy ihre Portion. Einen Moment essen wir schweigend, dann räuspere ich mich. „Also, Jessica … sie kam aus Kanada und war als Touristin in den Highlands. Ihre Eltern waren als junges Ehepaar mal hier gewesen und haben immer davon geschwärmt. Jessica hatte sich in einem Nachbardorf einquartiert, aber ich wurde ihr als Tourguide empfohlen, also kam sie nach Glenndoon und hat mich engagiert. Sie war unglaublich ehrgeizig und wollte die schwersten Touren absolvieren. Sie ging selbst den höchsten Berg und die anspruchsvollste Kletterroute wie einen Wettkampf an und gab nie auf. Das hat mir imponiert und mich für sie eingenommen. Ich bewunderte sie und fand sie umwerfend. Da war ich allerdings der Einzige. Meine Eltern und alle in Glenndoon waren zwar freundlich zu ihr, aber es gab da immer diese höfliche Distanz. Als hätten sie schon etwas in ihr gesehen, dass ich nicht sehen konnte. Sie haben sie einfach nicht ins Herz geschlossen." Zärtlich sehe ich Emmy an. „Im Gegensatz zu dir."

Sie errötet leicht und sieht unglaublich bezaubernd dabei aus.

„Jessica hatte sich ein Sabbatical genommen und konnte deshalb vier Monate bleiben. Wir waren mehr oder weniger jeden Tag zusammen und haben uns verliebt. Als ich ihr angeboten habe, bei mir zu wohnen, hat sie sofort Ja gesagt. Ich war wirklich glücklich und dachte, dass sie die Richtige ist." Ich verziehe das Gesicht. „War sie aber nicht."

Emmy sagt nichts. Sie stellt nur ihre leere Tasse Suppe weg, schenkt sich noch einen Kaffee ein und sieht ins Feuer. Ich bin froh, dass sie nichts sagt. Ich will es mir einfach nur von der Seele reden. Schnell esse ich die Suppe auf, gieße Tee in meinen Becher und sehe ebenfalls in die Flammen.

„Als Jessica wieder zurück nach Montreal musste, haben wir uns versprochen, dass wir eine Fernbeziehung durchhalten und uns so oft wie möglich besuchen. Was ich kurz darauf getan habe, aber da fingen die Probleme an. Sie war plötzlich völlig verändert und ich war ihr offensichtlich nicht mehr gut genug. Deshalb verkaufte sie vor Freunden und Kollegen meine angeblich tragische Geschichte, um mich aufzuwerten … und sich selbst. Sie erzählte jedem, dass ich dieser vielversprechende, studierte Künstler bin, der aus Selbstlosigkeit auf seine Karriere bei einer Pariser Galerie verzichtet hat, um seinen Eltern zu helfen. Das kam überall gut an. Und in den maßgeschneiderten Anzügen, in denen sie mich herumgezeigt hat, hatte jeder sofort den Eindruck, dass ich in die Welt des Glamours gehörte und nicht in ein schottisches Dorf, von dem niemand jemals etwas gehört hatte. Wie du hat Jessica noch in Glenndoon ständig versucht, mir Social Media schmackhaft zu machen, um mich als Künstler wieder ins Gespräch zu bringen, aber sie hatte völlig andere Motive. Ihr ging es gar nicht um meine Gemälde und meine Träume, sondern darum, dass ich als Geschäftsführer einer kleinen Familienweberei und als Tourguide nicht in ihr Leben als Anwältin und Juniorpartnerin in einer Topkanzlei passte. Als angesagter Maler aber schon! Sie wollte also eigentlich nur eines – aus mir einen Mann machen, mit dem sie angeben konnte."

Ich schnaube und esse ein wenig von der Suppe, bevor ich fortfahre.

„Sie hat alles Mögliche probiert, damit ich mich ihren Wünschen und Plänen füge. Hat versucht, mir einzureden, dass meine Eltern prima alleine in der Weberei zurechtkommen. Dass ich für die Großstadt bestimmt bin. Dass ich auf rauschende Feste und in ihr Luxusapartment und in Designerklamotten gehöre.

Als sie mich schließlich dazu überreden wollte, meinen Malstil zu ändern und mehr expressionistisch zu arbeiten, weil ich dann eine Chance hätte, in der Galerie eines ihrer Klienten auszustellen, wurde mir klar, dass ihr meine Gemälde nie gefallen haben und sie gar nichts verstanden hat. Spätestens da hätte ich Schluss machen sollen, aber habe es nicht getan. Stattdessen haben wir uns wochenlang weiter im Kreis gedreht, fast nur noch gestritten und schließlich hat sie mir eines Nachts während eines Telefonats den Laufpass gegeben."

Emmy dreht sich zu mir um und drückt meine Hand.

Ich streichle über ihre Finger. „Zugegeben, es war hart in der ersten Zeit, weil ich die Jessica vermisst habe, die ich kennengelernt hatte, aber dann war ich erleichtert, dass es so gekommen ist, weil ich es verstanden habe. Ich glaube, die romantischste Geschichte der Welt hat ohne tiefe Freundschaft keinen Bestand. Und Jessica und ich waren nie Freunde. Wir sind es aber. Richtig, Emmy?"

„Richtig."

Einen Augenblick lang sehe ich wieder diesen traurigen Ausdruck in ihren Augen und ich habe das Gefühl, dass sie mir etwas sagen will, aber dann stellt sie ihren Becher weg, schlingt die Arme um mich und küsst mich einfach. Es ist ein sanfter Kuss und mein Herz tanzt vor Glück.

EMMY

Ich weiß nicht genau, was über mich gekommen ist. Ich wollte Sean so gerne küssen, also habe ich es einfach getan. Es hat sich richtig angefühlt.

Sean erwidert den Kuss, der süß wie die Sünde und verführerisch schmeckt und ganz zärtlich beginnt. Doch es dauert nicht lang, bevor er stürmischer wird und Sean mich auf seinen Schoß zieht. Seine Arme schlingen sich um mich, seine Lippen wandern zu meinem Hals und ich kann ein leises Stöhnen nicht unterdrücken.

„Oh Emmy …" Er seufzt an meinem Ohr. „Ich will dich schon so lange küssen."

„Seit wann?" Neugierig sehe ich ihn an.

„Seit dem Picknick auf unserer ersten Wanderung, als dir kalt war und ich versucht habe, dich aufzuwärmen. Wir waren uns so nah, doch dann bist du plötzlich abgerückt."

Ich erinnere mich genau an den Moment. Daran, dass ich ihn ebenfalls hatte küssen wollen, bevor mir eingefallen ist, dass noch eine große Lüge zwischen uns steht. Aber das werde ich Sean morgen alles erklären – jetzt will ich mich dem nicht stellen. „Da wollte ich dich auch küssen, aber es kam mir plötzlich zu gewagt vor. Ich wollte nicht, dass du denkst, ich wäre eine Touristin, die ihren Guide verführen will, um ein wenig Spaß zu haben. Zumal du das ja bei unserer ersten Begegnung sofort ausgeschlossen hast."

Sean nickt. „Aber weißt du, ich kenne den Grund, wieso ich das gesagt habe. Wie ich dir bereits gestanden habe, mochte ich dich ab dem ersten Augenblick in Sallys Laden und … ich hatte einfach Angst, du könntest mir das Herz brechen."

Und ich habe Angst davor, dass ich genau das morgen doch tun könnte! Doch bevor die Angst mich zu verschlingen droht, küsst Sean mich erneut und ich vergesse alles.

Wir küssen uns, bis wir beide völlig außer Atem sind. Es fühlt sich an, als müssten wir alles nachholen, was sich seit unserer ersten Begegnung aufgestaut hat.

„Nur noch zwei Tage. Ich will gar nicht daran denken, dass du dann weg bist." Er haucht einen Kuss auf meine Lippen und streichelt meinen Rücken.

„Ich auch nicht, Sean."

„Wie geht es weiter, Emmy? Geht es weiter?"

Prüfend betrachtet er mich und ich seufze. „Ich wünsche es mir und die Distanz schreckt mich nicht. Wir können romantische Rendezvous vor dem Computer haben und zusammen essen. Und du kannst mich am Handy mit auf Wanderungen und zum Klettern nehmen und ich dir New York zeigen. Und dann besuchst du mich oder ich besuche dich." Ich schlucke. „Oder willst du nach der Sache mit Jessica lieber keine Fernbeziehung mehr? Es ist ja außerdem doch recht umständlich."

„Nein. Überhaupt nicht. Ich will einfach nur mit dir

zusammen sein. Aber Emmy, kannst du nicht doch länger bleiben? Urlaub einreichen? Für ein paar Monate oder Jahre oder so?"

Ich lächele. „Ich habe mir da schon was überlegt. Ich muss erst noch etwas klären, aber wenn das alles klappt, bleibe ich länger."

Sean starrt mich ungläubig an. „Wirklich? Ist das ein Ernst?"

„Mein voller Ernst."

„Hat das mit der Sache zu tun, die dir Sorgen bereitet?"

Ich nicke.

„Kann ich nicht doch irgendwie helfen?", fragt Sean besorgt.

Ich schüttele den Kopf. „Aber ich erzähle es dir morgen. Versprochen. Und danach ist hoffentlich alles gut." Jetzt ist sein Blick erst recht besorgt. „Ich verspreche dir, es geht nicht darum, dass ich eigentlich doch mit jemandem zusammen oder sogar verheiratet bin und drei Kinder habe."

Er atmet auf. „Dann kann der Rest ja gar nicht mehr schlimm sein. Okay. Dann also morgen. Und Emmy, ich bin mir sicher, was immer es ist, es kann an meinen Gefühlen für dich nichts ändern. Ich wünsche mir nichts mehr, als dich ganz lange bei mir zu haben."

Energisch unterdrücke ich die Tränen, die mir in die Augen steigen wollen, und lache stattdessen übertrieben diabolisch. „Bist du dir sicher, McFain?"

Er grinst breit. „Klar bin ich mir sicher. Wieso?"

Ich setze einen strengen Blick auf. „Vielleicht gibt es ja noch viel zu viele Punkte auf deiner Traumfrau-Liste, die du erst überprüfen willst? Vielleicht solltest du das tun. Du willst ja nicht die Katze im Sack kaufen."

„Wie gut du immer mitdenkst!" Er zieht seinen unsichtbaren Notizblock hervor und studiert ihn lange. „Also, Charaktereigenschaften – da sind schon überall Haken! Intelligenz, Aussehen, Humor – alles abgehakt! Hm … wo fehlt noch etwas … ach ja, hier ist noch etwas übrig! Magst du Brokkoli?"

Ich kichere. „Kann ich bei der Antwort etwas falsch machen? Wird die entscheiden, ob du mich noch willst oder doch nicht?"

„Möglicherweise."

„Also gut." Ich hole tief Luft. „Hallo, mein Name ist Emmy Baley und ich mag Brokkoli. Am liebsten in einem Auflauf mit Nudeln, Schinken, Sahnesauce und darüber geriebenem Käse." Mit gespieltem Zittern greife ich nach seinen Händen. „Und? Wie habe ich abgeschnitten?"

Sean malt grinsend einen Haken in die Luft und wirft den unsichtbaren Notizblock in Richtung Feuer. „Hervorragend! Du hast bestanden!"

„Puuuuh!" Ich seufze erleichtert auf und Sean küsst mich lachend.

„Und hast du auch noch Punkte, die du abhaken willst?", fragt er mich.

„Keine. Du bist perfekt, wie du bist. Und selbst,

wenn du mir jetzt gestehen würdest, dass du eine geheime Leidenschaft für chinesische Opern hegst oder gerne in Neonklamotten und mit Trillerpfeife auf einem Rave abtanzt – es würde nichts ändern." Ich tätschele seine Schulter. „Das kannst du dann ja alleine genießen."

Sean grinst. „Es gibt nichts dergleichen."

Wieder küsst er mich stürmisch, dann hebt er mich von seinem Schoß und setzt mich auf die Decken. „Und jetzt werde ich auch mal unser Luxusbad testen und bei der Gelegenheit versuchen, irgendwo Netz zu kriegen, damit ich alle beruhigen kann. Bin gleich wieder da! Lauf nicht weg, ja?"

„Nie."

Sean wühlt sich aus den Decken heraus, springt auf, zieht sich an und verlässt das Haus.

Ich seufze laut. Ich hoffe so sehr, er hat es ernst gemeint, dass es nichts an seinen Gefühlen für mich ändern wird, was ich ihm gestehen werde! Und wenn dann alles gut ist, sage ich ihm auch das, was mir schon die ganze Zeit auf der Zunge liegt – dass ich mich absolut, voll und ganz, total und rettungslos in ihn verliebt habe!

SEAN

Der Regen hat aufgehört und ich habe tatsächlich ein Stück den Hügel hinauf Netz gefunden. Nachdem ich meinen Eltern und Alison eine Nachricht geschickt habe, sehe ich hinauf in den Sternenhimmel und sende einen Dank an jede wohlmeinende höhere Macht, die mir Emmy geschickt hat. Ich kann mein Glück kaum fassen und spüre ihre Küsse immer noch auf meinen Lippen.

Und morgen, wenn sie mir gesagt hat, was sie noch regeln musste, egal ob sie dann wirklich erstmal länger bleiben kann oder nicht, werde ich ihr auch etwas sagen: Dass ich mit Leib und Seele, ohne Zweifel, aus ganzem Herzen unsterblich in sie verliebt bin!

Als ich zurück in die Hütte komme, ziehe ich mich wieder um und gehe zu Emmy, die inzwischen die Spielesammlung geplündert und ‚Mensch ärgere dich nicht', das Leiterspiel und Kniffel herausgesucht hat.

Schmunzelnd setze ich mich zu ihr. „Einen Spieleabend hatte ich schon ewig nicht mehr."

Emmy strahlt. „Ich auch nicht!"

„Das heißt, mit dem Herumknutschen ist es jetzt erstmal vorbei?"

„Natürlich nicht!" Emmy verdreht die Augen. „Wenn bei ‚Mensch ärgere dich nicht' ein Hütchen fliegt und zurück zum Anfang muss, muss der Rausschmeißer höchst leidenschaftlich geküsst werden!"

„Das ist ja eine sehr schlimme Strafe." Ich grinse.

„Genau! Und für die anderen Spiele überlegen wir uns auch total schlimme Kuss-Strafen."

„Klingt großartig!"

Unser Spieleabend besteht zwar mehr daraus, die Regeln zu vergessen und uns zu küssen, wann immer wir wollen, statt wirklich ernsthaft zu spielen, aber es ist wundervoll! Die Stunden verfliegen geradezu, aber irgendwann kann Emmy nicht mehr verhindern, dass sie immer wieder gähnt und sich die Augen reibt.

„Wollen wir schlafen gehen, Emmy?"

„Ja. Aber bist du denn auch müde?"

Ich nicke und stehe auf. „Ich lege noch schnell Holz nach, dann haben wir es die ganze Nacht kuschelig warm."

Als ich damit fertig bin, schüttelt Emmy die Kissen auf, auf denen wir gesessen haben, und legt sie nebeneinander auf den Boden.

Ich schnappe mir die Decken, strecke mich aus und breite einladend meinen Arm aus. Mit einem süßen Seufzer legt sie sich zu mir und ich decke uns zu. Einen Moment liegen wir einfach nur nebeneinander, dann rollt Emmy sich zur Seite, legt ihren Kopf auf meine Brust und schlingt den Arm um meinen Bauch. Ich bin der glücklichste Mann der Welt! „Gemütlich?", frage ich.

„Gemütlicher geht es gar nicht. Ich wäre jetzt bereit für meine Gutenachtgeschichte."

Grinsend greife ich nach dem Buch, schlage es auf und räuspere mich. „Kapitel 1. Die See war rau, aber nicht so rau wie die Manieren des von Männern gefürchteten und von Frauen angebeteten Kapitäns des Segelschiffes, das unter der Totenkopfflagge den Pazifik unsicher machte. Keiner kannte seinen richtigen Namen. Sie nannten ihn nur Captain Red wegen seiner wilden roten Mähne und manchmal den Teufel der Südsee, aber er wusste natürlich, wer er einst gewesen war. Callum, ein Highlander, der die Schlacht von Culloden überlebt hatte und aus britischer Gefangenschaft geflohen war. Von den Feinden gehetzt und gejagt, heuerte er auf einem Handelsschiff an und fuhr darauf in die Freiheit. Doch es sollte sich schon bald herausstellen, dass er noch lange nicht in Sicherheit war …"

KAPITEL 17

EMMY

Wir sind bereits in der Morgendämmerung aufgewacht, haben aber beide ganz wunderbar geschlafen. Die ganze Nacht habe ich in Seans Armen gelegen. Wenn ich mal kurz wach geworden bin, habe ich seinem ruhigen Herzschlag gelauscht und bin mit einem Lächeln wieder eingeschlummert.

Während ich jetzt die Hütte aufräume, packt Sean unsere Rücksäcke, nachdem er den Kamin gereinigt hat. Immer, wenn er an mir vorbeigeht, stiehlt er sich einen Kuss. Oder mehrere.

Ich war noch nie in meinem Leben so glücklich und

bin fest davon überzeugt – würde die Sonne nicht bereits scheinen, könnte unser Glück das ganze Tal erleuchten!

Schließlich sind wir abmarschbereit, verlassen die Hütte und werfen einen letzten Blick zurück.

Sean legt den Arm um mich. „Weißt du, woran ich gerade gedacht habe?"

„Dass du mich küssen willst?", necke ich ihn.

Grinsend reißt er mich in seine Arme und knabbert erst an meinen Lippen, bevor er mich derart leidenschaftlich küsst, dass mir ganz schwindlig wird und ich noch etwas schwanke, als er mich wieder loslässt. Sofort nimmt er meine Hand fest in seine. „Also, woran hast du gedacht, Sean?"

„Wie unglaublich romantisch es mit dir in der Hütte in dieser einsamen Gegend war! Und wie schön es wäre, auch so etwas zu besitzen, um es immer wieder zu erleben. Es immer wieder mit dir zu erleben, Emmy. Vielleicht nur ein bisschen komfortabler."

„Du meinst ein Tiny House?"

Er nickt. „Für uns. Nur für uns. Was sagst du dazu? Es würde garantiert Spaß machen, es zu entwerfen. Und ein ungenutztes Grundstück finden wir bestimmt, auf dem wir es bauen dürfen."

„Das wäre traumhaft!" Meine Augen leuchten. „Kriege ich ein richtiges echtes kleines Bad mit allem, was dazugehört?"

Sean grinst. „Definitiv! Glaub mir, das will ich

auch!"

Ich drücke seine Hand und schmiege mich an ihn. „Kann es außen schwarz sein und viele große Fenster haben wie dein Haus?"

„Genau so habe ich es mir auch vorgestellt! Schließlich wollen wir ja von jedem Platz aus einen gigantischen Ausblick haben! Und wir könnten innen alles in dem hellen Holz verkleiden, das ich auch in meinem Haus benutzt habe, und alle Möbel daraus bauen?"

„Das ist eine tolle Idee! Und es gibt ein großes, eingebautes Bett an einem Ende des Hauses mit großen Fensterflächen rundherum und einem Oberlicht, damit wir nachts die Sterne sehen können und weil ich das Geräusch von Regen auf dem Glasdach in deinem Atelier so gerne mag!"

„So machen wir es!"

Während wir zum Auto wandern und begeistert weitere Ideen austauschen, streiten in meinem Kopf zwei Stimmen miteinander. Die eine behauptet, dass es gut ist, Pläne mit Sean zu machen, damit er spürt, dass ich das wirklich will und er mir bestimmt verzeihen und mich nicht wegjagen wird, sobald er die Wahrheit über meinen Aufenthalt in Glenndoon erfährt. Die andere beschimpft mich wüst, wie ich vor schlechtem Gewissen überhaupt noch laufen kann.

Ich weiß, dass ich egoistisch bin, gemeinsam mit Sean von unserer Zukunft zu träumen, solange er nicht alles über mich weiß … aber vielleicht ist jetzt gerade meine letzte Möglichkeit, genau das zu tun.

***

Als Sean kurz vor 9 vor dem Pub anhält, nimmt er mein Gesicht in beide Hände und küsst mich zärtlich.

„Das war die beste Nacht meines Lebens, Emmy. Und ich hoffe, dass du regeln kannst, was du regeln musst, und dann bei mir bleibst, damit das nur die beste *erste* Nacht *unseres* Lebens war."

Ich spüre einen dicken Kloß in meinem Hals und weiß, dass ich sofort aus dem Auto aussteigen muss, bevor ich in Tränen ausbreche, deshalb nicke ich nur.

„Kommst du danach bei mir vorbei? Ich melde mich erstmal bei meinen Eltern zurück, aber dann bin ich zuhause."

„Okay", würge ich hervor, umarme Sean so fest, wie es geht, und springe aus dem Wagen.

Da ich weiß, dass er mich beobachtet, gehe ich betont langsam und winke nochmal. Doch kaum bin ich im Pub, renne ich auf mein Zimmer, werfe mich aufs Bett, presse mein Gesicht in das Kissen und heule wie ein Schlosshund. Ich will ihn nicht verlieren! Ich darf ihn nicht verlieren!

Als keine Tränen mehr kommen, schnappe ich mir mein Handy und tippe eine Nachricht an Mum, ob sie und Dad noch wach sind und wir kurz einen Videocall machen können. Bei ihnen ist es zwar bereits ein Uhr in der Nacht, aber normalerweise sind sie um diese

Zeit nie im Bett.

Prompt kommt ihre Nachricht, dass sie gleich den Laptop holen und mich anrufen.

Ich klappe meinen Rechner auf und warte. Versuche, einigermaßen gefasst zu bleiben. Doch als ich Mum und Dad auf dem Bildschirm sehe, breche ich prompt wieder in Tränen aus.

„Was ist denn passiert, mein Schatz?", ruft Mum erschrocken.

„Erzähl es uns, Kleines. Von Anfang an. Nur so können wir dir helfen."

Dads vernünftige und ruhige Stimme holt mich aus meiner Verzweiflung zurück. Ich wische mir über Augen, putze meine Nase und hole tief Luft. „Alles begann damit, dass ich letzten Sonntag zufällig einer älteren Dame mit einem fantastischen Cape aus Tweedstoff begegnet bin ..."

„... und ich will nicht mehr für Mr. Baldwin arbeiten, der mich zwingt, so etwas zu tun, indem er mir droht, mich sonst zu feuern, und der mich zwingt, zu jemandem zu werden, der ich nicht bin. Diese ganzen Lügen, vor allem Sean anzulügen – das ist das Schlimmste, was sie je getan habe! Ich bin so nicht! Aber ich wusste nicht, wie ich meinen Job retten kann, ohne Sean anzulügen. Ich war in Panik, dass er mich genauso verjagt wie jeden Käufer bisher. Aber ohne Job kann ich euch nicht mehr so finanziell unterstützen, wie ich es in letzter Zeit tun konnte. Ich will nicht, dass wir unser Hotel verlieren!"

Ich schniefe und putze mir kurz die Nase, bevor ich weitersprechen kann.

„Ich habe das Kündigungsschreiben gestern Vormittag schon geschrieben und ich muss es nur noch absenden, aber ich wollte erst mit euch reden. Und ja, die Situation ist schlimm, aber vielleicht schaffen wir es trotzdem, auch wenn ich kündige! Ich finde bestimmt einen neuen Job. Mir ist egal, als was ich arbeite, und ich kann euch bestimmt weiterhin Geld schicken, aber vielleicht erst einmal nicht ganz so viel. Oder ich könnte New York verlassen und nach L.A. zurückkehren, bei euch wohnen und mir dann einen Job suchen. Dann kann ich die horrende Miete sparen und es bleibt mehr übrig! Das wäre doch eigentlich ein guter Plan, oder? Ach Mum, Dad, ich habe solche Angst! Glenndoon ist so wunderschön und alle im Dorf sind so fantastisch und freundlich. Ich habe mich in den letzten Tagen so gefühlt, als wäre es mir bestimmt, hier zu sein! Aber das alles werde ich ganz sicher verlieren, weil ich den Mann belogen und betrogen habe, in den ich über alles verliebt bin. So sehr, dass es fast schon wehtut. Noch nie habe ich so etwas gefühlt und ich weiß nicht, wie ich es ertragen könnte, ihn für immer zu verlieren. Was soll ich denn jetzt machen?"

Ich wische mir die Tränen aus dem Gesicht, aber es kommen schon wieder neue. Meine Eltern haben bis jetzt noch nichts gesagt, sondern mich einfach reden lassen, wofür ich dankbar bin. Es musste einfach alles erst einmal raus!

Mum hat ebenfalls geweint und nickt jetzt Dad zu, der sich näher an den Bildschirm beugt.

„Jetzt hör mir mal zu, Emmy! Kündige! Sofort! Glaubst du, wir könnten es eine Minute länger ertragen, zu wissen, dass du für so eine erpresserische Firma arbeitest, nur weil du glaubst, du müsstest uns unterstützen? Scheiß auf Baldwin! Diesen blöden Arsch!"

Mum gibt einen erschrockenen Laut von sich und ich muss unter Tränen lachen. Dad benutzt sonst nie Schimpfwörter! Also niemals, weil Mum da sehr empfindlich ist und das gar nicht leiden kann!

„Danke, Dad."

„Du machst jetzt folgendes, Kleines! Sobald unser Gespräch beendet ist, schickst du die Kündigung ab, fährst zu Sean und sagst ihm alles. Erzählst ihm die Geschichte von Anfang an. Genauso, wie du sie uns erzählt hast. Von der Dame mit dem Cape, der Erpressung durch deinen Boss und was uns passiert ist. Und dann, was du über diesen Italiener gehört hast, als du in den Pub kamst. Erzähle ihm alles in allen Details. Und erzähle ihm vor allem, was du in all diesen Tagen gefühlt hast. Wie du für ihn empfindest und wieviel Angst du hattest, ihm die Wahrheit zu sagen. Und sag Sean aber auch, dass dir schon bei der Führung durch die Weberei mit seinem Vater klar war, dass du diesen Auftrag nicht erledigen wirst. Dass du dich nur an die Hoffnung einer möglichen Partnerschaft mit deinem zukünftigen Ex-Boss geklammert hast, weil du deine Mum und mich nicht im Stich lassen wolltest. Lass nichts aus, Kleines, und dann bin ich sicher, er wird es verstehen!"

Ich ringe verzweifelt die Hände. „Aber wie wollt ihr

denn finanziell über die Runden kommen, wenn ich nicht gleich, wie durch ein Wunder, einen gutbezahlten Job finde? Ich habe nur das Modestudium vorzuweisen, das schon vorher nicht nützlich war. Und jetzt darf ich den einzigen Beruf, in dem ich gut bin, erstmal nicht ausüben! Ihr habt mich immer unterstützt – ich kann euch doch jetzt nicht hängenlassen!"

„Emmy, mein Engel, beruhige dich bitte", redet Mum sanft auf mich ein. „Ich will jetzt auch etwas sagen und ich weiß, dass dein Dad gerade das Gleiche denkt, weil wir bereits darüber gesprochen haben."

„Okay", flüstere ich.

„Sorge dich nicht um uns. Du tust es trotzdem, aber es ist nicht nötig. Du weißt, dass wir keine neue Hypothek aufnehmen wollten, um nicht in Gefahr zu geraten, dass das Hotel, wenn es mal nicht läuft, plötzlich irgendwann der Bank gehört. Aber du weißt auch, wie oft hier Immobilienmakler auftauchen, um uns alles abzukaufen, weil sich Haus und Grundstück nun mal in der besten Lage befinden, die Los Angeles in Strandnähe zu bieten hat. Also werden wir verkaufen."

„Das geht doch nicht!", protestiere ich sofort. „Das Hotel ist euer Leben!"

Mum schüttelt den Kopf. „Ist es nicht mehr. L.A. geht uns schon lange auf die Nerven und ehrlich gesagt fällt es uns langsam schwer, das große Hotel alleine zu schmeißen, und wir werden nicht jünger. Irgendwann wird es nicht mehr gehen. Also haben wir immer mal wieder davon geträumt, an die Ostküste zu ziehen und dort irgendwo am Meer eine kleine Pension zu eröffnen. Nur ein paar Zimmer, damit wir nicht so viel Arbeit haben. Und weißt du, nach allem, was dir jetzt gerade passiert, ist das vielleicht ein Wink des Schicksals, uns diesen kleinen Traum schon früher zu erfüllen."

Meine Augen werden groß. „Davon habt ihr nie etwas erzählt!"

„Weil wir dir dein Zuhause erhalten wollten", fährt Dad fort. „Und dann ist die Sache mit der Bank passiert und du hast so viel Geld in das Hotel gesteckt, um es zu retten. Wir dachten, es ist dir so wichtig, dass wir es nicht übers Herz brachten, dir alles zu erzählen. Es tut uns so leid."

Dads Augen füllen sich mit Tränen und das schockiert mich mehr als seine Schimpfworte. Dad hat sich immer im Griff! Auch wenn die Welt einstürzt – er lässt sich nicht von seinen Emotionen überwältigen. Aber jetzt! Mein Herz zieht sich vor Schmerz zusammen.

„Es tut uns so leid", wiederholt er mit belegter Stimme, „dass wir es dir nicht schon früher gesagt haben, denn dann wärst du gar nicht erst in dieser Situation. Du hast diese Scharade nur durchgezogen, weil du Angst um uns hattest. Dass wir ohne das Hotel verloren sind. Aber Emmy, wir sind nur verloren, wenn es dir nicht gutgeht. Weißt du das denn nicht? Wenn du also an deinem alten Zuhause nicht hängst, würden wir gerne ein paar Makler kommen und Angebote machen lassen. Da das Hotel mit Grundstück selbst im maroden Zustand schon jede

Menge wert war, wird es jetzt mit neuer Elektrik, der neuen Terrasse und allem anderen viel mehr Geld einbringen. Genug, um uns etwas Neues leisten zu können und dir alles zurückzugeben, womit du uns ausgeholfen hast. Außerdem würden wir dir gerne noch zusätzlich eine größere Summe geben. Wir drängen dich schon seit Jahren, ein kleines Atelier zu eröffnen und den Sprung zu wagen. Mit dem Geld könntest du es. Es wäre unser Geschenk an dich. Also, was meinst du?"

„Wenn du das Zuhause, in dem du aufgewachsen bist, aber behalten willst, finden wir eine andere Lösung", wirft Mum ein. „Wir kriegen das irgendwie hin!"

Ich weiß überhaupt nicht, was ich denken soll. Das waren so viele Informationen, aber es klingt alles wunderbar!

„Emmy, du kannst es uns ruhig sagen. Wir sind dir nicht böse, wenn du das Hotel nicht aufgeben willst."

Ich schluchze laut. „Ach Mum! Unser Hotel wird immer in meinem Herzen sein, aber mein Zuhause ist dort, wo die Menschen leben, die ich liebe. Ob in Los Angeles oder woanders – wo ihr seid, ist mein Zuhause!"

Mum lächelt mich an.

„Und weißt du was, Kleines?" Dad schmunzelt. „Von der Ostküste aus ist es auch nicht so weit nach Schottland. Viele Stunden Flugzeit sparen wir dadurch ein. Also fahr jetzt zu Sean und mach das klar! Denn offensichtlich ist dort, wo er ist, dein wirkliches

Zuhause!"

„Das mache ich! Das werde ich!"

„Und vergiss nicht, die Mail an Baldwin vorher abzuschicken", mahnt Mum und holt zitternd Luft. „Dem Arsch!"

Wir müssen alle lachen.

„Ruf uns nachher an und sag, wie es gelaufen ist, ja?"

„Das werde ich, Dad. Bis dann! Ich liebe euch!"

„Und wir lieben dich!"

Mum wirft mir eine Kusshand zu, Dad streckt einen Daumen hoch und ich winke noch schnell, bevor ich den Call schließe, mein Postfach öffne und die Mail abschicke.

Ich springe auf und sehe in den Spiegel. Ich trage immer noch meine Wanderklamotten und sehe ganz verschwitzt und verheult aus, aber das ist egal! Stürmisch reiße ich die Tür auf – und treffe auf Alison, die wie erstarrt mit Eimer und Mopp im Flur steht.

„Du bist Modedesignerin", stammelt sie, „und wolltest für deinen Arbeitgeber die Weberei kaufen und hast uns allen nicht die Wahrheit gesagt, weil du Angst um deine Eltern hattest, und du hast gekündigt und bist in Sean verliebt?"

„Stimmt! Stimmt alles! Wir reden später in aller Ruhe! Jetzt muss ich zu Sean und ihm alles erklären!"

KAPITEL 18

EMMY

Kaum sitze ich im Mietwagen, trete ich das Gaspedal durch und rase zur Weberei. Als ich auf das Grundstück einbiege, kommt mir eine schwarze Limousine entgegen, und am Steuer sitzt – Chadwick!

Nein! Nein! Nein!

Ich bremse scharf und halte an. Genau wie er. Hämisch grinsend lässt er das Fenster herunter und ich beeile mich, das gleiche zu tun. „Was … was machst du denn hier?", stottere ich.

„Baldwin hat mich hergeschickt, nachdem ich ihm gesagt habe, dass du angerufen und mir gesagt hast, dass du es alleine nicht auf die Reihe kriegst."

„Das habe ich nie gesagt!"

„Ach nein? Also, ich bin mir ganz sicher! Egal … jedenfalls kannst du dir vorstellen, wie überrascht die McFains waren, als ich ihnen mitgeteilt habe, dass ich im Auftrag von Baldwin & Hershel hier bin, um den Kauf der Weberei einzutüten, den du ja schon eingefädelt hast."

Sie wissen es! Sean weiß es! Ich werde blass und umklammere das Lenkrad.

„Sie haben erst überhaupt nicht verstanden, was ich ihnen da gerade sage. Es hieß immer nur: Emmy will unsere Weberei kaufen? Sind aus dem Gestammel gar nicht mehr herausgekommen. Also musste ich ihnen erklären – ich habe es sehr langsam gemacht, damit diese Dörfler es kapieren – dass das der einzige Grund ist, wieso du schon seit Tagen überhaupt in diesem Kaff bist."

Mir wird schlecht und ich habe das Gefühl, mich gleich übergeben zu müssen.

„Da kam plötzlich Leben in diesen Sohn der Familie und er hat gesagt, dass sie die Weberei niemals verkaufen werden und ich mir mein Geld sonst wo hinstecken soll. Dann hat er mir sehr deutlich die Tür gewiesen und mir verboten, jemals wieder das Grundstück zu betreten." Chadwick grinst. „Also niemand von Baldwin & Hershel darf das. Das schließt dich mit ein, kleine Emmy, aber natürlich nicht mehr lange, denn du bist ja sowas von gefeuert, sobald ich Baldwin und meinem Großvater erzähle, wie inkompetent du bist!"

„Ich kann nicht gefeuert werden, du Schwachkopf! Ich habe bereits gekündigt!" Ich trete aufs Pedal und gebe Gas, als ginge es um mein Leben. Was auch irgendwie der Wahrheit entspricht!

Vor der Weberei bremse ich ab und springe aus dem Auto. Die Tür ist offen und gleich dahinter steht Sean, der mich mit versteinertem Gesicht anstarrt. Auch Mr. McFain entdecke ich, der mich ungläubig ansieht und seine Frau im Arm hält, die mir den Rücken zukehrt.

Sean tritt vor und verzieht wütend das Gesicht. „Du wagst es, hier nochmal aufzukreuzen!", brüllt er.

„Mein Junge …", ruft sein Vater. „Nicht so."

Tief holt Sean Luft. „Hast du unseren Überraschungsbesuch noch getroffen?", fragt er betont ruhig. „Dieser Blender hat uns alles erzählt. Wirklich alles. Wie konntest du nur? Und wie konnten wir nicht merken, dass alles nur ein Schauspiel für dich war, um ans Ziel zu kommen? Du hast uns alle eiskalt belogen. Nicht nur meine Familie, sondern das halbe Dorf. Und mich natürlich. All deine Gefühle waren nur vorgetäuscht, um dich in mein Herz zu schleichen. All deine Worte – nur Lügen. Du hast mit mir gespielt und ich war so dumm, dir alles zu glauben. Dir jeden Kuss zu glauben. Küsse, Emmy! So viele Küsse! Wie kann man sich so verkaufen, nur um Karriere zu machen? Wie weit wärst du eigentlich noch gegangen?" Sein Blick wird kalt. „Du bist skrupellos. Du hast mich von einer gemeinsamen Zukunft träumen lassen und es war dir egal, dass du mir das Herz brechen wirst. Das hast du nämlich geschafft. Sehr gründlich. Glückwunsch, Emmy!"

Tränen laufen mir über die Wangen und ich gehe einen Schritt auf ihn zu. „Sean! Lass mich doch bitte alles erklären! Ja, es stimmt, dass ich gelogen habe, aber ich war in Panik! Es ging gar nicht um meine Karriere! Ich habe das nur gemacht, weil -"

„Ich will nichts mehr von dir hören. Aus deinem Mund kommen nur Lügen. Pack deine unechten Krokodilstränen ein und verschwinde aus Glenndoon! Ich will dich niemals wiedersehen."

Und damit knallt mir Sean die Tür vor der Nase zu.

Es ist aus.

Alles ist aus.

Und es geschieht mir recht. Ich hätte früher die Wahrheit sagen sollen.

Langsam gehe ich zum Auto, steige ein, lasse meinen Tränen freien Lauf und fahre los. Und mit jedem Meter reißen die Scherben meines gebrochenen Herzens meine Seele in Stücke.

***

Weinend packe ich meinen Koffer, als Alison ins Zimmer gerannt kommt.

„Was ist passiert?", fragt sie atemlos.

Ich schniefe. „Die McFains hatten, kurz bevor ich angekommen bin, Besuch von einem meiner Kollegen. Er hat ihnen gesagt, wieso ich eigentlich hier bin. Es ist vorbei, Alison. Ich habe Sean verloren. Ich habe sein Herz gebrochen. Ich wollte ihm alles erklären, aber er hat mich gar nicht zu Wort kommen lassen und will mich niemals wiedersehen. Und er hält mich für eine Frau, die sich verkauft, um an ihr Ziel zu kommen. Er denkt, meine Küsse waren nur gespielt, genau wie meine Gefühle für ihn." Ich schluchze laut. „Ich muss hier weg! Sofort! Kannst du mir bitte die Rechnung schicken und ich überweise dir den Betrag?"

„Natürlich. Aber Emmy, geh doch nicht. Ich bin sicher, dass sich das alles einrenkt."

„Nein. Wird es nicht." Ich schüttele den Kopf und wische mir die Tränen weg. „Du hast seinen Blick nicht gesehen. Da war nur Verachtung." Ich schließe meinen Koffer und lege das blaue Cape fein säuberlich aufs Bett. „Gib das bitte Seans Vater zurück. Ich kann es nicht annehmen."

Alison packt mich an den Armen und hält mich fest. „Was hast du denn jetzt vor?"

„Ich fahre zum Flughafen und hoffe, heute noch einen Flug zu bekommen. Sonst miete ich mir für die Nacht ein Zimmer in einem Hotel, bevor morgen sowieso mein regulärer Flug geht."

„Emmy, bitte, überstürz doch nichts. Sean bedeutet dir so viel und du ihm. So etwas kann man doch aus der Welt schaffen, wenn man ineinander verliebt ist. Ganz sicher wird er deine Gründe verstehen und dir verzeihen."

„Er wird mir niemals verzeihen." Ich umarme Alison fest. „Danke für alles! Du warst eine wunderbare Freundin! Und es tut mir leid, dass ich dich auch angelogen habe."

Dann renne ich aus dem Zimmer, poltere mit dem Koffer die Treppe hinunter und flüchte aus dem Pub.

SEAN

„Möchtest du nicht doch einen Tee, mein Junge?", ruft Mum aus der Küche.

Ich sehe mit verweinten Augen zu ihr hinüber. „Danke, aber nein. Nicht alles lässt sich mit Tee wieder richten." Ich vergrabe das Gesicht in den Händen. „Ich war so ein Idiot! Wieso habe ich nichts bemerkt?"

„Ich verstehe das nicht", murmelt Dad und setzt sich neben mich an den Esstisch. „Das kann doch nicht alles nur gespielt gewesen sein. Nicht, wie sie dich angesehen hat. Und was sie für Angus getan hat und überhaupt alles. Kein Mensch kann sich so verstellen. Ich habe doch ihr gutes Herz gesehen und ich habe doch gehört, was sie alles gesagt hat."

Mum stellt sich neben ihn, nimmt seine Hand und streichelt sie. „Ich kann es auch nicht glauben, aber sie hat ja selbst zugegeben, dass sie gelogen hat."

„Aber sie hat auch gesagt, dass es gar nicht um ihre Karriere ging", widerspricht Dad. „Was hat sie denn damit gemeint?"

„Das ist doch völlig egal. Wahrscheinlich nur wieder eine neue Lüge." Ich reibe mir über die Augen und stehe auf. „Ist es euch recht, wenn ich rüber ins Haus gehe? Ich wäre gern ein bisschen alleine."

„Natürlich, mein Junge." Mum nickt mir zu. „Wenn du irgendetwas brau-"

Quietschende Bremsen sind vorm Haus zu hören. Gleich darauf wird die Tür aufgerissen und Alison stürmt herein.

„Sean! Los! Hol sie zurück!"

„Wie bitte?"

„Emmy! Hol Emmy zurück! Sie ist auf dem Weg zum Flughafen!"

Ich nicke grimmig. „Sehr gut. Ich habe schon befürchtet, dass sie morgen mit einer neuen Lügengeschichte ankommt."

„Jetzt hör doch mal zu, Sean! Sie ist in dich verliebt und sie kann es nicht ertragen, dich zu verlieren! Noch nie hat sie für einen Mann so gefühlt!"

„Natürlich." Ich lache bitter. „Das hat sie mich auch glauben lassen, aber es war nur ihr Job, so zu tun, um uns zum Verkauf der Weberei zu überreden."

Alison stemmt die Hände in Hüften. „Verdammt, Sean! Sie hat doch längst gekündigt!"

Dad richtet sich auf. „Was willst du damit sagen, Alison?"

„Lass es, Dad! Ich will nichts mehr davon hören!"

Alison baut sich vor mir auf und drückt mich auf

den Stuhl.

„Oh doch! Du hörst mir jetzt ganz genau zu, Sean McFain! Es ging Emmy nicht um ihre Karriere – es ging darum, ihren Job zu behalten, damit sie ihre Eltern unterstützen kann! Ich habe alles gehört, als sie mit ihnen am Rechner gesprochen hat. Die ganze Sache fing in New York mit einem Cape aus eurer Weberei an, das eine gewisse Miss MacKay getragen hat …"

„… und Emmy hat so geweint und das Cape von deinem Dad auf ihrem Zimmer gelassen, weil sie es nicht annehmen kann, und sie ist so verliebt in dich, dass es fast wehtut! Und sie war so verzweifelt, weil du sie nicht einmal anhören wolltest! Und jetzt ist sie unterwegs zum Flughafen und wenn du nicht endlich in die Hufe kommst, wirst du sie für immer verlieren!"

Fassungslos starre ich Alison an.

„Mein Junge!" Dad packt meine Hand. „Lauf!"

Ich springe auf, renne hinaus zu meinem Auto und reiße die Tür auf. Bevor ich sie ganz geschlossen habe, starte ich bereits den Motor und gebe Gas! Fieberhaft rechne ich aus, wieviel Vorsprung Emmy hat. Ich müsste sie einholen können! Sie kennt die Straßen nicht so gut wie ich und fährt deshalb sicherlich langsamer!

Ich bin fast aus Glenndoon raus, als der Motor meines Wagens erst stottert und schließlich ausgeht. „Nicht jetzt, Baby! Bitte, bitte nicht jetzt! Tu mir das nicht an!" Verzweifelt drehe ich immer wieder den

Schlüssel. „I had the time of my life", singe ich, so einfühlsam, wie es mir gerade möglich ist, aber es nützt nichts. „Verdammt!"

Wutentbrannt steige ich aus und trete heftig gegen den Vorderreifen, als mich ein Hupen zusammenfahren lässt. Der Ausflugsbus!

Hazel betätigt den Hebel und die Tür öffnet sich. „Was ist denn los, Sean?"

Sofort springe ich in den Bus. „Du bist meine Rettung! Fahr los, Hazel!"

„Aber wohin denn?"

„Richtung Edinburgh! Emmy ist weg und zum Flughafen unterwegs! Ich war ein Trottel und muss ihr hinterher! Du musst sie einholen!"

„Alles klar! Das kannst du gleich ausführlich erzählen. Setz dich! Es geht los!"

Hazel tritt das Gaspedal so heftig durch, dass es mich fast von den Füßen schleudert. Ich kann mich gerade noch fangen und mich auf einen Sitz retten, als ich verlegenes Hüsteln höre. Ich sehe nach hinten und Mabel, Angus, Sally und Wallace winken mir zu. „Äh … hallo Leute. Tut mir leid, dass ich euren Ausflug verderbe."

„Ist doch egal! Was ist mit Emmy und wieso warst du ein Trottel?", fragt Angus.

„Wo soll ich nur anfangen?"

„Am besten am Anfang." Mabel nickt mir zu. „Und schön laut, damit wir alle es hören können. Wir sind schließlich keine Sechzig mehr."

EMMY

Ich schleiche die Straße entlang, weil meine Tränen mir immer wieder die Sicht verschleiern.

Die Sicht verschleiern ... wie gestern, als uns der Regen überrascht und Sean mich in die Hütte getragen hat.

Verdammt!

Wie lange wird es wohl dauern, bis mich nicht ständig irgendwelche Dinge an Sean erinnern und wie sehr ich ihn verletzt habe?

Wie lange wird es wohl dauern, bis ich mir nicht mehr ständig ausmale, was ich hätte haben können?

Wenn Mum und Dad mir schon vorher von ihren Plänen erzählt hätten, hätte ich gleich kündigen können, nachdem schon bei der ersten Wanderung klar wurde, dass da völlig unerwartet Gefühle im Spiel sind! Ich hätte Sean sagen können, dass ich für eine Firma gearbeitet habe, die die Weberei seiner Familie haben will und dass ich ihn vorwarnen will oder sowas!

Oder ich hätte sofort noch bei der Besprechung mit Mr. Baldwin gekündigt, als er mir derart das Messer auf die Brust gesetzt hat! Aber wenn ich das getan hätte, wäre ich Sean nie begegnet!

Und wenn meine Eltern mir von ihrem Traum bereits bei meiner Ankunft in Glenndoon erzählt hätten, wäre ich ja nie auf die Idee gekommen, Sean als Tourguide zu engagieren, um ihn besser kennenzulernen. Dann hätte ich gekündigt und wäre nicht in Glenndoon geblieben, sondern wieder nach Hause oder zu meinen Eltern geflogen!

Nur, weil Mum und Dad geschwiegen haben und ich deshalb Angst hatte, meinen Job zu verlieren, wenn ich meinen Boss enttäusche, habe ich mir diesen neuen Plan mit den Wanderungen erst ausgedacht und nur so haben Sean und ich uns wirklich kennengelernt!

Ich schluchze erneut und wische mir übers Gesicht. Ich bereue nicht, dass ich in Glenndoon war. Ich bereue nicht, dass ich Sean begegnet bin. Ich bin froh, dass ich ihn kennenlernen durfte, auch wenn ich ihn verloren habe und das bedeutet, von nun an jeden anderen Mann mit ihm zu vergleichen, die eigentlich alle keine Chance haben. Ich weiß, dass er der Richtige für mich war!

Aber dass ich leide, habe ich verdient, denn das einzige, was ich bereue, ist, Sean Schmerzen bereitet zu haben. Ich habe ihm das Herz gebrochen! Ich kann nur hoffen, dass ich nicht grundlegend sein Vertrauen in andere Menschen zerstört habe. Das wäre kaum zu ertragen!

Und deshalb ist es in Ordnung, dass Sean mir niemals verzeihen wird – ich werde mir selbst niemals verzeihen können!

Lautes Hupen ertönt hinter mir und ich werfe einen Blick in den Rückspiegel, doch da jagt schon ein kleiner Bus an mir vorbei. Die Bremslichter leuchten plötzlich grell auf, der Bus schleudert herum und steht schließlich quer auf der Straße! Panisch lege ich eine Vollbremsung hin und mein Herz rast wie verrückt!

Und es rast noch mehr, als ich den Bus erkenne!

Die Tür geht auf und Sean springt heraus und rennt auf mich zu. Er winkt und ruft meinen Namen und dann ist er an meiner Tür und reißt sie auf!

„Emmy! Alison hat mir alles erzählt! Ich weiß jetzt, wie es wirklich war! Ich verzeihe dir und es tut mir leid, dass ich dich nicht habe ausreden lassen!"

Die Worte sprudeln so schnell aus Seans Mund, dass mein Gehirn Schwierigkeiten hat, den Sinn dahinter zu verstehen, und ich bringe kein Wort heraus.

„Bist du wirklich in mich verliebt, Emmy?"

„Spielt das jetzt noch eine Rolle?", flüstere ich und wische mir über die Augen.

„Natürlich spielt es eine Rolle! Wäre ich sonst hier? Also, Emmy?"

„Ich bin in dich verliebt." Ich blicke ihm in die Augen. „Du vielleicht auch in mich?"

Sean schüttelt den Kopf. „Nein."

Mein Herz setzt einen Moment aus, dann nicke ich. „Verstehe. Das ist deine Rache. Du wolltest es mich nur sagen hören, damit du dann –" Sean legt mir einen Finger auf die Lippen, löst den Sicherheitsgurt, zieht mich behutsam aus dem Auto und schließt mich in seine Arme.

„Ich bin nicht verliebt in dich, Emmy. Das reicht nämlich nicht. Ich bin auch nicht sehr verliebt in dich. Ich liebe dich. Von ganzem Herzen. Ich liebe es, wie schön du von innen und von außen bist. Ich liebe

269

deinen Humor und dass du mich zum Lachen bringst. Ich liebe dein mitfühlendes Wesen und dein poetisches Herz. Ich liebe es, wie ich mich fühle, wenn du in meiner Nähe bist. Und ich liebe es, dass ich dich schmerzlich vermisse, wenn du nicht bei mir bist. Ich liebe es, dass du mich in meinem Traum bestärkst, zu malen, und mir helfen willst – und genau das will ich auch für dich tun, Emmy. Ich will dich immer unterstützen. Ich will alles über dein Studium wissen und welche Modemacher dich inspirieren. Ich will deine Entwürfe sehen und alles über deine Wünsche und Träume erfahren. Ich will dich auf Händen tragen und dir jeden Wunsch erfüllen, den ich dir erfüllen kann. Ich will dich zeichnen, immer und immer wieder. Ich will, dass du bei mir wohnst und es unser Zuhause wird. Ich will, dass wir zusammen ein Tiny House entwerfen und bauen, in dem wir dann romantische Spieleabende veranstalten und Liebesromane über heiße Piraten lesen. Ich will dich morgens sehen, sobald ich die Augen öffne, und dich noch einmal ansehen, bevor ich sie abends schließe. Ich will, dass du immer bei mir bist und dir dennoch alle Freiheiten lassen, die du brauchst. Ich will niemals aus dem Haus gehen, ohne dich zärtlich zu küssen. Ich will mit dir auch in fünfzig Jahren noch am Steinkreis auf der Bank Händchen halten und in die Sterne schauen. Ich will dich lieben, Emmy. Dein Herz, deine Seele und deinen Körper. Ich will dir in jedem Moment zeigen, wie sehr ich dich liebe und dass ich weiß, wieviel Glück ich habe, dich lieben zu dürfen." Er holt tief Luft. „Glaubst du, du könntest aus dem verliebt vielleicht schon bald ein sehr verliebt machen und irgendwann ein –"

„Ich liebe dich", platzt es aus mir heraus. Ich schlinge die Arme um seinen Nacken und bedecke sein Gesicht mit Küssen. „Ich liebe dich, Sean. So, so sehr. Und es tut mir so unendlich leid. Ich habe keinen anderen Ausweg gesehen und es hat so wehgetan, dir nicht die Wahrheit sagen zu können. Meine Eltern … ich –"

„Ich weiß, Emmy. Es ist alles gut." Er streichelt mir über den Rücken. „Jetzt fahren wir nach Hause und ich lasse dich nie wieder los!"

Applaus, Pfiffe und Gejohle sind plötzlich hinter uns zu hören. Mabel, Hazel, Sally, Angus und Wallace stehen vor dem Bus, schwenken wie wild die Arme, jubeln und hüpfen mehr schlecht als recht auf und ab!

Sean verdreht lachend die Augen. „Ich habe echt keine Ahnung, wer die sind."

Kichernd schmiege ich mich an ihn. „Ich schätze, da ist eine Lokalrunde bei Alison fällig."

„Eine?" Sean stöhnt. „Wir können froh sein, wenn wir die Weberei nicht verpfänden müssen."

Ich lache und strahle ihn an. „Ich liebe dich, Sean McFain."

„Und ich liebe dich, Emmy Baley!"

KAPITEL 19

6 Monate später …

EMMY

Hektisch gehe ich die Bestellungen Punkt für Punkt durch. „Sind die Mäntel für Mailand fertig für den Versand? Und was ist mit den Jacken für Berlin? Und sind auch die Home-Accessoires und Handtaschen für die Kooperation mit der Modekette bereit zur Auslieferung? Du weißt, wie wichtig es mir ist, auch etwas für den schmalen Geldbeutel anbieten zu können."

Sean kommt zu mir, zieht mich von meinem Stuhl

hoch und schließt mich lächelnd in die Arme.

„Mach dir keine Sorgen! Ist alles verpackt. Auch die Abendkleider und Hosenanzüge für London. Der Fahrer ist in einer Viertelstunde da und holt alles ab – er hat vor ein paar Minuten angerufen."

Erleichtert atme ich auf. „Tut mir leid, aber meine Nerven liegen ein wenig blank."

„Das weiß ich doch." Sean küsst mich zärtlich. „Da trifft es sich ja gut, dass wir morgen abreisen und erstmal ein paar entspannte Tage in Paris verbringen."

„Entspannt? Bist du kein bisschen aufgeregt? Immerhin zeigt eine der besten Galerien deine Bilder!"

Sean zuckt mit den Schultern. „Wir können doch beide völlig entspannt sein. Um deine Kollektion haben sich alle gerissen und die Hälfte meiner Bilder sind bereits über den Ausstellungskatalog verkauft worden."

Ich schmiege mich an ihn. „Ja, schon, aber meinen Erfolg habe ich ja nur dir zu verdanken. Nur, weil dein ehemaliger Galerist dich auf Social Media entdeckt und zum neuen Stern am Kunsthimmel erklärt hat und du so unwirklich gut aussiehst, ist dein Account fast explodiert, was die Follower angeht. Und nur, weil ich deine Gemälde als Vorlage für meine Stoffe benutzt habe und du mich immer brav verlinkt hast, hatte plötzlich auch ich Erfolg."

Sean tippt mir mit dem Zeigefinger auf die Stirn. „Du bist ja verrückt! Wer hat diese ganzen grandiosen und abgefahrenen Schnitte entwickelt? Wer ist auf all diese Ideen gekommen, wofür man den Tweed noch verwenden kann? Du, meine Süße! Du hast diese fantastischen Sachen entworfen, die jetzt jeder haben will! Das war doch nicht ich! Und die Idee, mich überhaupt auf Social Media so zu präsentieren, war auch von dir. Ohne dich würde niemand meine Gemälde kennen."

„Na ja, okay, aber ohne dich wäre ich trotzdem –" Sean küsst mich und verhindert dadurch, dass ich noch einen Ton von mir gebe. Grinsend mache ich mich von ihm los. „Alles klar! Wir sind beide toll!"

„So ist es." Er legt den Arm um mich. „Sieh dich um! Sieh doch, was wir alles in so kurzer Zeit geschafft haben!"

Glücklich lasse ich den Blick durch den Laden schweifen. Wir haben das Haus gegenüber der Kirche gekauft, das Alison mir vor so vielen Monaten schon einmal schmackhaft machen wollte. Im Erdgeschoss haben wir einen Laden eingerichtet, in dem meine Kollektion und Seans Gemälde Seite an Seite in einem minimalistischen Ambiente präsentiert werden.

Erst hatten wir überlegt, den Laden der Weberei zu erweitern, aber Seans Eltern fanden, wir sollten unser eigenes Ding machen. Die Stoffe lasse ich natürlich trotzdem dort weben und darf dafür auch Wolle von Schafen aus anderen Tälern benutzen, weil Seans Dad fand, meine Sachen wären ja eine Nebenlinie und deshalb hätte sein Vorfahre bestimmt nichts dagegen.

Im Obergeschoss des Hauses befindet sich mein Atelier und es gibt eine Gästewohnung, wenn meine Eltern sich mal von ihrem kleinen Boutique-Hotel in Maine losreißen und uns besuchen können.

„Was wirst du zur Vernissage anziehen, Emmy?", fragt Sean.

„Das schulterfreie Abendkleid aus dem Stoff meines Lieblingsbildes."

Sean lächelt. „Ich kann es kaum erwarten, dich darin zu sehen und mit dir anzugeben."

„Und ich werde mit dir angeben, mein strammer Highlander!"

„Strammer Highlander?" Sean grinst. „Heißt das, ich soll heute Abend mal wieder den Kilt anziehen, bevor ich dich verführe?"

Ich strahle. „Würdest du das tun? Und kannst du dir Dancer ausleihen und vors Haus galoppieren? Mit wehendem Kilt? Und mir deine ewige Liebe gestehen?"

„Aye, meine Blume. Alles, was du willst." Er küsst mich zärtlich. „Ich liebe dich, Emmy."

„Und ich liebe dich, Sean. Für immer."

ENDE

REZEPT FÜR MRS. MCFAINS CRANACHAN

Zutaten für 4 Portionen:

- 3 gehäufte Esslöffel Haferflocken

- 300 ml Sahne

- 300 g frische Himbeeren (oder aufgetaute TK-Himbeeren)

- Zucker (ob man 1 Teelöffel oder 1 Esslöffel nimmt, kommt auf die Süße der Beeren und den eigenen Geschmack an – einfach nach Belieben dosieren)

- 2 Esslöffel Whisky (darf auch gerne weniger sein und natürlich schmeckt das Dessert auch ganz ohne Whisky; und es muss auch nicht unbedingt schottischer Whisky sein, wobei Mrs. McFain das natürlich niemals zulassen würde)

- 3 Esslöffel flüssiger Honig (darf auch gerne weniger oder mehr sein)

1. Die Haferflocken in einer beschichteten oder gusseisernen Pfanne ohne Fett auf niedriger Temperatur anrösten, bis sie goldbraun sind. Immer wieder umrühren und aufpassen, dass sie nicht anbrennen.

Wer mag, kann die Haferflocken auch auf einem mit Backpapier ausgelegtem Backblech verteilen und rösten.

Geröstete Haferflocken beiseite stellen und gut abkühlen lassen.

2. Die Hälfte der Himbeeren mit einem Esslöffel durch ein feines Sieb streichen, damit ein Püree entsteht. Wer einen Mixer, Pürierstab etc. verwendet – dieses Püree nochmal durch ein Sieb streichen, um die Kernchen nicht im Dessert zu haben. Nach Belieben Zucker beigeben, bis das Püree süß genug schmeckt.

3. Sahne steif schlagen. Danach Honig und Whisky miteinander vermengen und unter die Sahne rühren. Ein wenig von den abgekühlten Haferflocken als Dekoration beiseite stellen, die restlichen Haferflocken in die Sahnemischung geben und gut vermischen.

4. Nun in vier Gläser abwechselnd folgendermaßen schichten: erst etwas von der Sahnemischung in das Glas geben, darauf ein paar Himbeeren setzen (ein paar zur Dekoration aufheben) und dann ein bisschen Himbeerpüree darauf geben. So lange wiederholen, bis

das Glas gefüllt ist. Mit der Sahnemischung abschließen.

5. Am Schluss oben als Dekoration ein paar Himbeeren verteilen und mit den beiseite gestellten Haferflocken bestreuen. Gerne auch noch ein wenig Honig drüber träufeln.

Gekühlt servieren – so schmeckt Cranachan am besten!

Viel Spaß beim Nachmachen und lasst es euch schmecken!

NACHWORT

Das war also die Geschichte von Emmy und Sean –
danke, dass du bis zu ihrem Happyend dabei warst!

Wenn dir die Geschichte gefallen hat, würde es mich
unglaublich freuen, wenn du bei Amazon eine
Rezension oder eine Sternebewertung hinterlässt. Das
hilft anderen Leserinnen und Lesern bei ihrer Auswahl
von neuem Lesefutter. ♥

Schon bald erscheinen weitere Geschichten, in denen
es erneut um die große Liebe mit garantiertem
Happyend an malerischen Schauplätzen geht. Wenn du
eine Meldung bekommen möchtest, wann das nächste
Buch erscheint, kannst du mir folgen, indem du auf
Amazon auf der Produktseite des Buchs unter dem
Cover auf den „Folgen"-Button klickst.

Oder du folgst mir bei Instagram unter:
www.instagram.com/livomalley_autorin

Alles Liebe bis dahin!

Liv O'Malley

Printed in Poland
by Amazon Fulfillment
Poland Sp. z o.o., Wrocław

21315682R00163